# PROFIT AND PUNISHMENT
How America Criminalizes the Poor in the Name of Justice

Tony Messenger

[美]托尼·梅森格 著　　　罗娜 译

# 奖与惩
### 美国如何以正义之名将穷人定罪

上海译文出版社

献给我的妻子和孩子们：
谢谢你们与这世界共有我

人们有时候说起人"像畜生那般"残忍,这对动物其实是极不公正的侮蔑:没有哪种动物能做到像人这般残忍,这般阴险狡诈又机关算尽。

——《罪与罚》,费奥多尔·陀思妥耶夫斯基

# 目 录

数据为证 ……………………………………………… 001

序言　贫困惩罚 ………………………………………… 001

**第一部分　出庭** …………………………………… 001
第一章　逮捕 ………………………………………… 003
第二章　罚单开，税款来 …………………………… 028
第三章　司法正义不得售卖 ………………………… 055
第四章　欠费未还 …………………………………… 070

**第二部分　债务人监狱** …………………………… 097
第五章　付费坐牢 …………………………………… 099
第六章　监狱之钥 …………………………………… 119
第七章　法官对阵 …………………………………… 144

**第三部分　通往自由之路** ………………………… 167
第八章　法院 ………………………………………… 169

第九章　议会大厦 ················ 189
第十章　科赫兄弟携手美国公民自由联盟 ······ 219
第十一章　双函记 ················ 248

**尾声　贫穷是相对的** ················ 255

**致谢** ····················· 259

# 数据为证

**3 400 万**

生活在贫困中的美国人数量

**17 420 美元**

抚养一个孩子的单身母亲所能挣到的最高工资,超过该数额将不被列为联邦政府规定的贫困户

**80%**

官司缠身又无力支付律师费时,有权聘请政府免费的公设辩护律师的预估人数百分比

**1 300 万**

美国每年出现的轻罪案件数量

**500 亿美元**

美国各地法院有待追讨的各类罚金及诉讼费约计数额

**15 900 美元**

密苏里州一穷困被告人因在超市盗窃一支价值 8 美元的睫毛膏被判处轻罪,此数额是其被羁押于县看守所一年后必须偿付法院的欠款金额

**400%**

北卡罗来纳州自 2008 年经济大衰退以来的法院罚金及诉讼费增幅

# 序言

## 贫困惩罚

布鲁克·卑尔根（Brooke Bergen）口袋里揣着 60 美元。

那是 2018 年 11 月，这笔钱她次日出庭要用。她希望早上听证会之前自己能设法再凑齐 40 美元。她问我够不够。

"三位数在我看来是一笔巨款，"她说，"我吓坏了。我真怕她把我再弄回牢里去。"卑尔根口中的"她"是密苏里州登特县（Dent County）巡回法院普通法官（Associate Circuit Court Judge）① 布兰迪·贝尔德（Brandi Baird）。②

美国几乎所有州都有法定权力收取被告人在其被羁押于看守所或监狱期间产生的费用。③ 有些司法辖区会为那些拿不出这笔钱的人提供津贴，但也有很多地方不会这么做。卑尔根在登特县看守所蹲了差不多一年时间，为此她要支付 15 900 美元。这笔账她一辈子都没法摆脱。她没什么具体的还债计划，被安排每个月面见法官一次，尽其所能还钱。照每月 100 美元来算，她要分 159 次、耗时超过 13 年才能彻底还清。

然而最坏的情况，还不是欠债还钱这么简单。这当然是一大笔钱，比她一年挣的还多。与此同时，法院要求她每个月都要到庭一次，否则就要承担相应后果，这才是最糟心的。换句话说，每隔四个星期，卑尔根就不得不在审判室耗上半天，回答法官提问，答应一点一点偿还她那笔债务。她要是不出现,就会有逮捕令下来抓她。

我们第一次见面是在密苏里中部罗拉(Rolla)大学城一家咖啡馆里,距离塞勒姆市(Salem)以南约半小时车程。卑尔根因为在沃尔玛偷了一支 8 美元的睫毛膏而被收押。没错,因为一桩盗窃轻罪,卑尔根在破败不堪的县看守所里待了一年。那地方水泥墙壁上直淌水,潮湿的角落四周布满黑色霉菌。就因为"有幸"在那儿待过,她欠下了县政府五位数的费用。对于一个挣的钱从未超过最低工资收入的人来说,这是一座债务大山,重重地压在她身上。

我们当时身处这个国家的中部地区,还挺应景的,因为我们谈论的正是困扰这个国家各个角落的一大棘手问题:大城市和小城镇都无从幸免的贫困与刑事司法之间的矛盾。卑尔根是个白人,也是个穷人,她的一生都是如此。她有一头乌黑长发,高高的颧骨,一笑便露出好多颗牙齿。她背负着时下风行的影视剧中扣人心弦的幕后故事。母亲过世后,她从佛罗里达州搬到了欧扎克斯山区(the Ozarks)中部。她从未见过父亲,年纪轻轻就嫁为人妇为的是逃离那个寄养体系,但后来又离了婚。3 年前,因为婴儿猝死综合征,她失去了襁褓中的孩子。在一个人人熟知彼此那点事儿的镇上,时至今日还有人在她背后说闲话。她觉得有些人把宝宝的死怪在了她头上。

---

① 为避免中文读者产生误解,本文摒弃其字面意思"助理法官",暂译"普通法官",指除首席法官(chief judge/presiding judge)以外的美国上诉法院法官。——译者
② Tony Messenger, "Judge Tries to Block Access to Debtors' Prison Hearings in Dent County," *St. Louis Post-Dispatch*, November 5, 2018, https://www.stltoday.com/news/local/columns/tony-messenger/messenger-judge-tries-to-block-access-to-debtors-prison-hearings-in-dent-county/article_ec6a9526-e652-5819-88b0-b5e8fd3b28dc.html.
③ Lauren-Brooke Eisen, *Charging Inmates Perpetuates Mass Incarceration* (New York: Brennan Center for Justice at NYU School of Law, 2015), 4, https://www.brennancenter.org/sites/default/files/2019-08/Report_Charging_Inmates_Mass_Incarceration.pdf.

这是个甲基苯丙胺①、阿片类镇痛药和海洛因泛滥成灾的区域。在阿片类药物危机最严重的时候，这地方人均止痛药消费量高于密苏里州大多数县②。塞勒姆位于柏拉图（Plato）以东约一小时车程的地方。2010年美国人口普查结果出来之后，柏拉图被公布为全美人口分布中心点，取代了埃德加斯普林斯市（Edgar Springs）的位置，向东和向北推进了一些。③ 想象所有生活在美国这片土地上的人们都站在一块硕大无比的平面上，下方的支撑轴摇摇欲坠。这个中心点正好是整个平面取得平衡之处。

作为《圣路易斯邮报》（*St. Louis Post-Dispatch*）的专栏作家，我从2017年年底开始写像卑尔根这样的人，他/她们生活在像塞勒姆这样遍布密苏里州的小城镇。这些人因为无力支付法院施加的各类罚金及诉讼费而被投入监牢。

"且慢，"圣路易斯经验丰富的律师们会问我，"在密苏里乡下，被告人坐完牢还要交钱？"没错，而且要是拿不出这笔钱，他们往往还要回到牢里去。刑事司法系统的这一面，即便那些本就吃这碗饭的人，比如律师，都不曾意识到，或者说至少不曾予以深思。可一旦我们拿

---

① 甲基苯丙胺（meth），又称甲基安非他命、去氧麻黄素，一种强效的中枢神经系统兴奋剂，是冰毒的有效成分。——译者
② *Fueling an Epidemic* (U. S. Senate Homeland Security & Govermental Affairs Committee 2018), 10, 12, https://www. hsgac. senate. gov/imo/media/doc/REPORTFueling%20an%20EpidemicA%20Flood%20of%201. 6%20Billion%20Doses%20of%20Opioids%20into%20Missouri%20and%20the%20Need%20for%20Stronger%20DEA%20Enforcement. pdf; Andrew Sheeley, "Dent County Among State's Hardest Hit by Opioids, According to McCaskill Report," *Salem News Online*, July 17, 2018, https://www. thesalemnewsonline. com/news/local _ news/article _ fa91ffc6-89d4-11e8-a8c3-1faaa1264e18. html.
③ "2010 Census: Center of Population," United States Census Bureau, accessed October 7, 2020, https://www. census. gov/2010census/data/center-of-population. html#:~:text=The%20National%20Mean%20Center%20of, residents%20were%20of%20identical%20weight.

到台面上说，大多数律师都觉得这种做法很荒唐。我和他们看法一致，于是选择继续把这个州上上下下身陷这种困境的人们的故事写下来。

这些故事不是你在典型的《法律与秩序》节目中所看到的那种。这类节目对刑事司法系统的描述和刻画或许在加强公众理解方面发挥着巨大作用，大部分都聚焦于重大刑事犯罪及其起诉过程。"在刑事司法系统中，人们通常由独立但具有同等分量的两方来代理，"节目一开始，解说员通常会这么说，"一方是警察，他们负责查案；另一方是地方检察官，他们负责起诉罪犯。"然而，刑事司法系统还有另一面，这或许是它最重要的特征，其症结在于施加给穷人的经济负担。穷人们深陷重重罚金及诉讼费之网无从脱身。

像强奸和谋杀这样的暴力犯罪往往容易吸引公众的注意力，然而80%经由法庭审理的案件实际上属于轻罪，每年超过1300万宗。这些轻罪包括入店行窃、持有毒品、超速驾驶、酒后驾车和轻微人身攻击等。这类案件绝大部分都会产生一定程度的费用或与当事人有关的诉讼费。同卑尔根的情况很相似，一旦定罪，当事人必须缴付这笔钱才能完全免除相应的法律责任。[①] 这些罚金及诉讼费通常在逮捕时即产生，一直持续到刑满释放，甚至在此之后仍未告结束。事实上，很多被告人根本不知道自己欠了法院多少钱，像卑尔根便是如此。要等到他们认罪，或者在某些情况下，直到服刑期满才会知晓。

有些罚金你可能比较熟悉，像超速驾驶罚100美元、乱丢垃圾罚50美元等。诸如此类乃是作为威慑手段，目的在于尽可能减少交通事故和保持街道整洁。而还有一些费用，除非你亲身经历过，否则可能就不清楚了。本书要做的，就是对后一类费用进行深入细致的研究和探讨。此类收费有着不同的目的：这些钱被立法者们特别划定为一

---

[①] Alexandra Natapoff, *Punishment Without Crime* (New York: Basic Books, 2018), 2, 125. （可参见中译本：亚历山德拉·纳塔波夫著，郭航译，《无罪之罚：美国司法的不公正》，上海：上海人民出版社，2020年8月。——译者）

种变相税款。有些是给刑事司法系统内部的，如付给书记员和公设辩护人的薪金；有些充当县治安官和法官们的退休基金；还有一些用来解决地方、县、州各级形形色色的开销需要。最后这部分涉及内容包括与以下事项有关的各种开支：虐童罪案调查、脑损伤基金、法律图书馆或法院大楼翻修等。在大多数司法辖区，此类罚金的最大头是因羁押而起：蹲一回看守所或者监狱就好像住了一年酒店。这就是卑尔根的遭遇，她也因此被司法系统牢牢地拴了好些年。

这些费用中，有一些听上去无伤大雅。谁会不愿意支持县治安官享受更好的退休待遇，或者为虐童罪案调查提供资金支持？然而，对这种费用的主要收取对象来说，是无法想象的重负。几乎总是我们当中最脆弱的群体，如卑尔根这样已然处于财务崩溃边缘的人来承担这类开支。这笔债成了一剂催化剂，无力偿还则意味着更长的服刑期和与刑事司法系统持久地打交道，后者让人感觉更像是炼狱，而非一个由公正和法治来定义的机构。

美国几乎所有州都有这样一项法令，通常被称作"膳宿费"或者"住宿费"。依照该法令，服刑人员会被收取一定的费用[1]。在密苏里州和俄克拉何马州，还有沿海和美国南方腹地的几个州，这些"住宿费"的产生最开始是被告人由于某些情节轻微的犯罪行为而被捕，如小偷小摸或者疏于履行抚育子女义务等[2]。这些被告人中的近80%生活在联邦政府规定的贫困线以下，这就意味着：如果他们是单身，年收入少于12 880美元；如果是三口之家，年收入少于21 960

---

[1] Peter Edelman, *Not a Crime to Be Poor: The Criminalization of Poverty in America* (New York: The New Press, 2017), 18.

[2] Tony Messenger, "St. Francois County Judge Sends Another Grandma to Prison Over Court Costs," *St. Louis Post-Dispatch*, August 22, 2017, https://www.stltoday.com/news/local/columns/tony-messenger/messenger-st-francois-county-judge-sends-another-grandma-to-prison/article_8e7408d5-afec-5e69-bc3a-50fa93706deb.html.

美元。① 他们是有工作的穷人：要么在当地的小商店里领着最低工资勉强度日；要么在龙卷风季过后充当临时建筑工为别人修缮屋顶；要么像卑尔根这样无业，既无法摆脱毒品罪的阴影，也无从逃离如影随形的刑事司法系统。有些地方羁押期间收费少，如南达科他州的拉皮德城（Rapid City）仅需6美元一天②；有些则收得多些，如加利福尼亚州的里弗赛德县（Riverside County）高达142美元一天③。对那些本就捉襟见肘的人来说，这些法庭债是他们逃不开又无法置之不理的沉重枷锁。④ "这的确是一个全国性的危机，"加利福尼亚州高等法院前法官、非营利性组织"罚金与诉讼费司法中心"（Fines and Fees Justice Center）联合负责人丽莎·福斯特（Lisa Foster）说，⑤ "这种情况无处不在。五十个州无一幸免。"⑥

---

① "2020 Poverty Guidelines," Office of the Assistant Secretary for Planning and Evaluation, U.S. Department of Health & Human Services, January 21, 2020, https://aspe.hhs.gov/2020-poverty-guidelines.

② Lauren-Brooke Eisen, "Paying for Your Time: How Charging Inmates Fees Behind Bars May Violate the Excessive Fines Clause," Brennan Center for Justice at NYU School of Law, July 31, 2014, https://www.brennancenter.org/our-work/research-reports/paying-your-time-how-charging-inmates-fees-behind-bars-may-violate.

③ Edelman, *Not a Crime to Be Poor*, 18.

④ Messenger, "St. Francois County Judge Sends Another Grandma to Prison."

⑤ 若无特别注释，书内采访内容一律为本书作者于2019年1月至2020年10月间通过电话、邮件或面谈的形式获取，采访对象有：布鲁克·卑尔根、肯迪·基尔曼、萨莎·达尔比、丽莎·福斯特、乔安娜·韦斯、吉尔·韦布、马修·穆勒、迈克尔·巴瑞特、亚历克·卡拉卡特萨尼斯、迈克尔-约翰·沃斯、彼得·埃德尔曼、布鲁斯·德格鲁特、迈克尔·沃尔夫、洛蕾塔·拉德福德、梅根·泰勒、努斯拉特·乔杜里、迈克尔·米尔顿、安娜·奥德加德、约翰·莱施、南希·佩洛西、吉姆·罗斯、布拉德·科尔伯特、劳莉·特劳布、拉肖恩、凯西、萨缪尔·布鲁克、基利·范特、阿什利·甘特、布雷克·斯特罗德、弗兰克·瓦特洛特、阿蒂娅·霍利。书中部分报告来自本书作者为《圣路易斯邮报》撰写的工作成果。所有引自这些报告的事实数据都将如实援引。

⑥ "Team: Leadership," Fines & Fees Justice Center, updated 2018, https://finesandfeesjusticecenter.org/team/.

这一现象确乎存在，粉饰太平反倒并非易事，它就是"贫困犯罪化"（criminalization of poverty）。整个过程开始于一记猛击——美国宪法保证的公民正当程序权利遭到践踏；接下来就是瞅准时机一记右勾拳，把被告人彻底击倒在地，一记录着法庭种种开销的账单随之将他们埋葬在债务中。好几股力量交互冲撞，造成了美国今天的这一现实，对此，乔治敦大学（Georgetown University）的法学教授彼得·埃德尔曼（Peter Edelman）在著作中将这种现象称为"大规模监禁的小兄弟"。①

联邦政府始于20世纪70年代的"毒品战争"，先是打击墨西哥来的大麻，后是扼住海洛因和"快克"可卡因的崛起势头，助推了这个国家随后在八九十年代开展的"严厉打击犯罪"的各项政策。彼时的第一夫人南希·里根（Nancy Reagan）奋力告诫年轻人要对毒品"大胆说不"，而她的丈夫罗纳德·里根（Ronald Reagan）总统则把那些对此项建议充耳不闻的人塞满各地监狱。

"短短20年时间，从1980年至2000年，"法学教授米歇尔·亚历山大（Michelle Alexander）在其具有开拓性的著作《新吉姆·克劳种族主义》（*The New Jim Crow*）中写道："我们国家的监狱服刑人员从大约30万猛增至200多万。截至2007年年底，超过700万美国人，或者说每31个成年人中就有一个处于在押、缓刑或假释状态。"② 亚历山大把美国大规模监禁的加剧——尤其针对非裔美国人——与上文提及的"毒品战争"和严厉打击犯罪的政策联系在一起。这些政策也导致法院罚金及诉讼费急剧增长。

---

① Peter B. Edelman, "Criminalization of Poverty: Much More to Do," *Duke Law Journal Online* 69（April 2020）: 114, https://dlj. law. duke. edu/2020/04/criminalizationofpoverty/.
② Michelle Alexander, *The New Jim Crow: Mass Incarceration in the Age of Color-blindness*（New York: The New Press, 2012）, 60.

随着"毒品战争"打响,州法院系统的开销开始大幅增长,真实反映出监狱人口的增加。从 1980 年至 2013 年,各州惩教开支从大约 60 亿美元激增至超过 800 亿美元。① 从另一方面来说,这其中至少部分原因在于与毒品交易有关的帮派活动、谋杀以及其他暴力犯罪的比率在美国各个城市急剧攀升。从 1987 年至 1991 年,美国凶杀案的发生率以每年 4% 的速度增长。②

由此引发的后果,是比尔·克林顿(Bill Clinton)总统在当时的参议员乔·拜登(Joe Biden)的支持下,于 1994 年推动国会通过了具有标志性意义的反犯罪法案③。克林顿提交的法案意在增加对警察部门的经费支持、采取更严厉的刑罚措施以及出资兴建更多的监狱;其中,联邦政府针对累犯实行延长刑期的"三振出局"原则,使整套措施备受瞩目。④ 这项意义重大的法案名曰《暴力犯罪控制和执法法案》(Violent Crime Control and Law Enforcement Act),在民主党和共和党的共同支持下于 1994 年签署通过。⑤

1996 年,克林顿签署了另一项由共和党人提出的颇具争议的福利改革法案。现在回过头来看,它可能导致整整一代美国人陷入贫困。⑥ 该法案最糟糕的部分出自众议院议长纽特·金里奇(Newt

---

① John F. Pfaff, *Locked In: The True Causes of Mass Incarceration and How to Achieve Real Reform* (New York: Basic Books, 2017), 94.
② "Trends in Rates of Homicide—United States, 1985-1994," *Morbidity and Mortality Weekly Report*, Centers for Disease Control and Prevention, last reviewed May 2, 2001, https://www.cdc.gov/mmwr/preview/mmwrhtml/00042178.htm#00000888.gif.
③ Sheryl Gay Stolberg and Astead W. Herndon, "'Lock the S. O. B. s Up': Joe Biden and the Era of Mass Incarceration," *New York Times*, June 25, 2019, https://www.nytimes.com/2019/06/25/us/joe-biden-crime-laws.html.
④ Alexander, *The New Jim Crow*, 56.
⑤ Pub. L. 103-322, "Violent Crime Control and Law Enforcement Act of 1994," 42 U.S.C. §136(1994).
⑥ Alexander, *The New Jim Crow*, 57.

Gingrich)"与美国签约"(Contract with America)的政治宣言,重提"老大党"(即共和党)有关美国城市里"福利女王"(welfare queens)① 滥用联邦政府补助项目、领食品券换取毒品、宁愿靠政府的救济金生活也不愿找工作自力更生的种种陈词滥调。其结果就是,联邦政府的补助条件将怀孕的少女们拒之门外,而且强制增加了严格的工作要求。② 新法案被称为《个人责任与工作机会协调法案》(*Personal Responsibility and Work Opportunity Reconciliation*),那些被判犯毒品罪的人因此不可能获得食品券或其他形式的政府补助。③ 相应地,它也常常使单身母亲陷入两难境地:即便想与孩子的父亲共同生活,她们也没法这么做,因为如此一来就会被取消资格,拿不到赖以维持生活的补助。④

很多年前,我在《哥伦比亚每日论坛报》(*Columbia Daily Tribune*)写过一系列专栏文章,内容是关于密苏里州哥伦比亚市(Columbia)一对住在政府廉租房的夫妇。夫妻二人拥有高中文凭或同等学历,而且都有工作。他们在各自的岗位上干得很出色,也升了职。然而,晋升却造成了难题:大多数公共援助项目都没有采用浮动费率制,只设有一个生硬的分界点。升职之后,二人合起来的家庭总收入超过了援助的临界点,不能再享受政府提供的住房补贴。除此之

---

① 20世纪70年代前后,美国右翼势力对之前的福利制度不满,掀起批判女性单亲家庭的风潮,尤其黑人单亲女性被政治家和新闻界用夸张煽动的语言形容为"福利女王"或"社会寄生虫"。她们被描绘成贫穷、懒惰、滥交的代名词。1976年,里根在一次竞选演说中第一次提到"福利女王"的说法。尽管后来经过调查得知,他在演讲中对那位黑人单身母亲的描述有诸多失实之处,但"福利女王"的说法还是流传开来,成为黑人单身母亲的代名词。——译者
② Alma Carten, "The Racist Roots of Welfare Reform," *New Republic*, August 22, 2016, https://newrepublic.com/article/136200/racist-roots-welfare-reform.
③ Pub. L. 104 - 193, "Personal Responsibility and Work Opportunity Reconciliation Act," 110 Stat. 2105;42 U.S.C. §862(a); Alexander, *The New Jim Crow*, 157 - 158.
④ David K. Shipler, *The Working Poor* (New York: Vintage Books, 2005), 41 - 42.

外，他们还会失去育儿津贴。讽刺的是，如果不升职，这一家人的生活反倒更优裕，而薪水稍稍上涨就会彻底打乱他们的生活。因此他们做出妥协：夫妻俩有一方决定不升职，刻意使家庭总收入保持在更低水平。穷人常会面对这样极其艰难的选择：买纸尿裤还是付煤气费、钱花在子女抚养上还是诉讼上等等，一直以来都是如此。然而，他们的困境往往还因为政策制定者们所做的决定而雪上加霜。

随着惩教开支在20世纪末上涨，立法者便想方设法从他们原本弃如敝履的人身上搜刮补偿。那些额外的费用把穷人推向更加贫困的深渊，进一步削弱了他们的偿还能力。在过去这40年，这一恶性循环已经完全渗入刑事司法系统。2020年总统大选期间，针对反犯罪法案的利弊及其对大规模监禁有何影响的争论再一次浮出水面，至少有几位此前支持这些措施的知名民主党人愿意对他们原先所持的立场提出质疑。"我确实认为需要重新讨论我们在20世纪90年代所做的一些事情。"众议院议长南希·佩洛西（Nancy Pelosi）在大选前夕告诉我①。

在21世纪第一个10年的初期到中期，又有一些别的势力发挥作用，制定了一系列不良公共政策，使广泛存在于美国各地法院的收取罚金及诉讼费做法变本加厉。在2008年次贷危机之后，经济大衰退彻底摧毁了全美各州的预算。在危机发生后的第一年，俄克拉何马州政府整体税收收入减少了约21%，直到2019年第二季度才完全恢复。② 州政府金库大幅缩水，压力继而转嫁给各县市镇。密苏里州也

---

① Tony Messenger, "Pelosi Suggests a 'Revisit' of '90s Crime Policies; Lamar Johnson Case Offers That Chance," *St. Louis Post-Dispatch*, August 21, 2019, https://www.stltoday.com/news/local/columns/tony-messenger/messenger-pelosi-suggests-a-revisit-of-90s-crime-policies-lamar-johnson-case-offers-that-chance/article_47217076-b904-592d-9c8a-7eabba8e350e.html.

② Barb Rosewicz, Justin Theal, and Alexandre Fall, "Decade After Recession, Tax Revenue Higher in 45 States," Pew Charitable Trusts, January 9, 2020, https://www.pewtrusts.org/en/research-and-analysis/articles/2020/01/09/decade-after-recession-tax-revenue-higher-in-45-states.

面临着类似的衰退：2010年整体税收收入下降14%，直到2016年才恢复到危机前的水平。就全国来说，据皮尤研究中心（Pew Research Center）公布的数据显示，2009年年底美国各州税收收入下降幅度超过12%，直到2013年才恢复如前。①

然而税收减少的同时，其他开支，如医疗补助和惩教费用，却在增加。②立法者不得不寻找新的收入来平衡预算。不同于联邦政府，大多数州政府没办法"打白条"（意即他们不能赊账，得先筹集资金再开销）。于是有些州加大征税力度，这是传统的解决方案。然而很多州的立法机构，尤其是共和党控制下的各州，奉行的是该党的正统观念：不增新税。

这其中部分原因在于政治竞选操盘手格罗弗·诺奎斯特（Grover Norquist）推出了《保护纳税人宣誓书》（*Taxpayer Protection Pledge*），它后来成了"老大党"的信条。③诺奎斯特此前是美国商会的一名演说撰稿人，后来成为美国税收改革的创始人，金里奇的"与美国签约"也有他的一份功劳。④2012年，"老大党"党内初选，除一人以外，其余共和党候选人都签署了"不增新税"保证书，此举成为偏向共和党的各州（如南卡罗来纳州、俄克拉何马州和密苏里州）的标准

---

① "Fiscal 50: State Trends and Analysis," Pew Charitable Trusts, Pew Center for the States, last updated September 4, 2020, https://www.pewtrusts.org/en/research-and-analysis/data-visualizations/2014/fiscal-50#ind0.

② Tracy Gordon, "State and Local Budgets and the Great Recession," *Brookings*, December 31, 2012, https://www.brookings.edu/articles/state-and-local-budgets-and-the-great-recession/; Lisa Lambert, "States Seek to Escape Rising Prison Costs," *Reuters*, May 20, 2011, https://jp.reuters.com/article/instant-article/idUSTRE74J3S920110520.

③ "About the Taxpayer Protection Pledge," Americans for Tax Reform, accessed October 10, 2020, https://www.atr.org/about-the-pledge.

④ Bob Dreyfuss, "Grover Norquist: 'Field Marshal' of the Bush Plan," *Nation*, April 26, 2001, https://www.thenation.com/article/archive/grover-norquist-field-marshal-bush-plan/.

操作。① 然而，鉴于仍然需要平衡州预算，这些人转而做了什么？他们盯上了法院罚金及诉讼费。换言之，立法者发现了一种变相税收，由穷人来买单。这是个应该记住的前车之鉴：当选的政府官员承诺减税，以便实现经济涅槃重生；但现实往往另有乾坤，总有人在某个地方会为此买单，要么是陷入高额大学学费泥潭的中产阶级家庭，要么是行驶于破败不堪的高速公路上的卡车司机，要么是无力支付刑事司法系统账单的穷人。事实上，司法系统原本由税收提供资金支持。

法院罚金及诉讼费从一开始就是美国法院系统的一部分。举例来说，民权运动的代表人物罗莎·帕克斯（Rosa Parks）1955年在一辆种族隔离公交车上拒绝给白人让座②，因而在亚拉巴马州的蒙哥马利市（Montgomery）以违反市政条例的罪名遭到传唤，被处以10美元罚金外加4美元诉讼费。经济大衰退后，立法者越来越多地诉诸罚金及诉讼费，用于为法院的各项工作和其他政府部门提供资金支持。"久而久之，立法者开始把法院当成小猪储蓄罐，"福斯特说，"其结果相当令人震惊。"

"对于一个可能惹上官司、社会经济地位较低的人来说，无力支付这些费用和罚金的惩罚性后果很容易导致当事人与刑事司法系统产生更多纠葛，"俄克拉何马州刑事司法改革机构（Oklahomans for Criminal Justice Reform）的执行理事克里斯·斯蒂尔（Kris Steele）

---

① Paul Waldman, "Nearly All the GOP Candidates Bow Down to Grover Norquist," *Washington Post*, August 13, 2015, https://www.washingtonpost.com/blogs/plum-line/wp/2015/08/13/nearly-all-the-gop-candidates-bow-down-to-grover-norquist/.
② 罗莎·帕克斯实际上坐的是后排"有色人种区"的最前排，除非车上人很多，否则这里通常被认为是"无人地带"。如果有白人站着，那么非裔美国人应该让座，但帕克斯拒绝这样做，这并不是因为她累了，而是"厌倦了屈服"。——译者

2019年告诉《塔尔萨世界报》（*Tulsa World*），①"贫困一旦犯罪化，人们因为贫穷而沦为罪犯，那说明事情已经发展到了一定程度。这对任何一个俄克拉何马人来说都是有违情理的。"在过去这10年，有48个州加大了法院罚金及诉讼费的收取力度，其增长幅度令人瞠目。②据福斯特称，仅以加利福尼亚州为例，就有100亿美元待追讨的罚金及诉讼费。

2009年，年届五十、孩子身患残疾的白人单身母亲肯迪·基尔曼（Kendy Killman）在俄克拉何马南部大学城诺曼市（Norman）一次莫名其妙的交通检查后，遭到涉毒轻罪指控。她被这件事纠缠了10多年。根据该州法律判定的900美元在几年之后翻了3倍还多：她因为无力支付而被拷上手铐拘留，而费用继续上涨。在这整个过程中，她没有犯过任何别的罪行，但一直生活在被捕的恐惧之中，艰难地勉强维持生活。

南卡罗来纳州的萨莎·达尔比（Sasha Darby）在列克星敦县（Lexington County）监狱蹲过一段时间后失去了她的孩子。③她被控企图伤害罪（assault），起因是与室友发生口角。然而1年多后，她

---

① Corey Jones, "How Much Does Oklahoma Rely on Court Collections to Fund Government? 'We Reach a Point Where We Begin to Criminalize Poverty,'" *Tulsa World*, May 7, 2019, https://tulsaworld.com/news/local/crime-and-courts/how-much-does-oklahoma-rely-on-court-collections-to-fund-government-we-reach-a-point/article _ 81cb716e-791d-5053-a6d0-6e22d9a2229a.html.

② Karin D. Martin, Sandra Susan Smith, and Wendy Still, "Shackled to Debt: Criminal Justice Financial Obligations and the Barriers to Re-Entry They Create," *New Thinking in Community Corrections*, no. 4 (January 2017): 5, https://www.ncjrs.gov/pdffiles1/nij/249976.pdf.

③ Joseph Cranney, "These SC Judges Can Have Less Training Than Barbers but Still Decide Thousands of Cases Each Year," *Post and Courier*, September 14, 2020, https://www. postandcourier. com/news/these-sc-judges-can-have-less-training-than-barbers-but-still-decide-thousands-of-cases/article _ deeac12e-eb6f-11e9-927b-5735a3edbaf1.html.

被再次关进监狱，因为付不起强加给她的诉讼费。26岁的她失去了工作和住所，最后还失去了腹中的胎儿，这一切只是因为她是一个付不起1000美元诉讼费的贫穷非裔单身母亲。在很多城镇地区和部分乡村地区，恰恰是有色人种大量受到法院这类敛财手段的影响。[①] 哈佛大学法学院（Harvard Law School）刑事司法政策项目（Criminal Justice Policy Program）2019年的一项研究发现，收取罚金及诉讼费现象普遍存在于过度监管（overpoliced）的黑人社区，这直接导致美国在监禁方面的巨大种族差异。

还记得菲兰多·卡斯蒂尔（Philando Castile）吗？他在明尼苏达州圣保罗市（St. Paul）的一次交通截停中被枪杀的视频，于2016年夏天的网络上疯传。他事先告诉警察，车上有他合法持有的枪支，然而这位警官（大陪审团后来拒绝指控他）几乎是立即连开数枪将他当场射杀，当时卡斯蒂尔的女友及其女儿还在车上。但卡斯蒂尔的困境很早以前就已经出现。从19岁开始到32岁生命终结，卡斯蒂尔在路上被警察截停过46次，造成共计超过6000美元的罚金及诉讼费。他活着的时候始终没能摆脱这笔债，到死也没还清。接下来我们也会看到，几乎没有人能够真正还清。

这个国家上上下下，无论城市乡村，无论蓝州红州[②]，被控有轻微违纪行为的人们不知不觉中发现自己正承担着刑事司法改革倡导者

---

① Natapoff, *Punishment Without Crime*, 154; Tony Messenger, "Latest Debtors' Prison Lawsuit Straddles Missouri's Urban-Rural Divide," *St. Louis Post-Dispatch*, December 15, 2018, https://www.stltoday.com/news/local/columns/tony-messenger/messenger-latest-debtors-prison-lawsuit-straddles-missouris-urban-rural-divide/article_c0ea89b0-a271-59ce-95a4-aaae96e0d535.html.
② 以颜色来代表美国各地政治倾向的做法源远流长，红州与蓝州即意指美国近年来选举得票数分布的倾向：其中红色代表共和党，长期倾向于支持该党的州称为"红州"；蓝色代表民主党，长期倾向于支持该党的州称为"蓝州"。美国虽然有50个州，但有30—40个红州和蓝州的选举不影响大选结果，真正起决定作用的少数几个州，一般被称作"摇摆州"。——译者

乔安娜·韦斯（Joanna Weiss）所说的"贫困惩罚"（poverty penalty）。法院与生活在贫困之中的人们，二者之间的纠葛持续几十年，这是有意为之的结果。① 受害者往往仅仅是经济资源匮乏而值得同情的人。但恰恰相反，这套体系给他们贴上罪犯的标签，并把他们当成一种手段来实现其他目的，比如为州治安官增加薪酬。比起发动纳税人为增税投赞成票，这种做法在政治上更容易让人接受。变相征税的问题涉及组成美国政府的三个权力机构。立法者通过了这些法律，在经济上搜刮压榨穷人，同时又对选民公开宣称他们并没有增税。

按照当下的运行方式，这套体系几乎在每一个阶段都对弱势群体造成严重的伤害。不妨考虑一下这个事实：美国是除菲律宾之外唯一一个将金钱保释制度与营利性行业挂钩的国家。在某人被逮捕后，法官会设定保释金（即被告人获得暂时释放并在监外等候审判须缴纳的金额）。如果你很穷，这么做其实没什么意义。你付不起请保释代理人的费用，或者不认识能代理你且拿得出这笔钱的熟人来帮你获得保释。正是在这样一个"未经证实有罪之前即为无辜"的刑事司法系统中，贫穷的被告人从戴上手铐的那一刻起，就在很多方面被视为有罪之人。

比方说，你是一位单身母亲，因为被控盗窃轻罪而遭逮捕，法官判定保释金为 500 美元，这笔钱你拿不出来。你申请公设辩护律师，但要耗上好几天才会有律师分派给你（公设辩护律师要处理的案件多得离谱，这一点我们下文会详细谈到）。一旦分派，该律师接下来会用一周或更多的时间安排探监。你可能在看守所里待上 30 多天，工作做不成、孩子陪不了。检察官给你提供一次辩诉交易（plea bargain），这是个机会，只要你同意认罪，就能在降低指控的情况下出狱：对已服刑时间（time served）作认罪答辩后，你就可以回家

---

① Eisen, *Charging Inmates Perpetuates Mass Incarceration*, 3.

了。谁会不愿意接受这样的交易？

然而，检察官和法官通常不会对被告人解释的是，与认罪结伴而来的，是一纸诉讼费账单和服刑期间产生的住宿费账单。在某些州，保释由营利性的私营企业进行监督。他们要求毒品检测、定期报到以及按月缴费。① 这些公司的逐利动机刺激着他们不遗余力地寻找那些违反缓刑规定的案件被告人，导致县看守所里累犯人满为患。一开始听上去恰逢其时的辩诉交易，变得更像是一桩与魔鬼的交易，因为付不起账单而导致的更长刑期在等待着这些被告人。

2014年，迈克尔·布朗（Michael Brown）被杀身亡，密苏里州弗格森市（Ferguson）紧接着爆发多场抗议，随后当地交通临检产生的不公正罚金及诉讼费在全国范围内引发激辩。布朗是一名非裔青年，当年8月9日被一位白人警官射杀。很多非裔年轻人为他的死走上街头游行抗议，引起公众对警察暴行和系统性种族主义这一更大问题的关注和认识。这些人本身也是受害者，他们是过度监管的目标群体。过度监管存在于把警察局当成收入来源的各个社区，给警察规定交通罚单配额等措施会产生额外的罚金及诉讼费，为那些在别的筹款项目中黔驴技穷的家伙们填补空缺。有关这一问题，州参议员埃里克·施密特（Eric Schmitt）给出了一个朗朗上口的概括："罚单开，税款来"（taxation by citation）②。

施密特是共和党人，后来成为密苏里州总检察长。他2019年上任后的其中一把火，是为支持一宗力求终结上述做法而把官司打到密苏里州最高法院的案子，亲自撰写了一份非当事人意见书（amicus

---

① Edelman, *Not a Crime to Be Poor*, 30.
② Eric Schmitt, "'Taxation by Citation' Undermines Trust Between Cops and Citizens," *Wall Street Journal*, August 7, 2015, https://www.wsj.com/articles/taxation-by-citation-undermines-trust-between-cops-and-citizens-1438987412.

brief)。"没有任何一条法令授权这种做法,"施密特写道,"它会助长职权滥用,威胁宪法赋予密苏里市民们的各项权利……它几乎没什么好处,却有很多潜在的坏处,使穷人无力承担罚金时面临更长时间监禁和更多债务。"① 2019 年 2 月 6 日,一位名叫马修·穆勒(Matthew Mueller)的年轻公设辩护律师把该案件移交到密苏里州最高法院,在解释他的当事人为何受到监禁时,他对法官是这么说的:"他之所以坐牢,是因为他穷。"② 此话一语中的,穆勒指出了美国时下盛行的一种乱象。

本书主要通过讲述卑尔根、基尔曼和达尔比三位生活在贫困之中的单身母亲的故事,对这种乱象及其发展和终结进行深入探讨。一个醉心于到处放债而非致力于保障公共安全的刑事司法系统,令她们三人深受其害。她们的故事是更广泛现象的典型缩影。这些故事打开了一扇窗,使人们得以窥见利益与职权滥用形成的可悲循环。它始于一次因轻微过失而起的逮捕,却在认罪答辩、判决和服刑很久以后仍然延续不绝。

对太多人来说,这就是他们与美国司法系统之间的纠葛。好消息是,律师、非营利组织以及为穷人奔走发声的人们(他们当中很多也是这套司法系统的受害者)日渐携手共进,通过提起民事权利诉讼和推动立法,共同致力于终结司法系统职权滥用循环,以此来改变现状。在某种程度上,几乎每一个州都面临着来自民权倡导者或政治光谱③两端的立法者要求停止这些操作的压力,无论是收取坐牢费、过

---

① Tony Messenger, "New Attorney General Joins the Fight Against Debtors Prisons in Missouri," *St. Louis Post-Dispatch*, January 8, 2019, https://www.stltoday.com/news/local/columns/tony-messenger/messenger-new-attorney-general-joins-the-fight-against-debtors-prisons-in-missouri/article_7f77d9ce-e7e2-5ff5-b905-e034a6c1ceb8.html.
② Oral Argument at 1:20, *State v. Richey*, 569 S.W.3d 420, 421 (Mo. banc 2019).
③ 政治光谱(political spectrum):一种用来量度个人政治立场倾向的工具。——译者

度收费,还是由于无力支付诉讼费而受到包括吊销驾照在内的惩罚等都涵盖在内。本书同时还讲述了这些热心积极人士的故事——他们的成败得失——并指明了未来改革的方向,以解决(我们大多数人无从看见的)美国司法系统中的双重标准问题。

*

你走进付款审查那几天的登特县法院,就能感觉到一种无望。这是贝尔德法官要求已经服完刑的人们重新回到法院的日子。他们被要求还清所欠的诉讼费,或者解释为什么还不了钱。

很多美国人从来没有见识过刑事司法系统的这一面。如果你是个普通的中产阶级,因为超速被开了罚单,或许你会去法院请求法官从轻发落,尽可能降低对驾驶记录造成的不良影响,然后当天开张支票,付清法官设定的罚金。一切到此为止,你继续过你的好日子。

卑尔根已经认罪且被判刑。她已经服完刑了。她已经偿还对社会欠下的债,却没能偿还对登特县欠下的、需要真金白银来了结的债务。为此,她依然被贝尔德的法庭牢牢拴着,好些年不得解脱。事实上,那天去法庭的人——每次 30 人,门外排成一条长队——几乎都是出于类似的原因。

同密苏里州乡村地区的其他法官一样,贝尔德法官采用了州法令中根本没有提及的一套法律程序——付款审查听证会,用以收取县治安官和州立法机构强加给被告人的各种费用。

一旦被告人服刑期满且收到服刑期间产生的费用账单,贝尔德就会安排每月一次的听证会来收账。如果被告人拿得出,比方说 50 美元,那么接下来这一个月便相安无事。倘若拿不出,又或者错过了听证会,那就要重新回到监狱里去。

上个月我写过两篇有关贝尔德因被告人未能偿还各项诉讼费用或

服刑期间产生的膳宿费而将其投入监牢的文章。① 其中提到的正是卑尔根、琳恩·班德尔曼（Leann Banderman）和艾米·穆尔（Amy Murr），她们各自犯了轻罪，最后却都演变成蹲看守所、收刑期账单以及一次次重回法院还债的循环。

卑尔根听证会那天，法警试图阻止我旁听。②

"在这儿等着。"他说。他想提醒法官注意我在现场。

贝尔德屡次拒绝我为本书提出的采访请求，她不希望我出现在她的庭审现场如此近距离地旁观整个过程。我给她带来了法官们不喜欢的那种公众关注，也促使当地的周报开始在选举年发出各种质问。这是她的法庭，她不需要某个从大城市来的记者说三道四给她惹麻烦。

"您今天不能进入审判室，"法警拖着一口浓重的乡村口音拉长声调告诉我，"您没有遵守最高法院的规定。"

他大概指的是密苏里州法院的一条规定，即记者想要录音或照相，必须征得法庭协调员的许可。③ 可我并没有携带照相机，把手机也留在了车里。我身上带的不过是一支笔和一本记事簿罢了。没有任

---

① Tony Messenger, "Poor Defendants in Dent, Caldwell Counties Join Not-So-Exclusive $10,000 Club," *St. Louis Post-Dispatch*, October 16, 2018, https://www.stltoday.com/news/local/columns/tony-messenger/messenger-poor-defendants-in-dent-caldwell-counties-join-not-so/article_aef8e1bf-96c6-56a5-9c82-10feff656721.html; Tony Messenger, "Jailed for Being Poor Is a Missouri Epidemic," *St. Louis Post-Dispatch*, October 9, 2018, https://www.stltoday.com/news/local/columns/tony-messenger/messenger-jailed-for-being-poor-is-a-missouri-epidemic/article_be783c96-e713-59c9-9308-2f8ac5072a0c.html.

② Tony Messenger, "Judge Tries to Block Access to Debtors' Prison Hearings in Dent County," *St. Louis Post-Dispatch*, November 5, 2018, https://www.stltoday.com/news/local/columns/tony-messenger/messenger-judge-tries-to-block-access-to-debtors-prison-hearings/article_ec6a9526-e652-5819-88b0-b5e8fd3b28dc.html.

③ Court Operating Rule 16.03(b), Your Missouri Courts, updated July 1, 2018, https://www.courts.mo.gov/courts/ClerkHandbooksP2RulesOnly.nsf/e2aa3309ef5c449186256be20060c329/8d8476459573196786256c240070a979.

何规定提到你可以将一名记者拒之门外,或者说因为这种事把任何人拒之门外,不允许其旁听公开庭审。

我的肾上腺素飙升。身负监察之责的新闻工作者正是为这样的时刻而活:新闻工作者要勇敢面对那些质疑程序透明度的公职人员,这一点必须能为公众所知。

我告诉法警,他和法官都误会了。我那天只打算在审判室坐着,他要是阻拦,我不介意花点时间打电话给报社的律师,准备起诉。

法警折回审判室,几分钟后招手让我进去。

"坐到那边去。"

我那天就在现场,报道发生在卑尔根身上的事。她会来吗?她要是没带够钱来,会不会坐牢?我还想看看其他案子是怎么处理的,法官是如何与检察官和公设辩护律师沟通的,以及当地的营利性缓刑公司在这一整天扮演着什么角色。

被践踏的被告人们排起长长的队伍,一个接一个走到法官面前。有些人掏出一把皱巴巴的纸币,在被叫到名字之前忙不迭地递给缓刑监督官。有个人拍了拍我的肩膀,开始在我耳边窃窃私语。他说,他母亲住在圣路易斯,一直在给他寄我写的专栏文章。有几十个像他这样的人,像卑尔根这样,他们面临相同的处境,迫于无奈每个月带着钱来法庭还债。有些人很多年前就被判刑了,如今还得定期来还钱。我看着他们走到法官面前,解释自己能还多少。

这一天,没有人被收押。

"她心情不错,"卑尔根后来告诉我,她指的是法官,"她知道你在那儿呢。"

卑尔根找遍了镇上所有的亲朋好友,东拼西凑弄到了 100 美元。她交上去,然后被打发走了。只剩 15 800 美元要还了。

## 第一部分
## 出　庭

# 第一章　逮捕

**俄克拉何马州诺曼市 2009 年 4 月**

肯迪·基尔曼从后视镜中看到警察的时候，距离她在俄克拉何马州诺曼市的公寓大约有 4 英里。男友史蒂文（Steven）坐在副驾驶，父亲坐在车后座。大家都累了。过去这两天，他们去了趟阿肯色州斯普林代尔市（Springdale）的医院探望突然病倒的祖母，来回差不多开了 480 英里。整趟旅程到了最后阶段，她开着车，身上还穿着睡衣。

2009 年 4 月 17 日，父亲接到电话，听到祖母进了医院，诊断结果并不乐观。基尔曼自己有辆车，用来跑杂货店和送继子女布巴（Bubba）及布里塔妮（Brittany）上学倒没什么问题，可跨州跑长途，那是扛不住的。绝望之下，她给肯尼（Kenny）打了电话，他是她前夫和几个孩子的父亲。他有辆 1996 年的蓝色雪佛兰鲁米那。车有点儿老旧，不过他说 400 美元就可以让她开走。基尔曼给了钱，把登记证书塞进储物箱，然后动身去接男友和父亲。去阿肯色州的路并不复杂：从 35 号州际公路往北，上了 44 号州际公路后再往东朝塔尔萨（Tulsa）方向开，之后沿 412 号公路一直开到斯普林代尔。

在医院短暂探望后，基尔曼一行人当晚在祖母家过夜。他们 18 日又回了趟医院，祖母的病情有所好转。父亲和男友周一还得上班，于是他们打道回诺曼市。回程路上多了位乘客：祖母养的狗。祖母还在医院躺着，父亲不想把这条狗孤零零丢在家里。

往回开的路上，基尔曼提早下了35号州际公路。她通常不会那么干，但收音机里刚播的新闻提醒前方离俄克拉何马市不远的公路上因一起事故出现交通拥堵。看到警察那会儿，她正在苏讷路上往南开。基尔曼没有超速，她心里清楚。

"我当时并不担心。"她后来告诉我。

一开始，警车追上来，同她并排行驶。然后在他们离家大约3英里时，警察放慢车速落在后面，打开了红蓝光闪烁的警灯。基尔曼靠边停车。警察缓步走到她车前，命令她下车。

她下了车，警察告诉她说车开得有点儿偏左，不过他不是因为这个让她靠边停车。在他们行驶过程中，他注意到挡风玻璃有些异样，以为是条裂缝。的确，那里之前是裂过，不过已经修好了，不至于有什么隐患。他凑近看了就知道没有问题。这位警官用右脚跟支着转过身，问基尔曼能否搜查这辆车。这不是什么异乎寻常的操作，不过至少在理论上，警察该有合理的依据才能进行搜查。比如说，他们怀疑车上携带大麻，或者目击车辆在行驶过程中左右乱窜。这位警官并没有提到其中任何一项，而基尔曼也没有要求。

连开了几个小时车的基尔曼穿着一身睡衣站在路边疲惫不堪，内心迫切地想要见到同她母亲待在一起的布巴和布里塔妮。她同意警察搜车。她根本没想起这一茬：这辆车到自己手上还不到两天，她是从前夫那里买来的，而自己当初离开他，部分原因是他吸毒。

就在警察和他的搭档车里车外地检查时，他们三个人——基尔曼、父亲以及男友——就在路边坐着。在车的后备厢垫子底下，其中一位警察发现了一些东西，他拿出来搁在车顶。那是一支用来吸食大麻的烟斗。

"这是谁的？"那警察问。车上没有毒品，只有这支烟斗，上面有

004　奖与惩

使用过的痕迹,斗钵里还有残渣。基尔曼解释说,这辆车是她上周五刚买的,专门为了跑一趟阿肯色州。请注意,她没有犯罪记录。她从来没有被逮捕过。虽然酒精和毒品是她生活中的常客,但她离它们远远的,这些玩意儿对自己爱的人带来怎样的影响,她切身见识过。警察不为所动。基尔曼被拷上手铐,塞进警用巡逻车后座。他们打电话叫了辆拖车把雪佛兰拖走。父亲、史蒂文和祖母的狗被撇在路边。此时将近午饭时间。

"我平生第一次被弄到看守所。"她说。

在克利夫兰县(Cleveland County),看守所位于法院的地下一层。从中午到晚上7点,整整7个小时,基尔曼被拷在长椅上,警察在一旁填表和处理证据。最后,他们给她签了张出庭的传票,放她回家了。她身无分文,也没有车,一路走着回去,大约1英里的路程,从法院向东南方向一直走到棉白杨岭楼群后侧的自家公寓。她被要求下周一出庭面见法官。

\*

肯迪 1969 年 5 月 7 日生于俄克拉何马州巴特尔斯维尔市(Bartlesville),父亲肯德尔·基尔曼(Kendall Killman),母亲黛博拉·加勒特(Deborah Garrett)。她的名字全称为肯德丽亚(Kendallia),源自父亲的名字,人们通常称她"肯迪"。父母生她时还很年轻。肯德尔是一名建筑工人,那时候 19 岁;黛博拉 18 岁,是一名服务员。巴特尔斯维尔市是一座依靠石油而起的新兴城市,是菲利普斯石油公司(Phillips Petroleum Company)本部所在地。你若是受雇于这家公司,那就好得很,它是全市最大的雇主;若不是,就没什么好处了。[①] 该市很少有其他雇主给得起石油行业的待遇。

---

[①] Douglas Martin, "The Town That Oil Built," *New York Times*, February 22, 1981, https://www.nytimes.com/1981/02/22/business/the-town-that-oil-built.html.

基尔曼的中间名叫温妮特（Wynette），灵感来自母亲崇拜的美国乡村歌手塔米·温妮特（Tammy Wynette）。被誉为"乡村音乐第一夫人"的温妮特是最早在乡村音乐领域取得商业成功的女性之一，从20世纪60年代晚期至90年代，她先后有20首歌在乡村音乐排行榜上独占鳌头。她的作品，尤其是那些悲伤的歌曲，唱出了基尔曼的部分人生境遇：《在你男人身边》《直到我能自己来》《离婚》《我难以捉摸的梦》。[1]

基尔曼有两个手足，一个弟弟和一个妹妹。在她5岁那年，2岁的妹妹去世了。那是个星期天的下午，全家人正聚在一起为她的舅舅庆祝生日。男人们在姥爷的卡车上忙活。这辆皮卡车一侧支着千斤顶，这样姥爷就能干活了。几个孩子在拖斗里一块儿玩耍。

孩子们玩着玩着，卡车另一侧承载过重，渐渐滑离了千斤顶，朝街那一头溜过去。基尔曼、弟弟和堂弟都跳了出去。还有两个星期就到3岁生日的嘉丽·阿蕾妮·加勒特（Carrie Alaine Garrett）向后摔倒，跌出了车外。卡车从她身上碾过，把她轧扁了。后来她被送到医院，确认身亡。

"我们的生活从此不复从前，"基尔曼说，"我那时候才5岁，不知道那意味着什么，只知道她再也没有回来，我再也没有见过她。"

父母提出离婚（虽然后来两人又复婚），在基尔曼的记忆里，夫妻俩靠喝酒来忘却伤痛。他们不停地搬家，居无定所：基尔曼上过两家幼儿园，一年级去了另一所学校，二年级又换了两所。这种状态贯穿着她整个小学教育阶段。他们搬来巴特尔斯维尔市，又搬去郊区，然后去了杰特市（Jet），得克萨斯州的斯奈德市（Snyder）也待过，最后又搬回巴特尔斯维尔，在市里同外祖父母住在一起。上了初中以

---

[1] "Tammy Wynette: The 'Tragic Country Queen,'" *NPR*, March 14, 2010, https://www.npr.org/templates/story/story.php?storyId=124540180.

后，他们搬去了杜威市（Dewey），沿75号公路往巴特尔斯维尔市北边去的一座城市，位于俄克拉何马州的东北部。这座人口约有3 400的小镇就坐落在欧塞奇印第安人居留地的西边。① 在杜威市的家里，基尔曼有自己的房间，这还是第一次。诸如此类都是一些看起来微不足道的小细节，可如果你碰巧在贫寒中长大，把个人空间看成稀罕物，你便不会这么觉得了。拥有自己的房间是一种具体的迹象，表明"我们过得还不错"。

不停地搬家，是加勒特一家的常态，很多美国工薪家庭都是如此。他们随工作调动或者为了寻找工作机会而举家搬迁，最终不得不在廉价的公寓里安顿下来，因为住不起更好的房子，抑或因为一而再再而三地违反租约导致陷入信用危机。② 然而比起拥有可自由支配收入和稳定职业的家庭，四处漂泊对于生活在贫困之中的人来说，有着不一样的含义。穷人的漂泊往往并非出于自愿。那不是一种自主选择，更多的是被驱逐的结果。

基尔曼从小到大并不认为自己家很穷。她的父母一直都有工作。他们一家有安身之地。"我这一辈子都靠薪水过活，"她告诉我，"如果不是这样，我都不知道怎么办才好。穷是什么？它就是一条细细的线。我确实是有地方安身的，我没有流落街头。但我仍然需要食品券，这样才能确保家里人每个月都能填饱肚子。"

普利策奖得主戴维·希普勒（David K. Shipler）在2004年出版的《穷忙》（*The Working Poor*）一书中是这样描述美国人的穷困的：

---

① "Dewey City, Oklahoma," U. S. Census Bureau, accessed October 9, 2020, https://data.census.gov/cedsci/table?q=Dewey%20city,%20Oklahoma&tid=ACSDP5Y2018.DP05.

② "Poverty, Housing Insecurity and Student Transiency in Rural Areas," Penn State College of Education, Center on Rural Education and Communities, accessed October 9, 2020, https://ed.psu.edu//crec/research/poverty.

事实上,对于几乎每个家庭来说,贫穷的成因都有一部分经济原因,一部分心理因素;一部分个人因素,一部分社会原因;一部分过去的影响,一部分现在的情况。每个问题都令其他问题造成的影响加大,所有问题之间的联系极其紧密,乃至一个逆转就能产生连锁反应,令结果与最初的起因遥遥难相及。住在破旧的公寓里会令孩子哮喘加重,为此家长就要叫救护车,接着他们会付不起医药费,于是信用记录就有了污点,然后他们的汽车贷款利率就要大幅提高,只好买一辆不好使的二手车,因此这位母亲无法准时上班,晋升机会和赚钱能力因而受到限制,于是她只好窝在一间破烂的房子里。[1]

这是个一旦陷入便可能无法全身而退的循环,尤其当刑事司法系统处心积虑地想让你一直穷下去时,处境更是如此。

\*

星期天一整天,基尔曼都在为第二天出庭的事坐立不安。一切都只能凭想象,她此前从未去过那里。克利夫兰县法院是一幢古典复兴风格的3层建筑,20世纪30年代末由美国公共工程管理局(Public Works Administration)出资建造。[2] 它位于南琼斯大街和东尤法拉街的交汇拐角处,对面是遗址步道公园(Legacy Trail Park)。县法院出自建筑师沃尔特·瓦尔格特(Walter T. Vahlgert)之手,是诺曼市第三家有着如此造型的法院,第一家已在1904年遭焚毁。

星期一早上到达时,法院已经拥挤不堪。这在全美国的市县级法

---

[1] David K. Shipler, *The Working Poor: Invisible in America* (New York: Vintage Books, 2004), 11. (可参见中译本:戴维·希普勒著,陈丽丽译,《穷忙》,上海:上海译文出版社,2015年1月。——译者)
[2] Kevin Latham, "Cleveland County Courthouse," Exploring Oklahoma History, accessed October 8, 2020, http://blogoklahoma.us/place.aspx?id=732.

院都是司空见惯的景象，很多司法辖区称这一天为"法定还款日"（law day）。法官当天会审核一连串名单，这些人因为违反条例或者犯轻罪而被逮捕：被开交通罚单、酒后驾驶、噪音扰民、入店行窃、小偷小摸、酒吧斗殴以及情节轻微的言行失检等。就是这些案件把美国的法院堵得水泄不通。几名辩护律师在公诉人旁边的一张桌子周围斟酌案件，有时也会闲适地坐在空荡荡的陪审团席上，听候工作人员叫他们委托人的名字。

这是一项牧民清点牲口似的流水作业。像这样的待审积案，在全美各地的交通法庭、驱逐案件以及刑事传讯中随处可见。程序通常是这样的：法官叫你的名字，确认你本人已到场。你会被问及是否请律师。然后等着公布你下一次出庭的日期，确定该日审判或进行认罪答辩/无罪抗辩。你在这样的审判室坐着等候，通常要耗去半天或者更长时间才能获得短短几分钟的机会与法官说上话。有时候可能会有几名囚犯被带进来，戴着镣铐，身穿橙色连体囚服，这是重罪嫌疑人被传讯到庭或者进行抗辩。但在美国的大多数审判室，这些案件绝大部分都是轻罪。①

刑事司法系统在处理此类轻罪待审积案方面力有不逮，《无罪之罚》一书对此有研究，作者兼法学教授亚历山德拉·纳塔波夫（Alexandra Natapoff）写道："由于轻罪案件的数量实在过于庞大，其诉讼进程会倾向于加速办理，这便为它'赢得了'一些颇不中听的绰号，例如'放牛式司法''流水线正义''随到随认律师''徒有其名的法官'等等。美国联邦最高法院担心，数量如此巨大的轻罪案件'会让人滋生一种快速结案的执迷心态，而罔顾判决结果的公正性'。实际上，这种量大速决的做法意味着公民的权利和尊严经常遭到

---

① Alexandra Natapoff, *Punishment Without Crime* (New York: Basic Books, 2018), 2.

践踏。"①

正如基尔曼在向我描述她第一次出庭受审经历时说的:"没什么是神圣不可侵犯的。谁出了什么事,彼此都很清楚。"她最终落得一次次造访同一间审判室的下场。几年下来,她渐渐地也能认出几张熟面孔。他们都是美国贫困的面孔,被拴在一套以指控为由谋取案件被告人钱财的系统之中。

终于,轮到她了。"肯德丽亚·基尔曼到了吗?"

她站起身,对法官说她没有请律师,也请不起。"好吧,"他说,"填张表,申请公设辩护律师,填好后拿回来交 40 美元。"美国宪法第六修正案确保联邦刑事被告人享有获得律师帮助的权利,即便他们请不起。② 原文如下:"在一切刑事诉讼中,被告人应享受下列权利:要求由犯罪行为发生地所在州和地区的公正的陪审团予以迅速及公开的审判,并由法律确定其应属何区;要求获悉被控罪名的性质和理由;要求与原告证人对质;要求以强制程序促使对被告有利的证人出庭作证;要求由律师协助辩护。"

然而,刑事案件被告人享有的这一诉讼权利,是直到 1963 年美国联邦最高法院在《吉迪恩诉温赖特案》(*Gideon v. Wainwright*)作出判决后,才确立其适用于所有各州,而不仅限于联邦法院。③ 1961 年,克拉伦斯·厄尔·吉迪恩(Clarence Earl Gideon)因涉嫌从佛罗里达州巴拿马城(Panama City)一家台球厅的自动售货机中盗取钱币而遭到指控。他告诉法官,自己请不起律师,要求法庭免费为他提供一位律师,但遭到法官拒绝,于是只好自我辩护。被定罪后,吉迪恩向佛罗里达州最高法院申请人身保护令,要求重获自由,因为

---

① Natapoff, *Punishment Without Crime*, 3-4.
② U.S. Const. amend. VI.
③ *Gideon v. Wainwright*, 372 U.S. 335, 339-340(1963).

他认为宪法赋予他得到律师协助的权利被剥夺了。但吉迪恩遭到州最高法院拒绝，后来他直接向美国联邦最高法院提起申诉。最高法院9位大法官一致同意其申诉，并在裁决中明确表示，第六修正案同样适用于各州受到重罪指控的被告。吉迪恩最终获得法庭指定的免费辩护律师，出狱重新受审。他赢了官司，最后的判决结论是无罪释放。1972年，美国联邦最高法院裁决，将律师帮助权扩大到所有可能被判处监禁的案件被告人。

从那以后，美国各州都建立起某种公设辩护人制度，虽然在运作方式和资金来源等方面彼此大相径庭。① 例如，有26个州由州承担运行费用，如拨给检察官、法官和执法部门的各项经费，均由州税收保障。而其他州大都采用混合式的州资助与合同制，在后一种方式中，私人律师按统一标准收费，为贫困的委托人辩护。这些律师并非仅仅依赖于此类合同，他们同时也接受其他报酬丰厚的私人案件委托。

俄克拉何马州是采用混合制的州之一。该州人口最多的两个县——俄克拉何马县和塔尔萨县——拥有自己的公设辩护人系统，由县税收承担运行费用。② 其他75个县，包括克利夫兰县在内，采用俄克拉何马贫困辩护系统（Oklahoma Indigent Defense System），他们聘请私人律师，根据合同收取定额服务费。然而，这两套系统都严

---

① Bryan Furst, *A Fair Fight: Achieving Indigent Defense Resource Parity* (Brennan Center for Justice, September 9, 2019), 5, https://www.brennancenter.org/sites/default/files/2019-09/Report_A%20Fair%20Fight.pdf; Department of Justice, Bureau of Justice Statistics, *Special Report: State Public Defender Programs*, 2007, September 2010, 3, https://www.bjs.gov/content/pub/pdf/spdp07.pdf.

② Ryan Gentzler, *The Cost Trap: How Excessive Fees Lock Oklahomans Into the Criminal Justice System without Boosting State Revenue* (Tulsa: Oklahoma Policy Institute, February 2017), 5, https://okpolicy.org/wp-content/uploads/The-Cost-Trap-How-Excessive-Fees-Lock-Oklahomans-Into-the-Criminal-Justice-System-without-Boosting-State-Revenue-updated.pdf?x35308.

重经费不足，使得这些律师承担的为穷人辩护的业务量过于繁重，同时也在经济方面刺激他们快速处理案件，而这常常是以牺牲有效辩护为代价的。①

"长期经费不足已经造成检察官与辩护人之间资源分配极其不均，这动摇了我们刑事法律制度的根基。"纽约大学法学院布伦南司法中心（Brennan Center for Justice）在2019年一份名为《公平之战：实现贫困辩护资源平等》（*A Fair Fight: Achieving Indigent Defense Resource Parity*）的报告中明确指出。② 该报告发现，2008年至2012年间，在法庭支出增加的同时，有26个州的公设辩护预算却在减少。有17个州为公设辩护人提供的只有县级经费支持，造成诉讼和辩护方面的巨大差距。何以至此？因为检察官办公室获得的经费数额远在辩护人之上。我们不妨把检察官和公设辩护人想象成数学方程式的两边：等号左右两侧的数值理应相等，然而等式出现失衡，向力求把人投入监狱的一方倾斜，而不利于试图保护被告人宪法所赋权利的一方。

在某些州，如路易斯安那州，公设辩护预算实际上来自诉讼费，这就造成对穷人进行双重征税的局面，因为只有穷人才需要申请公设辩护律师，也只有他们才有资格申请。③ 这就使得经费不足的问题更加严重，从而导致付不起保释金的贫困被告人长时间陷于牢狱之中。

---

① Ryan Gentzler, "The Indigent Defense System Needs $1.5 million to Avoid Another Constitutional Crisis," Oklahoma Policy Institute, April 19, 2017, https://okpolicy.org/indigent-defense-system-needs-1-5-million-avoid-another-con-stitutional-crisis/; "Oklahoma Indigent Defense System"（presentation, 2018）accessed October 9, 2020, https://oksenate.gov/sites/default/files/agencies_documents/OIDS_FY19BPR_Presentation.pdf.
② Bryan Furst, *A Fair Fight: Achieving Indigent Defense Resource Parity* (Brennan Center for Justice, September 9, 2019), 13, https://www.brennancenter.org/sites/default/files/2019-09/Report_A%20Fair%20Fight.pdf.
③ Furst, *A Fair Fight*, 6-7.

他们要等人手不足的公设辩护律师们挤出时间来处理他们的案子。在新奥尔良市（New Orleans），一位典型的公设辩护律师每年要处理的案件一度多达 19 000 宗，这意味着他/她分配给每一位委托人的时间大约为 7 分钟。密苏里州的情况与之类似。2017 年，该州 370 名公设辩护律师处理的案件总量为 82 000 宗，每宗案件耗时约 9 小时，大约只有美国律师协会（American Bar Association）推荐时长的五分之一。[1]

"如果宣称支持司法制度公平公正、拥护自由且热爱宪法的立法者都赞成将各类资源分配给为确保公平正义和维护自由而对抗政府的公设律师们，哪怕只有五分钱给其中的每一位，我们也会拥有十分充足的资金支持。"曾在 2015 年至 2019 年间担任密苏里州公设辩护人系统负责人的迈克尔·巴瑞特（Michael Barrett）说。2016 年，巴瑞特对密苏里州资金缺口极大、业务量极其繁重的公设辩护人系统深感愤懑，于是给时任州长的杰伊·尼克松（Jay Nixon）分派了一宗案件。[2] 鉴于巴瑞特是由尼克松本人任命的委员会所雇用的公职人员，他这么做着实令人震惊。但巴瑞特也是孤注一掷。虽然在他的努力之下取得些许进展，说服了密苏里州议会为公设辩护预算增加 450 万美元，[3] 但巴瑞特认为公设辩护人办公室实际上需要的经费超过 2 000 万美元，450 万只是其中一小部分。

---

[1] Tony Messenger, "New Report Highlights Failure of Missouri, Other States, to Fund Public Defenders," *St. Louis Post-Dispatch*, September 9, 2019, https://www.stltoday.com/news/local/columns/tony-messenger/messenger-new-report-highlights-failure-of-missouri-other-states-to-fund-public-defenders/article_ea9fa7ac-9fdf-5f8c-8697-65d942e0a0f1.html.
[2] Messenger, "New Report Highlights Failure of Missouri."
[3] Margaret Stafford, "Missouri Sued over Low Funding for Public Defender System," *Springfield News-Leader*, March 9, 2017, https://www.news-leader.com/story/news/local/missouri/2017/03/09/missouri-sued-low-funding-public-defender-system/98963436/.

然而，有着全美数一数二低税率的密苏里州，自身也面临财政困难。为了平衡预算，原本说好增加的 450 万美元被尼克松扣留了 350 万。比起克扣学龄儿童的经费，拿走刑事被告人的钱从政治层面来讲总是更容易些。① 密苏里州的法律赋予公设辩护人办公室负责人一项权利，即其在特殊情况下可以把需要公设辩护律师来处理的案件分派给"密苏里州律师协会的任何一位成员"。结果发现，州长本人也是律师，因此具备辩护资格。

尼克松拒绝接受指派，法院站在了他那一边，他因而不必承担替人辩护的责任，不过巴瑞特已经赢得了他想要的全美各大新闻媒体头条。② 尼克松州长当时已在第二个任期，不能竞选连任，可能错失了一个绝佳的机会。想象一下，如果州长本人代理生活贫困且需要一场有力辩护的委托人出现在法庭上，会引发公众对这个案子多大的关注度。然而尼克松这位主张严厉打击犯罪的前检察官与这个大好机会失之交臂了。

而你又是否了解，在大多数州，符合条件要求州政府指派辩护律师的被告人实际上可以申请免除相关费用。大多数人不知道这一点，也就没有申请。基尔曼自然也没有。这就是最根本的矛盾之处。为了

---

① Stafford, "Missouri Sued over Low Funding for Public Defender System."
② Matt Ford, "A Governor Ordered to Serve as a Public Defender," *Atlantic*, August 4, 2016, https://www.theatlantic.com/politics/archive/2016/08/when-the-governor-is-your-lawyer/494453/; Alex Johnson, "Missouri Governor, Who Vetoed Relief for Public Defenders, Appointed as Public Defender," *NBC News*, August 4, 2016, https://www.nbcnews.com/news/us-news/missouri-governor-who-vetoed-relief-public-defenders-appointed-public-defender-n623326; Elise Schmelzer, "Missouri Public Defender, Fed Up with Meager Funding, Appoints Governor to Defend Assault Suspect," *Washington Post*, August 4, 2016, https://www.washingtonpost.com/news/morning-mix/wp/2016/08/04/mo-public-defender-blames-governor-for-huge-caseload-problem-appoints-him-to-defend-assault-suspect/; Katie Reilly, "Missouri's Governor Cut Funding to the State's Public Defenders. So They Assigned Him a Case," *Time*, August 4, 2016, https://time.com/4439083/missouri-public-defender-governor-jay-nixon/.

避免因罚金及诉讼费而起的毁灭性债务,被告人需要律师代理;然而聘请律师又需要支付律师费,之后又有各项诉讼费,最终竟要耗费被告人数千美元,而这一切的开端只是一项类似交通罚单这样的轻微罪行。基尔曼第一次站在审判室的时候,只知道自己所有的钱都拿去买那辆 400 美元的车了,这才使她陷入如今这般境地,此后还有无尽的麻烦。她怎么也拿不出那 40 美元律师费,对法官也照实这么说了。

"他看着我,就好像我在扯谎,他让我在陪审团席那边坐着,"基尔曼说,"就这样,我坐在那儿,心想这下要坐牢了。"她在那儿等了 4 个小时。终于法官再次传唤她了,告诉她那 40 美元已经被免除,并且有位律师会联系她。6 月 9 日她得再回法庭来。

\*

## 南卡罗来纳州哥伦比亚市 2016 年 8 月

26 岁的萨莎·达尔比也请不起律师。她从来没想过自己会需要请律师。那时候,达尔比住在南卡罗来纳州哥伦比亚市的地标公寓,与几位室友同住。她在米其林轮胎公司当叉车司机,时薪 10 美元。挣得不算太多,但活儿不错,比她一年前干的那份工作要好。

这就是美国贫困问题的真实情况:穷是相对的。非裔美国人加上单身母亲的身份令达尔比的生活日渐艰难。达尔比早年随父母从马萨诸塞州的新贝德福德市(New Bedford)搬来哥伦比亚,前者是首府波士顿(Boston)外围的一座城市,达尔比从小在那儿长大。在新贝德福德,她有资格申请州政府提供的各种援助,如贫困家庭临时救助计划、食品券和医疗补助计划等。如今她有一份体面的工作,挣的比最低工资高,但总的来说,她过去一年的工资稍稍低于 17 000 美元,仍处于联邦政府为单身母亲规定的贫困线以下。她负担不起请人在家照顾 3 岁的儿子,好在母亲尚且能帮着带,那时候生活还算过得去。

可后来母亲生病了。达尔比不得不做出艰难的决定,把儿子送到马萨诸塞州的爷爷奶奶家。与此同时,她也会寄钱回去供儿子开销,并且省吃俭用留出路费去看儿子。

据美国经济政策研究所(Economic Policy Institute)数据显示,在南卡罗来纳州,雇用专人照顾一名4岁幼儿的平均费用每月超过500美元。在美国各州,对于生活在联邦贫困线以下的人来说,这笔育儿开支所占的收入百分比已经超过了联邦政府所界定的"可负担得起"这一范畴了。①

对达尔比来说,生活尚能应付——不太美好,但不至于糟糕——虽然她很想儿子,但整体而言还过得去。然而好景不长,合租公寓里有些事情变复杂了:她和室友起了冲突,因为钱的事爆发争吵,又因为她俩都在米其林轮胎公司工作,事情变得更加棘手。于是达尔比决定另找住处。但就在正式搬家之前,她和室友又吵起来了,这次演变成肢体碰撞。对达尔比来说,这不是一件小事:她小时候被虐待和侵犯过,后来被诊断患有创伤后应激障碍(PTSD)。

"一开始我们只是讨论,"达尔比说,但后来升级了,"我以为她要动手打我。于是我打了她。"这是一个致命的决定,尽管当时并不觉得。室友报了警,达尔比在门廊里等警察来。警察到了之后,达尔比解释了事情发生的经过。警察给她开了张企图伤害轻罪传票,在她收拾东西时站在一旁等着。她在姐姐家的沙发上凑合了一段时期,直到找着新的住处。

这之后的星期一,达尔比不得不到地方法官丽贝卡·亚当斯(Rebecca Adams)跟前去。她走进审判室做的第一件事,就是放弃

---

① "The Cost of Child Care in South Carolina," Economic Policy Institute, accessed October 27, 2020, https://www.epi.org/child-care-costs-in-the-united-states/#/SC.

为她指派律师的权利。① 在人家递给她的那张信息表里，有一栏要确认是否需要公设辩护人，费用是 40 美元。

"我没有 40 美元。"达尔比说。谁又能责怪她勾选了那个不涉及任何费用的小方框？像达尔比这样的被告人，当她们第一次走进审判室，焦虑不安又身无分文，大半心思只想着如何才能免于坐牢，在这样的情形下勾了错误的选项，这种事情太常发生了。达尔比不知道而且也没有人告诉她的是，法官有权限免除这笔费用。

达尔比站在亚当斯面前时，心里很没底。她从未进过看守所，也从未到过法院。她不明白眼前这一切是怎么回事，没有人像律师那样替她辩护。

"你有权保持沉默。你有权聘请律师。有权要求陪审团审判，"亚当斯说，"你被控企图伤害罪。你是否明白你被指控的罪名？你是否明白你拥有的权利？"

"明白，法官大人。"

"你想如何答辩？"

"无罪答辩。"

"你选择法官审判还是陪审团审判？"

"法官审判。"

"你是否准备好开庭？"

"准备好了，法官大人。"

"公诉人是否已经准备好？"

"准备好了。"公诉人说。事情就是这样。整个审判过程会持续

---

① Joseph Cranney, "These SC Judges Can Have Less Training Than Barbers but Still Decide Thousands of Cases Each Year," *Post and Courier*, September 14, 2020, https://www. postandcourier. com/news/these-sc-judges-can-have-less-training-than-barbers-but-still-decide-thousands-of-cases/article _ deeac12e-eb6f-11e9-927b-5735a3edbaf1. html.

11 分钟,达尔比将亲口给自己定罪。

她把之前对警察说过的话又对法官说了一遍。没错,她是打了室友,可她当时很害怕,便照着心里想的做了。辩护律师会把这种行为定性为正当防卫,如此一来,至少能降低指控。然而,达尔比没有请律师,当她开始争辩时,亚当斯打断了她。

"你确实有打她,对吗?"亚当斯问,"我们进行这场审判,为的什么?"

"我不清楚,"达尔比说,她茫然不解,"我并不熟悉法律用语。"

结案很快。

"经由你本人承认,我判处你有罪,"亚当斯说,"你为什么要那么做?你为什么要那样打她?简直太愚蠢了。"

"你有工作吗?"亚当斯问。

"有的,法官大人,我有工作。"

"所以你能支付我的罚金咯?还是你宁愿去坐牢?"

最后这两句话透露出有关美国刑事司法系统现状的很多信息。这位地方法官说的是"我的",这样的措辞看起来无关紧要,实际大有文章。罚金不是私自而为,是由州法律规定的举措。从理论上来讲,罚金乃是用来惩罚违反法律的人或阻止此类行为发生的手段,或者二者兼而有之;然而,很多法官并不这么认为,而且这不是偶然现象。

20 世纪 90 年代初期,全美州法院中心(National Center for State Courts),一个由州法院官员(如法官、法庭书记员等)构成的组织,为其成员出版了一部《收费问题及解决方案手册》(Handbook of Collection Issues and Solutions)。这本类似培训手册的出版物,产生于该组织在全国范围内开展的一系列名为"交通案件中各项罚金与费用收取"的研讨会。这种培训,丽莎·福斯特说,和法官理不理解法律的更精深之处、如何发挥他们保护民权的作用等方面几乎都没什么关系。其主旨就是为了确保法官们应政府行政和立法部门的要求,在收取由穷人支付的变相税款时能够得心应手。美国有太多的法官非但不会为司法独立的丧失感到被冒犯，反而在为他人收取费用没能成功时耿耿于怀，把这当成私事来处理。

例如，1999年，内华达州设立全州特别工作组，目的是"改进法庭施加的罚金及诉讼费收取、财产没收和行政评估"①，因为全美国太多市县的法官工作都是由此来界定的。

另一个就是监狱问题。

有几个州，如密西西比州和南卡罗来纳州，对那些还不起服刑期间债务的被告人专门处以监禁。② 亚当斯当时给达尔比提供了一个入狱的"机会"，而不是让她交罚金，这其实是与魔鬼的交易，只有贫穷的被告人才不得不考虑是否这么做。

"我宁愿交罚金。"达尔比说。

"那好吧，你被判处30天监禁，缓期执行，并缴纳罚金1 000美元。"

达尔比当天写了张支票，付了200美元的首笔罚金。她不确定这张支票能否兑现——这也是为何她之前拒绝支付40美元聘请公设辩护律师——可她觉得自己别无选择。达尔比离开法院时，同意今后每月支付175美元，直到欠法院的这笔债全部还清。她知道这其实已经超出了自己的支付能力。

整件事让人莫名惊诧。"我根本不知道自己还有请律师这个选

---

① Karin D. Martin, "Monetary Myopia: An Examination of the Institutional Response to Revenue from Monetary Sanctions for Misdemeanors," *Criminal Justice Policy Review* 29, Nos. 6–7 (May 10, 2018): 630–662.
② Anne Wolfe and Michelle Liu, "Think Debtors Prisons Are a Thing of the Past? Not in Mississippi," The Marshal Project, January 9, 2020, https://www.themarshallproject.org/2020/01/09/think-debtors-prisons-are-a-thing-of-the-past-not-in-mississippi; Cranney, "These SC Judges Can Have Less Training Than Barbers."

项，"她说，"我不知道当时说审判就审判了。我原先怎么也没料到会要 1000 美元。我同意，是因为她是法官、她说了算啊，而且我不想惹麻烦。我会想尽一切办法把这笔钱还掉。"

*

### 密苏里州塞勒姆市 2016 年 4 月

如果你想找一处典型图景来定义美国乡村地区的贫困状况，塞勒姆是绝佳之选。当地将近 30% 的人口用以维持生活的收入低于联邦贫困线，该数字比全国平均水平的 2 倍还多。[1] 这意味着他们用于生计的年收入少于 12 760 美元；或者如果你是育有一孩的单身母亲，年收入少于 17 420 美元。[2] 在小镇东边的树林里，偎依着马克·吐温国家林地连绵山峦的，是无家可归的人们暂且容身的营地残迹。这些帐篷来来去去，成为塞勒姆随处可见的贫困标志。[3]

曾经有段时期，塞勒姆的工厂可以提供好工作，瓶装厂或者制鞋厂，不过那些日子大多一去不复返。如今沃尔玛成了最大的雇主，其次是当地医院和各级公务员岗位。[4] 有些人驱车往北半小时前往罗拉大学城，就为了一份工作。

---

[1] "Salem, Missouri Population 2020," World Population Review; Jessica Semega, Melissa Kollar, Emily A. Shrider, and John Creamer, "Income and Poverty in the United States: 2019," U. S. Census Bureau, September 15, 2020, https://www. census. gov/library/publications/2020/demo/p60-270. html#:~:text=The%20official%20poverty%20rate%20in, and%20Table%20B%2D5。

[2] "Poverty Guidelines," U. S. Department of Health & Human Services, Office of the Assistant Secretary for Planning and Evaluation, January 8, 2020, https://aspe. hhs. gov/poverty-guidelines。

[3] Andrew Sheeley, "Struggling with Poverty: In Dent County and the Ozarks, Another World Exists," *Salem News*, February 10, 2015, https://www.thesalemnewsonline.com/news/article_f023a66e-b130-11e4-89a6-e730be7ec6de.html。

[4] "Dent County," Meramec Regional Planning Commission, accessed November 3, 2020, https://www.meramecregion.org/counties/dent-county/。

依傍着松树林，山脚有一条尘土飞杨的马路，沿途散落着曾经充当制毒工场的简易棚屋和拖车式活动房屋，那是在法律限制销售速达菲（Sudafed）、强制停工之前，如今已经被废弃了。现在的冰毒大部分来自墨西哥①，速达菲也被阿片类镇痛药，如奥施康定（Oxycontin）和维柯丁（Vicodin），取代，后两者常常是通往海洛因的门户。②

有证据表明，沃尔玛大型超市的存在，实际上恰恰会加剧像塞勒姆这种小城镇的贫困程度，因为它使家庭经营的小零售店无以为继：开给雇员的工资低到他们仍然有资格申请食品券，同时又以低于勉强维持的传统店铺的价格出售各类商品。2006 年，宾夕法尼亚州立大学（Pennsylvania State University）的斯特凡·戈茨（Stephan J. Goetz）和国际妇女研究中心（International Center for the Research on Women）的赫玛·斯瓦米纳坦（Hema Swaminathan）研究发现，即使在控制其他变量的条件下，沃尔玛的存在常常也会使社区的贫困程度加重；或者说，至少在经济繁盛时期，它会使社区脱贫的难度加大。③

布鲁克·卑尔根那天去的就是沃尔玛，事后方知那是不幸的开始。当天凌晨 3 点她还非常清醒，怎么也睡不着，便觉得自己该出门走走。塞勒姆的一头有几家一元店，城乡杂货店则在另一头。但如果

---

① Leah Thorsen, "Missouri Is No Longer the Meth Capital of the U. S. ," *St. Louis Post-Dispatch*, March 31, 2014, https://www.stltoday.com/news/local/crime-and-courts/missouri-is-no-longer-the-meth-capital-of-the-u-s/article _ 358b8c90-29ba-5c8f-acba-2bdaf5d6523f.html.

② Camille Phillips, "Prescription Painkiller Abuse Cases on the Rise in Mis-souri Hospitals," St. Louis Public Radio, October 12, 2015, https://news.stlpublicradio.org/health-science-environment/2015-10-12/prescription-painkiller-abuse-cases-on-the-rise-in-missouri-hospitals.

③ Stephan J. Goetz and Hema Swaminathan, *Wal-Mart and County-Wide Poverty*, *Social Science Quarterly* 87, no. 2 (June 2006): 220, https://aese.psu.edu/nercrd/economic-development/for-researchers/poverty-issues/big-boxes/wal-mart-and-poverty/article-wal-mart-and-county-wide-poverty.

你在凌晨 3 点还毫无睡意，沃尔玛是唯一可去的地方。

9 个月前，卑尔根 4 个月大的女儿阿玛雅·珍尼（Amaya Jaine）在睡梦中死亡。她的生活彻底乱了套。失去孩子时，她才 27 岁，然而为亲人的离世悲伤难过，对仍涉世未深的她来说并不是什么新鲜事。她已经失去了母亲和一个弟弟。她因为滥用阿片类药物而蹲过一段时间监狱，就在出狱后暗自开心以为自己战胜了药物成瘾，准备开始新生活的节骨眼上，女儿猝然离世。这让她无法承受。

"我当时疯了。"

\*

近乎空无一人的超市里，她从一条过道逛到另一条过道。她在购物车里堆满了食物和家居用品，还有一些化妆品。她停在批量商品的货架旁，拿了一盒 8.74 美元的睫毛膏。往收银台那边去时，睫毛膏从包装盒里掉了出来，她有点恼火，于是漫不经心地把它塞进口袋，丢了包装盒。[1] 之后她忘了这茬，在收银台付款时，没有从口袋里掏出那支睫毛膏。将要离开的时候，一位超市员工拦下了她，问起她口袋里的化妆品。卑尔根一下子慌了。

"我吓坏了，"她说，"我试图逃跑。我知道这很蠢。"

与基尔曼和达尔比不同，这不是卑尔根第一次轻微触犯法律。她当时生活在密苏里州，但艰难的日子从佛罗里达州就开始了，她在那儿长大。"我们那时候很穷。"卑尔根告诉我。她母亲大多数时候都靠各种州援助过活，包括食品券。一家人住在亨利·柯克兰花园公寓，

---

[1] Tony Messenger, "Poor Defendants in Dent, Caldwell Counties Join Not-So-Exclusive $10,000 Club," *St. Louis Post-Dispatch*, October 16, 2018, https://www.stltoday.com/news/local/columns/tony-messenger/messenger-poor-defendants-in-dent-caldwell-counties-join-not-so/article_aef8e1bf-96c6-56a5-9c82-10feff656721.html.

这是巴拿马城埃弗里特大街（Everitt Avenue）上的公共住房建设项目。① 这片区域，当地人称之为米尔维尔（Millville），始建于19世纪头10年晚期，此前是一片早已关闭的木料场。

弟弟去世时，她才12岁。他那时候只有8岁，在外头玩耍，一辆横冲直撞的卡车越过路边石冲过去轧死了他。卑尔根刚升入中学。她对生父没有概念，那个人在她很小的时候就去世了。青春期之前司空见惯的焦虑，因为早早经历这么多创伤而被按了加速键。"我当时好愤怒，一天到晚都是这样。"卑尔根记得。

13岁那年，她愤怒到在中学里同另一个女生打架，把人打成重伤。那是她第一次惹麻烦，结果被送到一家专收女孩子的青少年管教机构，就是臭名昭著的格林维尔希尔斯学院（Greenville Hills Academy）。那是个暗无天日的地方。

位于90号公路线上塔拉哈西市（Tallahassee）东边一个老旧铁路小镇上的格林维尔希尔斯学院，距离卑尔根从小生活的狭长城市仅几小时车程，那时候看上去处处洋溢着田园风情，尽管它被带刺的铁丝网围着。一幢幢盖着蓝色金属屋顶的砖混砌块建筑在几百英亩的地面上蔓延开去。然而，2003年至2004年卑尔根在此度过的那段时期，我们很难轻飘飘地将它描述成一所正儿八经的"学院"。她离开之后仅仅过了数年，格林维尔希尔斯学院就因涉嫌虐待和危害其收容的青少年人身安全而被多家州政府机构调查。州里的一条反虐待热线在2年时间内接到200多个举报电话，其中包括多次投诉管教人员使用可能导致骨折的身体禁锢手段。② 卑尔根本人就见识过。她当时在

---

① "Henry T. Kirkland Apartments," Panama City Housing Authority, accessed November 3, 2020, https://panamacityhousing.org/henry-t-kirkland-apartments/.
② Carol Marbin Miller and Marc Caputo, "New Claims of Abuse at Boys Camp, October 14, 2006," *Miami Herald*, October 12, 2007, https://www.miamiherald.com/latest-news/article1928434.html.

门的另一侧，听见新人训练营那边有几名管教正在钳制另一名女生。"我听到的尽是她的哭喊声，痛苦的尖叫声，"卑尔根说，"然后我听见骨头折断的声音，我想是她的手臂。

"那是我听过最瘆人的声音。"

对于美国南部许多年轻人来说，少管所看起来就是这个样子。作家科尔森·怀特海德（Colson Whitehead）在他获得普利策小说奖的《镍币男孩》（*The Nickel Boys*）一书中描述过这种极其可怖的情形，其选材便是基于佛罗里达州玛丽安娜地区（Marianna）多齐尔男校（Dozier School for Boys）的真实虐童事件。这所少年惩教学校就位于卑尔根被送去的少管所西北边。[①] 美国司法部2011年公布了一份记录着多年虐待、暴力和死亡的报告，多齐尔男校罪证确凿，之后便被勒令关闭。[②]

卑尔根走出那所学院后，一切都变了。她在少管所的新生训练营里亲眼所见、亲耳听闻过一些事，这将永远改变她。那是4月27日，她8岁的弟弟去世两周年忌日。她在里面的时候，母亲因突发心脏病去世了。原来那个单薄的家，只剩她孑然一身。当时有个她几乎不认识的亲戚，住在密苏里州的罗卡韦海滩（Rockaway Beach），那是位于布兰森（Branson）东北部塔尼科莫湖（Lake Taneycomo）的一个小镇。她搬了家，从此一去不回头。她会一直待在那边，直到高中毕业。

年龄一到，她便迫不及待找了份工作。卑尔根说，收留她的这个亲戚酗酒，可能会虐待她。工作能让她得到片刻的喘息。一开始她在

---

[①] Colson Whitehead, *The Nickel Boys* (New York: Doubleday, 2019).
[②] "Department of Justice Releases Investigative Findings on the Arthur G. Dozier School for Boys and the Jackson Juvenile Offender Center in Flor-ida," Department of Justice (Press Release), December 2, 2011, https://www.justice.gov/opa/pr/department-justice-releases-investigative-findings-arthur-g-dozier-sch-ool-boys-and-jackson.

福赛斯镇（Forsyth）的索尼克汽车餐厅打工，就在罗卡韦海滩的东边。高中时期，她在布兰森镇坦吉尔奥特莱斯购物中心的"老海军"服装店打工。这座小镇是密苏里西南部居民全家出游和娱乐的绝佳去处。"我不停地打工，除了打工还是打工，"她说，"从始至终都是这样。"17 岁生日后的第二天，卑尔根搬去与男友同住。1 年后两人结了婚，搬到了塞勒姆。

她药物上瘾这件事，是一点一点酿成的。起初是一处关节痛。然后为了缓解牙痛，服了片维柯丁。没过多久，阿片类药物成瘾令她欲罢不能。她这种情况并不特殊。2012 年至 2017 年间，在全国性的药物成瘾危机高峰期，美国最大的三家阿片类药物制造商在密苏里州售出了超过 16 亿片止痛药。① 随着危机逐步扩散，全美所有的州——唯独密苏里州除外——都推出了处方药监测计划，医生和执法机关据此可以对阿片类药物滥用进行追踪。这些数据库旨在减少人们去"药物作坊"买药的次数。药物滥用者可能先后去好几处这种地方，找不同医生或药房开药，以满足其麻醉性镇痛药的剂量。密苏里州因为州参议院的几个共和党人阻挠，没能建起这种数据库，导致州内药物滥用危机进一步恶化。美国最大的阿片类药物制造商曾经一度在登特县的销售量分摊到每人每年超过 60 片之多，是密苏里州比例最高的地区之一。②

---

① *Fueling an Epidemic: Report Three: A Flood of 1.6 Billion Doses of Opioids into Missouri and the Need for Stronger DEA Enforcement* (Washington, DC: U.S. Senate Homeland Security & Governmental Affairs Committee, Ranking Member's Office, July 2018), 1, https://www.hsgac.senate.gov/imo/media/doc/REPORT-Fueling%20an%20Epidemic-A%20Flood%20of%201.6%20Billion%20Doses%20of%20Opioids%20into%20Missouri%20and%20the%20Need%20for%20Stronger%20DEA%20Enforcement.pdf.

② Andrew Sheeley, "Dent County Listed Among Regional Leaders for Opioids," *Salem News*, August 7, 2019, https://www.thesalemnewsonline.com/article_267f8506-b2db-11e9-8997-8fb43e0700b5.html.

当镇痛药很难买到或者价格太高时,阿片类药物成瘾者往往会升级演变成海洛因成瘾。① 卑尔根就是这种情形。

2009 年,卑尔根被控犯下持有毒品罪,在州立监狱服刑 120 天。1 年以后,她仍没能让自己走出毒品控制,并多次违反缓刑规定。她再次进了监狱,又被关了 120 天。密苏里州的监狱里满是像卑尔根这样的人:先是因为非暴力毒品犯罪被关进来,然后因为违反缓刑规定或假释条例被二次监禁。截至 2018 年,密苏里州各监狱关押的男女服刑人员中,有 54% 属于第二种情况,与亚利桑那州同时跻身全美前列(爱达荷州位列榜首)。②

12 月,卑尔根对盗窃轻罪指控作了认罪答辩。这项指控涉及的是她入店行窃那支 8.74 美元的睫毛膏。③ 她被判处有期徒刑 1 年,缓刑 2 年。倘若她在缓刑考验期遵纪守法,这 1 年监禁将暂缓执行。这是密苏里乡村地区司法的双刃剑。乡村地区的法官们量刑听上去很重,这很常见,例如入店行窃判处有期徒刑 1 年,然后又缓期执行。其本意乃在于,倘若被告没有惹麻烦,他们根本也不用坐牢。这种刑罚听上去挺严重,但同时又挺人性化。

但对大多数人而言,现实情况又是另外一回事。

在密苏里州及其他地方,轻罪与州重罪指控的不同之处在于,前者的缓刑由具有营利动机的私营企业监督。④ 这些企业是各州议会削

---

① Phillips, "Prescription Painkiller Abuse Cases on the Rise in Missouri Hospitals."
② "Confined and Costly: How Supervision Violations Are Filling Prisons and Burdening Budgets," Justice Center, Council of State Governments, June 18, 2019, https://csgjusticecenter.org/publications/confined-costly/.
③ Tony Messenger, "Judge Tries to Block Access to Debtors' Prison Hearings in Dent County," *St. Louis Post-Dispatch*, November 5, 2018, https://www.stltoday.com/news/local/columns/tony-messenger/messenger-judge-tries-to-block-access-to-debtors-prison-hearings/article_ec6a9526-e652-5819-88b0-b5e8fd3b28dc.html.
④ Peter Edelman, *Not a Crime to Be Poor* (New York: The New Press, 2017), 30.

减州缓刑部门,把问题转手县级政府,而后又抛给私营部门之后纷纷涌现出来的。就这样,原本由纳税人承担的开支转移到了被告人自身。塞勒姆的缓刑监管公司 MPPS,那时候的负责人是丽莎·布莱克威尔(Lisa Blackwell)。此人是布兰迪·贝尔德法官的多年好友,而这位法官就是卑尔根第一次被指控持有毒品罪时的公诉人。①

当时的登特县法院里,布莱克威尔在公诉人旁边有自己的专属座位。这很不可思议。此人未经选举,也不在州政府部门任职,却荣升至此而手握大权,俨然是司法系统名正言顺的一分子。而事实上,她管理着一家私营企业,当审判室里的人们重新回到监狱、继续留在缓刑系统时,她的公司就有利可图。贝尔德法官传唤被告出席付款审查听证会时,会转向布莱克威尔,后者简单出个声、大拇指朝上或向下,就能决定某人是否将再次回到监狱。

卑尔根不知道这回事。被判刑那会儿,她坐牢和还债的循环才刚起了个头。基尔曼和达尔比的遭遇也如出一辙。实际上,真正的麻烦才刚刚开始。

---

① Messenger, "Judge Tries to Block Access."

## 第二章　罚单开，税款来

### 俄克拉何马州诺曼市 2009 年 6 月

基尔曼于 6 月 9 日再次来到克利夫兰县法院，参加第二次听证会。在她等待之时，"有个我从来没见过的家伙，把脑袋伸进审判室大喊了一声，好像叫的是我的名字"。那人叫亨利·赫布斯特（Henry Herbst），一个专打人身伤害官司、与克利夫兰县签了合同专接穷人案子的律师。这位"法庭指派"的律师，她还是第一次得知他的存在。她把自己的事告诉赫布斯特：她为了去一趟阿肯色州买了这辆车，回家路上被截停；警察发现吸大麻的烟斗斗钵里有残渣；她根本不知道这玩意儿是谁的，也不知道它怎么会在车上。赫布斯特跟她说准备"放弃抗辩"。

类似于某些州的"阿尔弗德认罪协议"，[①]当人们"放弃抗辩"，其实就等于承认公诉人多半会赢得这场官司，但他们不承认自己有罪。这是一种妥协，有着和认罪答辩一样的基本效应。[②]在很多州，被告采用这种抗辩，如果在审判中宣布他们罪名成立，这样可以避免更重的量刑。基尔曼不想闹大。她想了结这件事。沟通的事全都由赫布斯特搞定。基尔曼把那天描述成灵魂出窍似的体验。通过她的律师，她对持有吸毒工具和持有大麻这两项轻罪指控选择放弃抗辩。在俄克拉何马州，烟斗斗钵里的残渣足以成为持有型罪名成立的证据。

判决定于 8 月 21 日宣布。那一天，法官针对她两项罪名各判有期徒刑 1 年，但缓期执行。缓期执行在轻罪案件中很常见。实际上，它意味着被告只要在缓刑期不违反相关规定，便不会真的去坐牢。③ 基于各种各样的理由，法官们喜欢缓期执行。很多司法辖区的监狱人满为患，根本没地方容下所有人。然而，法官们不想自己看上去对违法犯罪心慈手软，于是他们判刑时就像对基尔曼那样，量刑较重但缓期执行，只要被告人还处于缓刑期，便把坐牢的可能悬在他们的头顶。如果基尔曼遵照法官的指示，事事照做，她便不会真的去蹲监狱。法官还勒令她完成 40 小时的社区服务，并支付诉讼费。

**诉讼费。** 时至今日，这个词依然阴魂不散地缠着她。

判决结论出来之后，她签署的一份文件列出了这笔费用的部分明细。100 美元法庭评估费，100 美元受害者赔偿金，40 美元每月缓刑费，100 美元心理健康费。④ 基尔曼必须为创伤救护援助基金支付

---

① 阿尔弗德认罪协议（Alford plea）：美国的法律名词，指被告不承认自己有罪，但承认有足够的证据证明他有罪，因此做出的认罪声明。此法律名词源于美国 1970 年《北卡罗来纳州诉阿尔弗德案》（*North Carolina v. Alford*）的审理。在该案中，阿尔弗德被控一级谋杀，按照北卡罗来纳州法律要被判处死刑。因为阿尔弗德的无罪主张没有佐证，律师建议阿尔弗德接受检察官的辩诉交易并承认二级谋杀指控，最高刑是 30 年监禁。在罪状认否程序中，阿尔弗德对减轻的指控答辩有罪，但坚持声称他没有谋杀。面对如果对一级谋杀指控认罪会被判处死刑的威胁，他还是答辩有罪。法官继续询问他有关决定自愿性的问题，确认阿尔弗德知道答辩有罪的后果之后，接受了阿尔弗德的答辩。——译者

② Micah Schwartzbach, "What Does Pleading 'No Contest' Mean?" Nolo, accessed October 9, 2020, https://www.nolo.com/legal-encyclopedia/what-pleading-guilty-contest.html.

③ Rodney J. Uphoff, "The Criminal Defense Lawyer as Effective Negotiator: A Systemic Approach," *Clinical Law Review* 2（Fall 1995）: 73, 89n63（"In Oklahoma, for example, prosecutors in Cleveland County routinely offer to first offenders to recommend a deferred sentence in exchange for a plea..."）.

④ 关于常见的费用无法如期交纳问题，参见 Ryan Gentzler, *The Cost Trap: How Excessive Fees Lock Oklahomans Into the Criminal Justice System with*-（转下页）

100美元，为俄克拉何马法院信息系统支付25美元，为检察官委员会支付15美元，为法院安保工作支付10美元，6美元的法律图书馆费，5美元的县治安官服务费，27.5美元给县法院书记员，17美元收款手续费。这些费用，每项罪名各收一次，这意味着她得付双倍。这是各个市县作为刑事司法敛财机器耍弄的小伎俩。这并不是因为基尔曼被控两项罪名而给法庭造成了额外开销。两项指控是在同一个法院同时进行，由同一批法官、书记员和检察官经手处理。但收费两次，县政府就多收一倍的钱，同时也成功地把一个穷人埋在债务堆里。

基尔曼为这数额之巨感到震惊。她说，在认罪之前，律师和法官对此都只字未提。法官给她定了个付款计划。基尔曼签了份同意每月支付100美元的文件，这时她看见欠款总额：1150美元。

在俄克拉何马州，市、县或州法律规定必须缴纳的单笔罚金或费用超过120种，实际缴纳视具体情况而定。而缴费的重担大部分落在穷人身上，他们是众多待审轻罪积案的当事人。[①] 还有法律图书馆费、书记员费、陪审团费以及地区律师费。[②] 让人不堪重负，这是确定无疑的。然而这就是"变相税"——当你需要为当地各项开支筹集资金，却又拒绝对当地居民征收更高的税，这时候就会出现这种情况。高明的政治手腕，或许如此吧，但对那些被这笔账单缠得脱不开身的人们来说却是毁灭性的。俄克拉何马城市大学法学院（Okla-

---

（接上页）*out Boosting State Revenue* (Tulsa: Oklahoma Policy Institute, February 2017), 5, https://okpolicy. org/wp-content/uploads/The-Cost-Trap-How-Excessive-Fees-Lock-Oklahomans-Into-the-Criminal-Justice-System-without-Boosting-State-Revenue-updated. pdf?x35308。

① Gentzler, *The Cost Trap*, 7; Tianna Mays and Phylicia H. Hill, "Point of View: Oklahoma Should Address the Trap of Fees, Fines," *Oklahoman*, May 31, 2019, https://oklahoman. com/article/5632676/point-of-view-oklahoma-should-address-the-trap-of-fees-fines.

② Gentzler, *The Cost Trap*, 5.

homa City University School of Law）刑事司法中心（Center for Criminal Justice）法务主管洛蕾塔·拉德福德（Loretta Radford）将俄克拉何马州的这些罚金及诉讼费称为一种双重征税方式。"让个人承担这种沉重的债务,从任何方面来看都对公共安全毫无助益。"拉德福德说。想要查清市县级法院的此类外债具体有多少,这几乎不可能,这些法院没有保存连续一致、容易追踪的罚金记录。然而就全美整体而言,与此现象有关的未偿债务可能达到了 500 亿美元。[1]

就在被判刑前后,基尔曼和她的两个孩子、父亲以及男友一起住在一套两居室的公寓里。这套公寓的建造资金大部分来自联邦政府住房和城市发展部（U.S. Department of Housing and Urban Development）资助的第八项住房计划。她每月领取联邦政府发给孩子布巴的 543 美元支票。布巴是智障儿童,这是她的主要收入来源。她不能出去工作,因为她是布巴的主要照护人。一家人每个月领取 306 美元的食品券。除去煤气费、汽车保险费和水电费,她必须确保用食品券让每个人填饱肚子。如今遇上这一遭。"法院这档子事永远不会消失,"她说,"他们不断地往上加。没完没了。"没错,她是同意每月还 100 美元,可到底要多久她才还得完?

\*

### 密苏里州弗格森市 2014 年 8 月

我是通过 2014 年夏天弗格森和圣路易斯的街头骚乱,才逐渐了解这个问题,此时距离基尔曼的无故截停之辱快过去 5 年了。

如果你是黑人,贫穷且生活在圣路易斯县（St. Louis County）,

---

[1] "New ABA Study Captures Impact of Fines, Fees on the Poor," American Bar Association, June 29, 2020, https://www.americanbar.org/news/abanews/aba-news-archives/2020/06/new-aba-report-captures/.

被开交通罚单和逮捕令简直就是家常便饭。① 该县所在地区由 88 个自治市拼缀而成，每个市都有他们各自的警察局和交通法庭。② 开车出行不到 2 英里的路程，沿途便会经过好几个自治市。沿 70 号州际公路单程行驶，尤其靠近机场时，被开几张罚单的现象并不少见。③

在大规模抗议发生之前，2014 年的情况有多糟糕，从下列事实可见一斑：

> 派恩朗小镇，人口 3 500，96％以上为黑人，人均年收入 13 000 美元。2013 年收取交通罚金总计 170 万美元；签发超过 23 000 张逮捕令，其中很多是由于当事人未能及时缴纳罚金。④
> 2015 年，弗格森市一年内各项罚金与费用共计 200 万美元，大部分来自交通违章罚金，该项金额约占城市收入的 23％。⑤ 一

---

① Tony Messenger, "In North St. Louis County, the Courts and Poverty Intertwine," *St. Louis Post-Dispatch*, May 29, 2017, https://www.stltoday.com/news/local/columns/tony-messenger/messenger-in-north-st-louis-county-the-courts-and-poverty/article_f7d7ac14-3cc6-5f42-b070-6609a459c243.html; Radley Balko, "How Municipalities in St. Louis County, Mo., Profit from Poverty," *Washington Post*, September 3, 2014, https://www.washingtonpost.com/news/the-watch/wp/2014/09/03/how-st-louis-county-missouri-profits-from-poverty/.
② Walter Johnson, *The Broken Heart of America: St. Louis and the Violent History of the United States* (New York: Basic Books, 2020), 160, 340.
③ Radley Balko, "How Municipalities in St. Louis County, Mo., Profit from Poverty"; Ken Leiser, "St. Louis County Cities Tag Speeders with Heavy Fines on I-70," *St. Louis Post-Dispatch*, January 17, 2011, https://www.stltoday.com/news/local/metro/st-louis-county-cities-tag-speeders-with-heavy-fines-on-i-70/article_352c3f26-2208-11e0-abb3-00127992bc8b.html.
④ Thomas Harvey, John McAnnar, Michael-John Voss, Megan Conn, Sean Janda, and Sophia Keskey, *Municipal Courts White Paper* (St. Louis, MO: Arch City Defenders, 2014), 9, http://www.courts.mo.gov/file.jsp?id=98433.
⑤ *Targeted Fines and Fees Against Communities of Color: Civil Rights & Constitutional Implications* (Washington, DC: U.S. Commission on Civil Rights, September 2017), 12, n51 https://www.usccr.gov/pubs/2017/Statutory_Enforcement_Report2017.pdf.

032　奖与惩

个人口约为 2.1 万的城市,① 在 2010 年至 2014 年间,开出了超过 9 万张交通罚单。②

《圣路易斯邮报》关于 2014 年公共记录的一份分析报告发现,圣路易斯县北部各自治市签发的人均逮捕令和交通罚金,超过了密苏里州的其他地方。"2008 年至 2013 年间,罚金数额增长最大的 25 家法院中,有 12 家位于圣路易斯县。"该报纸指出。③

这些钱都去了哪里? 大部分又都回流到了警察局和法院,满足他们的一切运转资金需求。这些钱没有用来建学校或者修铁路,没有用来搭桥梁或者破土建造新的公园绿地。④

\*

对 2014 年那几场抗议产生刺激作用的焦虑情绪,很大程度上受到了几十年来被过度监管的黑人群体亲身经历的推动。造成这种局面的原因颇多,但从某些方面来说,也是令人感到羞耻的庸俗老调:几个自治市沆瀣一气,把它们的法庭当作收入来源,因为它们没什么像样的课税基础,然后这副重担便被狠狠地转嫁到黑人居民身上。⑤ 抗议得到了全国性的响应,部分原因在于这种经历在全美各地实在太常见。警察在交通执法方面有规定的任务指标,于是他们开出的交通罚

---

① Harvey et al., *Municipal Courts White Paper*, 31.
② *Targeted Fines and Fees Against Communities of Color*, 12, n. 51.
③ Jeremy Kohler, Jennifer S. Mann, and Walker Moskop, "For People Living Under Threat of Arrest Around St. Louis, a Constant Stress," *St. Louis Post-Dispatch*, September 21, 2014, https://www.stltoday.com/news/local/crime-and-courts/for-people-living-under-threat-of-arrest-around-st-louis-a-constant-stress/article_5135fe78-02f4-5ff2-8283-3b7c0b178afc.html.
④ Kohler et al., "For People Living Under Threat of Arrest."
⑤ Kohler et al., "For People Living Under Threat of Arrest."

单多得离谱，如此一来才能平衡市政预算。① 在圣路易斯地区，几乎每一个走上街头的非裔居民，无论老少，都有过因为没能及时还清交通罚单造成的债务而进出市政监狱的亲身经历。

迈克尔·布朗离世几天之后，圣路易斯一家名为 ACD（ArchCity Defenders）的非营利性律师事务所的几位创始人，迈克尔-约翰·沃斯（Michael-John Voss）、托马斯·哈维（Thomas Harvey）以及约翰·麦克安纳（John McAnnar），发表了一份白皮书，列举了他们这些年了解到的市政法院的所作所为。"委托人称他们被收押，原因在于交不起罚金，"他们写道，"有些人因为拖欠罚金下狱，结果丢了工作和住处。贫困的母亲'未能现身'法庭，下一次早早到达时却被签发逮捕令，或者及时到达法庭却被拒绝入内，因为该自治市恰好禁止儿童进入法庭。他们要在法官和公诉人面前为自己辩护，而关心他们的家人却被迫在审判室外面等候。"②

我见过沃斯的一位委托人，基利·范特（Keilee Fant），在她朋友的葬礼上。这两个女人都是上述行径的受害者，两人都聘请沃斯担任她们的辩护律师。黑人妇女范特官司缠身，这都源于多年来被开的交通罚单、逮捕令以及在圣路易斯县北部市县看守所/监狱里坐牢的经历。事情刚开始时，她才十几岁。有时候，她会被关起来，一关就是好几个星期，在圣安市（St. Ann）、詹宁斯市（Jennings）以及北部很多自治市的监狱里。结果她丢了工作，错过还车贷。这一切都是因为她太穷了，付不起交通罚金——而她这种情况并没有什么特别。

---

① Tony Messenger, "Latest Debtors' Prison Lawsuit Straddles Missouri's Urban-Rural Divide," *St. Louis Post-Dispatch*, December 15, 2018, https://www.stltoday. com/news/local/columns/tony-messenger/messenger-latest-debtors-prison-lawsuit-straddles-missouris-urban-rural-divide/article _ c0ea89b0-a271-59ce-95a4-aaae96e0d535.html.
② Harvey et al., Municipal Courts White Paper, 1-2.

如今，范特是 ACD 律师事务所、民权团体（Civil Rights Corps）以及圣路易斯大学法学院（St. Louis University School of Law）法律诊所①向法院提起的两起诉讼的主要原告，一起针对詹宁斯市，另一起针对弗格森市。两起诉讼控告的，都是范特和数以千计的其他被告的公民权利几十年来屡次遭到侵犯的行为，而司法系统在其中所起的作用就是剥削穷人来为政府牟利。②

"案件中的每一位原告都是曾经被弗格森当局关进监狱的穷人，被监禁的原因是他们还不起因交通罚单或者其他轻罪而欠下的市政府债务，"起诉书写道，"每一个案件中，市政府都会把一个大活人关起来，仅仅因为这个人掏不起钱。原告们抗辩说他们掏不起，是因为他们穷，然而所有人还是被无限期关押，谁都没有被指派律师或者调查他们的偿付能力，而这些在美国宪法中是有要求的。他们非但没有得到这样的待遇，反而被威胁、被虐待、被继续囚禁，任由当地官员们摆布，直到他们吓坏了的家人想方设法筹齐钱款给他们买回自由，或者直到市政监狱官员几天或几周后决定将他们释放，不收分文。"③

同许多生活在贫困中的人一样，范特不得不做出一系列艰难的决定才能挺过去。例如，因为付不起罚金，她的驾照被吊销了。圣路易斯县北部几乎没有有效的公共交通。该地区贯通南北的交通线路至今仍是尚未实现的一纸空文。换句话说，作为一名助理护士，范特需要自己开车上下班。

---

① 法律诊所（Legal Clinics）：一般指法学院开设的模拟真实案件的实践性较强的课程，或者为学生提供实践机会且能为低收入群体提供民事领域系统性法律服务的项目。后者具体而言，是学生在教授指导下，为一些无力负担诉讼费用的当事人提供免费法律服务。学生协助教授进行法律检索、起草法律文件、与客户会面，从而在实践中学以致用，提高实操技能。在少数地区，还允许学生直接在法庭上为当事人辩护。——译者
② Class Action Complaint of Keilie Fant et al. at ¶1, Fant v. Ferguson, No. 4:15-cv-00253 (ED. Mo. February 8, 2015).
③ Class Action Complaint of Keilie Fant et al. at ¶1.

她就是这么做的。2013年10月的一天,她送孩子去上学,在詹宁斯市的一条路上被截停。凭着一张因交通罚单而起的逮捕令,她被押送至看守所,并被告知如果拿得出300美元,就能出去。

"我拿不出来。"范特告诉我。她掏不起,于是在牢里蹲了3天,直到当局需要把其他人塞进来,让她腾地方,才把她放了。然而她并不是真的重获自由。以下是针对弗格森市和詹宁斯市向法院提起侵犯联邦民事权利诉讼的起诉书就接下来发生的事情所做的描述:

> 范特女士起先被詹宁斯市当局拘留,但之后她所认为的"获释",只不过是一段卡夫卡式①旅程的开始,所到之处是圣路易斯县的债务人监狱网络——地牢似的市政设施目无法纪又像迷宫般复杂,还有没完没了的债务。每一年,数以千计的圣路易斯县居民,包括本案原告在内,都要经历类似的旅程,一次次进监狱,又一次次花钱购买自由或等待出狱。

从詹宁斯市到贝尔方丹内伯斯市(Bellefontaine Neighbors),再到维尔达城(Velda City)、圣路易斯县、诺曼底市(Normandy),最后到贝弗利山庄市(Beverly Hills)——这与加利福尼亚州那座迷人城市可有着天壤之别——在后来又多出来的8天时间里,范特被转送到各地不同的监狱。然而,事情还没完。

圣路易斯当局最后决定把她送去马里兰海茨(Maryland Heights)。几番辗转,她最终去到弗格森市。那里的监狱官员告诉她,他们会放了她,条件是缴纳1400美元巨款。这笔钱她显然拿不出来。她在弗

---

① 弗朗茨·卡夫卡(Franz Kafka, 1883—1924),奥地利小说家,代表作《审判》《城堡》《变形记》等。所谓"卡夫卡式"(Kafkaesque),通常用来形容某种荒诞而恐怖的情景,尤其涉及纷繁复杂却又似乎毫无意义的官场规则和官僚体制时,用作描述语。——译者

格森监狱又蹲了3天,然后他们让她走了。

2016年7月,詹宁斯市以470万美元的赔偿了结了针对它的这场诉讼,这是当时美国此类赔偿中数额最大的一笔。① 除此之外,该市免除了未偿债务,取消了尚未执行的逮捕令,并同意进行多项改革,包括举行"偿付能力"听证会。这样的听证会,是法律规定在确定保释金之前或者当事人有可能面临监禁时必须举行的。然而市政法院的法官们经常跳过这一步。② 总而言之,范特到手了1 200美元,逮捕令也随之作废。弗格森市拒绝承认侵犯范特以及可能受到此次集体诉讼影响的任何其他市民的民事权利。这起诉讼目前仍在审理之中。

"我没有达到自己的预期,"范特说,"但是我也没有停在原地。"

ACD律师事务所起草的这份白皮书,聚焦的是遍布于圣路易斯县各个小城市的顽疾,其中的受害者大多是穷人和黑人。然而,千万别被这种区域特性蒙蔽了双眼。正如我在2014年的一篇社论中所写的:弗格森无处不在。

\*

《管理》杂志(*Governing*)2019年的一份分析报告发现,美国将近600个市县的预算中,有超过10%来自通过其法院系统收缴的此类罚金及诉讼费。这一情况最普遍的几个州分布在美国南部:佐治亚州、路易斯安那州、俄克拉何马州、阿肯色州以及得克萨斯州。③ 与大多数州不同的是,交通违章在佐治亚州属于刑事轻罪,而

---

① Robert Patrick, "Judge Approves ＄4.7 Million Settlement to Those Jailed for Unpaid Fines in Jennings," December 14, 2016, *St. Louis Post-Dispatch*.
② Campbell Robertson, "Missouri City to Pay ＄4.7 Million to Settle Suit Over Jailing Practices," *New York Times*, July 15, 2016, https://www.nytimes.com/2016/07/16/us/missouri-city-to-pay-4-7-million-to-settle-suit-over-jailing-practices.html.
③ Mike Maciag, "Addicted to Fines: A Special Report," *Governing*, August 21, 2019, https://www.governing.com/topics/finance/fine-fee-revenues-special-report.html.

非民事违法行为，罚金金额介于 500 至 1 000 美元之间。与此同时，该州收取的附加费有时也是全美最高，这意味着除了法律规定范围内的罚金，还要额外收取好几百美元。①

在佐治亚州首府亚特兰大市（Atlanta）外围的小城市拉格兰奇（LaGrange），倘若你付不起交通违章罚金，就会被停水停电，这种做法一直延续到 2020 年。② 这里的居民半数以上是黑人。③ 2017 年，南方人权中心（Southern Center for Human Rights，SCHR）对该城市提起诉讼，认为这一政策具有歧视性，并且违反联邦《公平住宅法案》（*Fair Housing Act*，FHA）。④ 1968 年通过的《公平住宅法案》禁止在公共住房领域实行种族歧视。"被法院处以罚金且存在健康问题的拉格兰奇居民们总是生活在持续不断的恐惧之中。"阿蒂娅·霍利（Atteeyah Hollie）说，她是提起此次诉讼的律师之一。

原告之一是阿普莉尔·沃尔顿（April Walton），她是一名年届四十的单身母亲，有 3 个孩子，同时还要照顾身患残疾的母亲。⑤ 2015 年，她在一项持有不足 1 盎司⑥大麻的轻罪指控中放弃抗辩。该指控

---

① Carrie Teegardin, "Why Georgia Traffic Tickets Have So Many Extra Fees," *Atlanta Journal-Constitution*, May 2, 2017, https://www.ajc.com/blog/investigations/why-georgia-traffic-tickets-have-many-extra-fees/a3932GuCyWy8I-C6NMNz8OO/.
② "Georgia State Conference of the NAACP et al. v. City of LaGrange, Georgia," Fines &. Fees Justice Center, February 29, 2020, https://finesandfees-justicecenter.org/articles/georgia-state-conference-of-the-naacp-et-al-v-city-of-lagrange-georgia/.
③ "QuickFacts: LaGrange City, Georgia," U.S. Census Bureau, accessed October 31, 2020, https://www.census.gov/quickfacts/lagrangecitygeorgia.
④ Hannah Riley, "Eleventh Circuit Reverses Dismissal of Lawsuit Challenging Policies Unlawfully Restricting Access to Basic Utility Services," Southern Center for Human Rights, October 14, 2019, https://www.schr.org/eleventh-circuit-reverses-dismissal-of-lawsuit-challenging-policies-unlawfully-restricting-access-to-basic-utility-services/; Complaint of Georgia State Conference of the *NAACP v. City of LaGrange*, No.18 – 10453 (N.D. Ga. May 18, 2017).
⑤ *NAACP v. LaGrange* at ¶ 33.
⑥ 1 盎司约合 28.35 克。——译者

源于一次交通截停。她欠的法院债务共计1200美元。到为期12个月的缓刑结束时,她还欠853.60美元。这笔债后来与她的水电账户捆绑在一起,后者属市政府管理运营。2016年,她没能及时还钱,水电被切断。拉格兰奇市因为未偿债务而受到断水断电威胁的居民中,90%属于有色人种,其中大部分是黑人。在法庭文件中,拉格兰奇市拒绝承认其存在任何违反《公平住宅法案》的行为,并且表示联邦法律的相关规定并不适用于水电断供,因为断水断电乃是发生在水电被提供之后。

该诉讼于2017年年底被一名联邦法官驳回,但在2019年10月得到上诉法院复审。

"享有水电服务但身负市政债务的原告,存在未被预先通知即遭切断水电供应的风险,"法庭文件记录中写道,"其结果是,即使原告有能力购买或租赁一处住宅,也会因无法获得或持续获得基本的水电服务而导致困境。"[1]

2020年10月,拉格兰奇市以45万美元与各原告达成和解,同意废除这项水电断供政策。[2]

在《管理》杂志的这项研究中,路易斯安那州被认为是变相征税行为最恶劣的州之一。在整个美国,各种交通罚金及诉讼费占总体预算比例最高的8个自治市全部来自路易斯安那州:乔治敦市(Georgetown)、芬顿市(Fenton)、巴斯金市(Baskin)、亨德森市(Henderson)、罗布莱恩市(Robeline)、里夫斯市(Reeves)、派厄尼尔市(Pioneer)以及塔勒斯市(Tullos)。这8个自治市的预算至

---

[1] *NAACP v. LaGrange*, 940 F.3d at 634.
[2] Hunter Riggall, "LaGrange Settles Utilities Lawsuit Alleging Discrimination," *LaGrange Daily News*, November 2, 2020, https://www.lagrangenews.com/2020/11/02/lagrange-settles-utilities-lawsuit-alleging-discrimination/.

少 75% 有赖于此类交通收入。① 2018 年完成的一份路易斯安那州审计报告发现，在这 8 个城市之一的芬顿市，交通收入还用于垫付各类官员的额外补助，其中包括市长。此人把责任归咎于笔误，退还了这笔额外的报酬。② 本该履行公共安全职能，实际变成给政府工作人员的补助，此二者之间的这种关联充分暴露出利益驱动下司法系统职权的滥用，南方贫困法律中心（Southern Poverty Law Center）副主管萨缪尔·布鲁克（Samuel Brooke）如是说。"采用居民资助模式的这种想法是历史的倒退。社会正在为此付出代价，"他说，"问题是，这些钱是从他们最穷的市民口袋里掏出来的。"③ 在俄克拉何马州和得克萨斯州，各有 33 个社区每年预算超过 30% 的资金来自各种法院罚金及诉讼费。④

\*

随着弗格森市的事态逐渐发酵，有线电视上出现了抗议者和全副武装的防暴警察僵持的画面。警察身后是一辆辆装甲车，车上配有多名狙击手，我为此感到愤怒。那时候，我是报社的社论版主编，每天都会写一些文章，内容关乎晚间骚乱的内在原因、警察暴力执法、密苏里州骇人听闻的种族定性⑤统计数据以及破败的地方法院系统。

一天早上，我在上班途中被堵在 64 号州际公路上。我打开手机

---

① Maciag, "Addicted to Fines."
② Donald R. Ford, *Village of Fenton, Louisiana, Annual Financial Report: Year Ended June 30, 2018* (Zachary, LA, 2018), 54, http://app.lla.state.la.us/PublicReports.nsf/0/F03C7A56772A8E37862584D3007A3434/＄FILE/0001EC7C.pdf.
③ Samuel Brooke, "The Hidden Costs of U.S. Justice" (panel presentation, "Cash Register Justice," John Jay College, New York, NY, September 26, 2019).
④ Maciag, "Addicted to Fines."
⑤ 种族定性（racial profiling）：一译"种族形象定性"，一般指执法人员仅仅基于某个人的种族或者族群属性而对其进行截停、盘问、搜查以及逮捕等执法活动。——译者

的录音功能开始大声咆哮。"这里不是圣路易斯!"我大声疾呼,"我们不是对准非裔美国年轻人的催泪瓦斯和狙击枪,他们在为死去的朋友和社区成员抗议,那个 18 岁的迈克尔·布朗……

"这里不是圣路易斯,他们那里的州长天天晚上不见踪影。我们陷入瘫痪,上了广播电视,让全世界都看到……

"这里不是圣路易斯。这里不是美利坚合众国。我们不是一个警察国家。"①

我给这些话配上那天晚上抗议的照片,剪辑成一段视频,上传到我所在报社的网站。② 这件事充满激愤的情绪,也真实发生了。然而我说的,当然是错的。

这里**就是**圣路易斯。

尤其对开车的年轻黑人来说,这里是货真价实的圣路易斯。他们总觉得自己每天都要时刻做好准备,以便在警察的围堵中逃过一劫,盼着不要因为一个破尾灯或者过期车牌或者仅仅只是生为黑人却开着车而被强行截停。他们所做的不过是每个人都在做的事:上学、上班或者去祖母家串门。

在迈克尔·布朗被枪杀前后,密苏里州保留了 14 年的种族定性统计数据中,近 11 年的形势越来越严峻。例如,在 2013 年,密苏里州的黑人在驾驶过程中被警察截停的可能性比白人高出 66%。2014 年 11 月,斯塔斯基·威尔逊神父(Starsky Wilson)让美国人在看电视报道时有了重点关注的内容。他组织了一场专家座谈会,让美国为黑人发声的几家知名非营利组织的领导们对弗格森这块土地上正在发

---

① 警察国家(police state):指不受法律约束、直接凭借警察力量维持政治统治、控制人们的自由,尤其是履行和表达政治观点自由的绝对专制国家。——译者
② Tony Messenger, "This Is Not St. Louis," *St. Louis Post-Dispatch*, August 14, 2014, https://www.stltoday.com/opinion/editorial/video-editorial-this-is-not-st-louis/html _ 4002ac18-9250-58dd-b61e-88229ba108c0.html.

生的事情有所了解。

"司法正义看起来是什么样子？"威尔逊神父在中央车站的一家爵士俱乐部向他从圣路易斯召集来的一群听众发问。[1] 威尔逊神父是女执事基金会（Deaconess Foundation）的执行总裁，而且很快会被提名为弗格森独立委员会的联合主席。该委员会是州长杰伊·尼克松为研究骚乱内在原因并寻找解决途径而设立的。[2] 帕特里夏·拜恩斯（Patricia Bynes）和托里·拉塞尔（Tory Russell）是当晚发言嘉宾。他们谈及自己在圣路易斯北部的生活经历，谈及让他们愤而抗议的遭遇——凡此种种，和街上发生的并无两样。

"司法正义，"我在《圣路易斯邮报》和《卫报》（*Guardian*）联合发表的一篇专栏文章中写道，"是拜恩斯女士开车去切斯特菲尔德市上班而不必刻意绕过彼此交错、大多数本不该存在且又指望交通截停来搞钱付账单的各个自治市；是她的邻居们口袋里那点少得可怜的钱可以用来让孩子们填饱肚子或者给汽车加油，而不是在各地法院缴纳一笔又一笔的罚金——这些法院用来鱼肉黑人的手段，同地区的白人大多数都无法理解。"

威尔逊的弗格森独立委员会最终发布了一份报告，内容包括志在解决市政法院破败混乱现状的几项建议，希望着眼点放在促进公共安

---

[1] Tony Messenger, "Justice in Ferguson Is About Long-Term Change," *St. Louis Post-Dispatch*, November 12, 2014, https://www.stltoday.com/opinion/columnists/messenger-justice-in-ferguson-is-about-long-term-change/article_1b33925f-a3ef-5428-9b83-98a324415057.html.

[2] Deaconess Foundation, "Rev. Dr. Starsky Wilson," accessed October 16, 2020, https://deaconess.org/rev-dr-starsky-wilson/; Rachel Rice, "Deaconess Foundation CEO Wilson to Leave for National Role," *St. Louis Post-Dispatch*, September 2, 2020, https://www.stltoday.com/news/local/metro/deaconess-foundation-ceo-wilson-to-leave-for-national-role/article_fb211f3c-cd39-5d37-b19c-870e219a3aa6.html.

全而非收债。① "圣路易斯县有超过一半的法院从事这项'非法且有害的活动',对非暴力犯罪行为,如交通违章的行为人收取过高的法院罚金和诉讼费,如不支付则将其逮捕……委员会及其工作小组已经听闻众多此类事例:这些人付不起因一次情节轻微的违规行为而产生的罚金;未能按时到庭受审,因为他们拿不出这笔钱;被签发逮捕令,并且/或者因未按时到庭而被投入监狱。"

报告的最后这一部分要求对法庭听证制度作出修改,如此一来,被告的偿付能力便会一直被纳入考量,促使法院像对待民间债务而非犯罪行为那样对待罚金及诉讼费,取消因未按时到庭而签发逮捕令的做法,并限制政府从交通收入中获取的钱款额度。② 关于这最后一项,独立委员会需要得到密苏里州议会的帮助,而该机构由乡村地区的共和党白人主导。

接下来我们要聊聊埃里克·施密特其人其事。

\*

## 密苏里州杰斐逊城 2015 年 1 月

这里的参议院休息室更像一间审判室,而非供人休憩之地。它位于密苏里州议会大厦三楼,房间富丽堂皇,内墙装有木质镶板,天花板上垂着几盏颇有些历史的枝形吊灯。房内设有证人席,还有为各界人士准备的桌椅,方便他们听取赞成或反对某项议案的证词。2015 年 1 月的一天,来自圣路易斯西郊格兰岱尔市(Glendale)的共和党人施密特走下审判台,坐到证人席上,面对他的同事们。他提交了"参议

---

① *Forward Through Ferguson: A Path Toward Racial Equity*(Ferguson Commission, October 14, 2015),32, https://3680or2khmk3bzkp33juiea1-wpengine. netdna-ssl. com/wp-content/uploads/2015/09/101415 _ Ferguson-CommissionReport. pdf.
② *Forward Through Ferguson*,32,35.

院第 5 号法案"(Senate Bill 5),旨在改写 1995 年的《麦克斯克里克法案》(Macks Creek Law),以降低政府从交通罚金中获取的收入额度。①

我是在施密特的首届任期内认识他的。刚开始写有关他的文章时,有一次我独自在参议院议事厅,正忙着在笔记本电脑上不停码字。那里很安静,是我最喜欢的工作地点之一。那会儿记者们在边上有个小桌可用,就在议事厅里,他们可以在那里一边旁听一边做事。这时,施密特带着几个小学生走了进来。他正在带他们参观,我能有意无意地听见他跟那几个孩子讲他当时手头正在处理的一些立法方面的事情。②

那一年,施密特忙着提一项新法案,要求保险公司为患有自闭症的儿童支付某些治疗和服务费用。③ 对施密特来说,此事关乎他的切身利益:他的儿子斯蒂芬(Stephen)就患有自闭症。施密特跟那几个学生讲起"为什么从政"的故事时,声音有些哽咽。我停下手里的活儿,专注地听着,后来还为此写了篇专栏文章。④ 施密特的这项法案推进得颇为艰难。保险公司的游说团是州议会权势最大的特殊利益集团之一,这些人在此前的一次会议上已经出手阻挠过该法案通过。⑤

---

① Mo. S. B. 5,0455S. 18T (signed July 9, 2015), https://www.senate.mo.gov/15info/BTS _ Web/Bill.aspx?SessionType=R&BillID=160.
② Tony Messenger, "Old Jay Nixon Stirs to Life over Autism," *St. Louis Post-Dispatch*, July 9, 2009, https://www.stltoday.com/news/old-jay-nixon-stirs-to-life-over-autism/article _ c88f8d2c-fdca-5d00-b71d-6564c3b36dcc.html.
③ Rachel Herndon Dunn, "Missouri Legislators Continue Autism Successes with Bill Signature," *Missouri Times*, June 29, 2015, https://themissouritimes.com/missouri-legislators-continue-autism-successes-with-bill-signature/.
④ Messenger, "Old Jay Nixon Stirs to Life over Autism."
⑤ Tony Messenger, "New Life for Autism Bill Bipartisan Push in Missouri—GOP Lawmakers Join Gov. Nixon in Effort to Make Sure Issue Takes Center Stage Next Session; Insurers Are Opposed," *St. Louis Post-Dispatch*, August 13, 2009, https://www.stltoday.com/news/new-life-for-autism-bill-bipartisan-push-in-missouri-gop-lawmakers-join-gov-nixon-in/article _ b3bc7978-da67-5403-aedd-16a-ab23b4c07.html.

到了 2015 年，施密特的资历上去了，便开始密切留意全州范围内的政府职位。他骨子里雄心勃勃，是那种似乎终其一生都要在政坛叱咤风云的人。他身材高大、健壮敏捷，在密苏里州柯克斯维尔市（Kirksville）的杜鲁门州立大学（Truman State University）上学时玩过棒球和足球。① 之后为了读法学院，他回到家乡，并最终从圣路易斯大学法学院毕业。② 施密特还有一个特征在今时今日特别罕见：他跟两党的人都相处得不错。如今，他要把"变相征税"问题直接摆上台面，要推出"参议院第 5 号法案"，此举会让他成为全美家喻户晓的人物。

为了这项新法案，在首次听证会上，施密特读了上一年 4 月埃德蒙森市（Edmundson）市长发给他的一封电子邮件。那是个小自治市，离施密特自小长大的布里奇顿市（Bridgeton）很近。该邮件要求警察部队更加坚定立场。施密特把它公之于众。

"我希望借此机会提醒诸位，你们开出的罚单确实会增加收入，警察局的预算即以之为基础，而且它会直接影响薪酬调整，"埃德蒙森市市长约翰·格沃尔特尼（John Gwaltney）在邮件中写道，"随着预算时间临近，请诸位做一个有关工作习惯和动机的自我评估，然后做出你认为会对你自己和这座城市都有帮助的改变。"③

2014 年 4 月，在市长的敦促下，警察在这个人口约为 800 的小

---

① "Missouri Sen. Eric Schmitt（R）," TrackBill, accessed October 31, 2020, https://trackbill. com/legislator/missouri-senator-eric-schmitt/29-2791/♯/details=true.
② "Missouri Attorney General Eric Schmitt," Missouri Attorney General, accessed October 31, 2020, https://ago. mo. gov/about-us/about-ag-schmitt.
③ Tony Messenger, "Cities Look Foolish Fighting Against Higher Police Standards," *St. Louis Post-Dispatch*, December 20, 2015, https://www.stltoday. com/news/local/columns/tony-messenger/messenger-cities-look-foolish-fighting-against-higher-police-standards/article _ 6b6225b1-928a-5f97-84fc-1585624826fc. html.

镇上开出了数量为从前 2 倍的交通罚单。一年以后，施密特读出了那封邮件，他说服州立法机构的同事们，是时候停止通过开交通罚单来征税的做法了。① 然而尽管如此，要想让"参议院第 5 号法案"顺利通过并非易事。

整个过程大概进展到一半时，我和施密特坐在他办公室里，聊起其间遇到的层层障碍。颇具讽刺意味的是，反对意见恰恰来自最需要这项法案的几个市的市长：圣路易斯县北部那些居民主要为黑人的自治市市长，还有遍及密苏里州偏远市镇乡村、指望通过超速监视来创收的政府领导们。② 施密特试图修订的那条现行法案，就是以密苏里州中南部曾经因超速监视闻名的一座小城命名的。③ 麦克斯克里克如今连城市都算不上了，沦为地图上位于 54 号公路沿线欧扎克斯湖西南部的一隅。但在 20 世纪 80 和 90 年代的很长一段时间里，它是密苏里州最臭名昭著的超速监视区。事实上，它恶名远播，甚至出现在了 1991 年一份名为《安全驾驶人士超速监视避坑指南》（*The Safe Motorist's Guide to Speedtraps*）的全国性刊物中。④ 问题始于 1987 年，那时候麦克斯克里克市政府决定新增一个警察局，不是因为出了什么安全问题，而是要把它当成一种收入来源。⑤ 该市把公路最高时速从 65 英里降到市内行驶限速的 45 英里。从那之后，钱财开始如潮水般滚滚而来。

---

① Eric Schmitt, "Five Years After Ferguson, Reforms Are Yielding Positive Results," *St. Louis Post-Dispatch*, August 13, 2019, https://www.stltoday.com/opinion/columnists/article_5d6b02b5-061a-57ad-846f-88de8bcd3d90.html.
② Messenger, "Cities Look Foolish Fighting Against Higher Police Standards."
③ Todd Frankel, "Speed Trap Law Is Full of Loopholes," *St. Louis Post-Dispatch*, May 17, 2009, https://www.stltoday.com/news/speed-trap-law-is-full-of-loopholes-macks-creek-the-town-that-inspired-measure-has/article_cdc4e8c1-4243-5d2b-96c3-487bda8bb60b.html.
④ John Tomerlin and Dru Whitledge, *The Safe Motorist's Guide to Speedtraps: State by State Listings to Keep Drivers Alert* (Chicago: Bonus Books, 1991).
⑤ Frankel, "Speed Trap Law Is Full of Loopholes."

直至密苏里州议会 1995 年介入之前，麦克斯克里克市约有 80％的收入来自交通罚单。① 即便是立法者本人都无从幸免：有些人去州议会大厦不得不开车经过此处，也被开了几次罚单。1995 年，州议会通过了一项法案，明令禁止各市收取的交通罚金及诉讼费总额超过其预算的 45％。该州众议院议员、来自劳里城（Lowry City）的共和党人德尔博特·斯各特（Delbert Scott）曾经也在麦克斯克里克市被强行截停，正是他提交的这项法案。

法案通过后，他告诉《堪萨斯城星报》（Kansas City Star）："这种'拦路抢劫'存在不公正之处，确实如此，因为它无关安全，完全是为了增加收入。"②

法案正式生效后，麦克斯克里克市的领导层找到了应对之策：所有超速罚金变成违规停车罚金。不过后来有一次州审计揭穿了他们的把戏，市领导引咎辞职，这座小镇随之宣告破产。如今它被打回原形，成了人们去欧扎克斯湖的一处途经点而已。③ 当然，这一切发生在 20 年前，现在的立法者那时候还不在议会。回顾往昔经历过的战斗，前事不忘后事之师。

在就"参议院第 5 号法案"进行辩论期间，埃德加斯普林斯市行政官员葆拉·詹姆斯（Paula James）告诉当地的一家报纸："它会对我们的城市造成真正的伤害。"④

---

① John Rogers, "Missouri Town Was Driven by Speeding Tickets," *Washington Post*, July 19, 1998, https://www.washingtonpost.com/archive/politics/1998/07/19/missouri-town-was-driven-by-speeding-tickets/86c37ff6-a437-4fb2-9d3e-46b19287cbfe/.
② Rick Montgomery, "Small Towns: Villains or Victims of Missouri's Speed Trap Law?" *Kansas City Star*, updated May 16, 2014, https://www.kansascity.com/news/local/article312777.html.
③ Frankel, "Speed Trap Law Is Full of Loopholes."
④ Eddie O'Neill and Paul Hackbarth, "Local Towns Oppose Reducing Cap on Traffic Fines," *Rolla Daily News*, February 11, 2015, https://www.therolladailynews.com/article/20150211/NEWS/150219614.

\*

任何经常开车经过密苏里州中部的人，就像我家人这样，都知道埃德加斯普林斯是如今的"新版麦克斯克里克"。我岳父母一家住在欧扎克县（Ozark County），那里与阿肯色州接壤，位于欧扎克斯山区中心地带。该县是牛羊成群的乡村地区，美丽连绵的山脉和清冽的山泉小溪滋养了年代久远的旧式磨坊，它们星星点点地散落在山村美景之中。开车去往农场的途中，我们会经过埃德加斯普林斯。这座人口约为 200 的小镇，在公路上设有一处交通信号灯，路两边各有一家便利店。① 与当初的麦克斯克里克一样，镇领导们把最高时速从 65 英里降到了 45 英里，却几乎不给任何警示。② 我开车时，每每离得近了，妻子总要提醒我放慢车速。

几年前，我们开车行驶在 70 号公路上，一路往东进入北卡罗来纳州的新伯尔尼市（New Bern），与另一个超速监视区离得很近。我们那时候是去看望儿子，他是一名海军陆战队军官，在切里波因特基地（Cherry Point）服役，基地位于靠近大西洋的北卡罗来纳东北部。要到那地方，我们得开车穿过新伯尔尼才行，此地以百事可乐公司诞生地而闻名。③ 我的两个年纪最小的孩子坐在汽车后座，他们最先看见了闪烁的警灯。我靠边停车。妻子用她的手机把我被开交通罚单的事录了下来，这样日后家里人就能以此来嘲笑我了。我被罚了好大一笔钱：要是没记错的话，应该是 350 美元。然而令我记忆最深刻的，

---

① "Edgar Springs, MO," Data USA, accessed October 31, 2020, https://datausa.io/profile/geo/edgar-springs-mo.
② Tony Messenger, "Speed Trap Highlights Policing-for-Profit Dilemma," *St. Louis Post-Dispatch*, September 7, 2016, https://www.stltoday.com/news/local/columns/tony-messenger/messenger-speed-trap-highlights-policing-for-profit-dilemma/article_6acba9a1-a618-5fa0-af5e-b9256966b841.html.
③ "Visit the Birthplace," The Pepsi Store, accessed October 31, 2020, https://www.pepsistore.com/visit.asp.

是我们一周后回到家打开邮箱时看到的：新伯尔尼附近的律师们发来的自荐信，整整 7 封，其中有 1 封来自前市长。

"大多数情况下，我们只需要一通电话就能搞定一切。"他写道。① 很可能他就是这波操作的始作俑者。我把支票塞进信封，交了罚金。这件事让人很受打击，不过我不想让他们称心如意，以为我会被他们的规矩牵着鼻子走，在某个律师身上浪费大把冤枉钱，结果只是把超速罚单变成了违规停车罚金。这钱我掏得起，这样做同样有用——我花点钱，这事儿就能一笔勾销了。

在北卡罗来纳州，法院罚金及诉讼费在过去 20 年里上涨了 400%。② 这是全美各地都出现的趋势。③ 那些交不起罚金的人会有怎样的遭遇？被吊销驾照。

据 2017 年的一份研究显示，北卡罗来纳州有超过 100 万人因未缴纳各类罚金及诉讼费而被吊销驾照。在得克萨斯州，这个数字是 180 万人；④ 加利福尼亚州是 400 万人。⑤ 2016 年至 2018 年，纽约州

---

① Messenger, "Speed Trap Highlights Policing-for-Profit Dilemma."
② Heather Hunt and Gene Nichol, *Court Fines and Fees: Criminalizing Poverty in North Carolina* (*North Carolina Poverty Research Fund*, Winter 2017), 4, http://www.ncpolicywatch.com/wp-content/uploads/2018/01/Court-Fines-and-Fees-Criminalizing-Poverty-in-NC.pdf.
③ Matthew Menendez, Michael F. Crowley, Lauren-Brooke Eisen, and Noah Atchison, *The Steep Costs of Criminal Justice Fines and Fees* (New York: Brennan Center for Justice at New York University School of Law, 2019), 5, https://www.brennancenter.org/sites/default/files/2020-07/2019_10_Fees%26Fines_Final.pdf.
④ Mario Salas and Angela Ciolfi, *Driven by Dollars: A State-by-State Analysis of Driver's License Suspension Laws for Failure to Pay Court Debt* (Legal Aid Justice Center, Fall 2017), 1, https://www.documentcloud.org/documents/4061495-Driven-by-Dollars.html#document/p5/a377981.
⑤ Alex Bender, Stephen Bingham, Mari Castaldi, Elisa Della Piana, Meredith Desautels, Michael Herald, Endria Richardson, Jesse Stout, and Theresa Zhen, *Not Just a Ferguson Problem: How Traffic Courts Drive Inequality in California* (Berkeley: East Bay Community Law Center, Lawyers' Committee for Civil Rights, Western Center on Law & Poverty, A New Way of Life Re- （转下页）

因未及时偿还交通债务而吊销了超过170万人的驾照。① 在佛罗里达州，将近200万人的驾照被吊销。在佛罗里达州的奥兰治县（Orange County），将近15%的驾车人士有过因未付罚金而被吊销驾照的经历，发生率属全美最高。②

在美国，"35个州以及哥伦比亚特区都出现过当事人未缴纳此前案件、交通违规或其他罚金及诉讼费而被吊销驾照的情况"，罚金与诉讼费司法中心的丽莎·福斯特说。她所在的组织估计，这种做法影响了全美范围内1100万人。"很可能其中最出名的例子就是弗格森，"她说，"不过这种事全国各地都在发生。"

阿什利·甘特（Ashley Gantt）是"罗切斯特齐行动"（Action Together Rochester）的积极分子，该组织致力于帮助打击纽约州罗切斯特市的贫困犯罪化现象。该市因未缴纳罚金而被吊销驾照的比例历来最高，尤其在有色人种群体中。③ "人们因为这种事情坐牢。"她说。对于甘特来说，身为黑人，此事关乎她的切身利益。她16岁的时候被开过两次交通罚单，一次因为超速，另一次因为无证驾驶。

"我交不起罚金。"她说。她最终因为掏不出这笔钱被吊销了驾

---

（接上页）entry Project, and Legal Services for Prisoners with Children, 2015), 9, https://lccrsf. org/wp-content/uploads/Not-Just-a-Ferguson-Problem-How-Traffic-Courts-Drive-Inequality-in-California-4. 20. 15. pdf.

① "Over 60 NY Groups Call on Gov. Cuomo to Sign Driver's License Suspension Reform Act," Fines & Fees Justice Center (Press Release), October 14, 2020, https://finesandfeesjusticecenter. org/2020/10/14/press-release-dozens-of-ny-groups-call-on-gov-cuomo-to-sign-drivers-license-suspension-reform-act/.
② Carson Whitelemons, Ashley Thomas, and Sarah Couture, *Driving on Empty: Florida's Counterproductive and Costly Driver's License Suspension Practices* (Fines & Fees Justice Center, October 2019), 16, https://finesandfeesjustice-center. org/content/uploads/2019/11/florida-fines-fees-drivers-license-suspension-driving-on-empty. pdf.
③ "About Us," Action Together Rochester, accessed October 31, 2020, http://actiontogether-rochester. org/.

照。几年之后,她因于驾照吊销期间开车被截停,在看守所蹲了 15 天。一段时间后,事情完全变了味,比起犯罪本身,惩罚手段反倒问题更大。

在整整 3 年时间里,明尼苏达州参议院议员、来自埃尔克里弗(Elk River)乡村地区的共和党人尼克·泽瓦斯(Nick Zerwas)都在试图终结他所在州的这种现象。① 在泽瓦斯看来,问题在于惩罚比犯罪本身还要恶劣。

"对没那么富裕的社区来讲,影响实在是太大了,"泽瓦斯说,"如果你是我们那儿的人,又不能开车的话,就没法正常上班。你没法去商店给孩子买牛奶。想想这事儿有多荒唐:我们让人家没法工作,原因是他们没挣够钱,交不起一笔罚金或诉讼费?"

换句话说,你把这些费用堆砌在那些根本拿不出钱的人身上——要不然呢,还能怎么理解?你毁了人家的生活,也没法追讨这笔钱。2019 年从立法机构离职之前,泽瓦斯没能如愿让明尼苏达州的这项法案获得通过。而在密苏里州,施密特成功了。

"市政法院的宗旨在于保护我们的社区,而不是从中牟利。"尼克松州长在 2015 年 7 月 9 日签署施密特提交的法案使之成为法律时如是说。②

\*

2015 年春天,圣路易斯一个名为"一起更美好"(Better Together)的非营利组织聘请了"警察行政研究论坛"(Police Executive Research

---

① Editorial Board, "There's No Reason to Let a Traffic Ticket Turn into a Financial Crisis," *Star Tribune*, May 1, 2018, https://www.startribune.com/there-s-no-reason-to-let-a-traffic-ticket-turn-into-a-financial-crisis/481431081/.

② Kurt Erickson, "Missouri Governor Signs Law Targeting Municipal Courts," *St. Louis Post-Dispatch*, June 17, 2016, https://www.stltoday.com/news/local/govt-and-politics/missouri-governor-signs-law-targeting-municipal-courts/article_39b4461e-aa27-57b8-a614-33bc583c0a97.html.

Forum，PERF）来研究圣路易斯县警察机构的巴尔干化①问题。② 他们希望打好基础，使大多数自治市最终能齐心协力，形成一个更统一的政府，类似于印第安纳州首府印第安纳波利斯（Indianapolis）、田纳西州首府纳什维尔（Nashville）以及几十个其他城市在过去几十年里所做的那样。③ 该组织的部分计划，在于除掉大部分为了充实城市金库而刮尽民脂民膏的自治市警察局和市政法院。

为了更充分地阐明观点，"一起更美好"组织指出，很多城市缺乏合理的税收基础，而其中最穷的城市则指望他们的警察局来提供收入。④ 警察行政研究论坛发现，这种做法与善治原则背道而驰。

"在很多自治市，警察维持治安首先考虑的问题，并非社区的公共安全，而是为当地政府产生大量营业收入，"警察行政研究论坛的报告指出，"这对警察来说，是一项极其不恰当的任务，而他们常常遵照地方民选官员的指令去执行这样的任务。"⑤

"参议院第5号法案"的最终版本给出了两个层级的收入比例限额。"麦克斯克里克最高限额"，此前从45%降至30%，此次全州统

---

① 巴尔干化（balkanized）：此概念源于第一次世界大战之后的巴尔干半岛。一开始只是地理概念，后来逐渐发展出政治内涵，成为地区分裂、种族冲突、低度发展和缺乏经济与政治自主以及极度缺乏活力的代名词，现多指某地方政权在诸多地区之间的分割及其所产生的地方政府体制下的分裂。——译者
② Editorial Board, "Stunned by Our Fragmentation, Police Think-Tank Offers Some Ideas," *St. Louis Post-Dispatch*, May 3, 2015, https://www.stltoday.com/opinion/editorial/editorial-stunned-by-our-fragmentation-police-think-tank-offers-some-ideas/article_1bd7575d-5866-52f8-aca6-d22019a66fae.html.
③ *St. Louis City-County Governance Task Force Report to the Community* (St. Louis: Better Together, January 2019), 23, https://drive.google.com/file/d/1bOFQ3HTYUzQwEjJsl2y-3bqB8VyeY8j-/view.
④ Editorial Board, "Stunned by Our Fragmentation, Police Think-Tank Offers Some Ideas."
⑤ *Overcoming the Challenges and Creating a Regional Approach to Policing in St. Louis City and County* (Police Executive Research Forum, April 30, 2015), 2, https://www.policeforum.org/assets/stlouis.pdf.

一再降，比例为 20%，即交通罚金及诉讼费总额不得超过其总收入的 20%。但圣路易斯县的各自治市必须降到更低的 12.5%。[1]

这些城市当然要起诉，并且暂时获得了皮洛士式的胜利。[2] 密苏里州最高法院裁决，制定不同最高限额的做法属于违宪行为，应维持原来的 20% 不变。[3] 在接下来的 3 年中，市政法院来自交通罚金的收入比例在全州范围内几乎下降了近 40%。弗格森市的交通罚金总额从每年 200 万美元降至 30 万美元。[4]

2018 年 12 月，ACD 律师事务所提起最新一次集体诉讼，控告市政法院在诉讼费收取方面滥用职权，这一次针对的是埃德蒙森市，该市警察局长被人逮到鼓励给警察下派交通罚单任务指标。[5] 在法庭文件中，埃德蒙森市否认指控，称其不存在任何违宪行为。案件目前仍在进一步审理之中。

"我们在这片区域乃至整个州都有一整套的刑事法律制度，它以财富为基础，每天因为贫穷而给人定罪，"ACD 律师事务所执行理事

---

[1] Victoria Young, "Legislature Sends Municipal Court Reforms to Gov. Nixon," *St. Louis Post-Dispatch*, May 8, 2015, https://www.stltoday.com/news/local/govt-and-politics/legislature-sends-municipal-court-reforms-to-gov-nixon/article_9c0c71cb-e6e6-5c65-99bf-48470645a456.html.

[2] 皮洛士式的胜利（Pyrrhic victory）：指付出极大代价而获得的胜利。皮洛士（Pyrrhus）是古希腊的伊庇鲁斯国王，曾率兵与罗马交战，付出惨重代价后打败罗马军队。此后"皮洛士式的胜利"一词用来借喻以惨重代价而取得的得不偿失的胜利。——译者

[3] Jeremy Kohler, "Court-Reform Law Survives Missouri Supreme Court, But No Longer Targets St. Louis County," *St. Louis Post-Dispatch*, May 16, 2017, https://www.stltoday.com/news/local/crime-and-courts/court-reform-law-survives-missouri-supreme-court-but-no-longer/article_81466cd3-3ec6-5c12-8652-2fec5981e9a4.html.

[4] Maciag, "Addicted to Fines."

[5] ArchCity Defenders, "ArchCity Defenders Files Subsequent Debtors' Prison Lawsuit Against Edmundson," press release, December 12, 2018, https://www.archcitydefenders.org/archcity-defenders-files-subsequent-debtors-prison-lawsuit-against-edmundson-2/.

布雷克·斯特罗德（Blake Strode）那时候告诉我，"各个司法辖区之间看上去可能稍有不同，但根本性的动力机制是一样的。在埃德蒙森这个案例中，有成千上万个始终陷于贫困的圣路易斯黑人市民，迄今为止他们依然生活在这样的影响之下：警局、法院和监狱被当成这座城市的自动取款机。"①

---

① Tony Messenger, "Latest Debtors' Prison Lawsuit Straddles Missouri's Urban-Rural Divide," *St. Louis Post-Dispatch*, December 15, 2018, https://www.stltoday.com/news/local/columns/tony-messenger/messenger-latest-debtors-prison-lawsuit-straddles-missouris-urban-rural-divide/article _ c0ea89b0-a271-59ce-95a4-aaae96e0d535.html.

## 第三章　司法正义不得售卖

**密苏里州圣路易斯 2016 年 11 月**

弗兰克·瓦特洛特（Frank Vatterott）说，弗格森的关键教训之一，是"法院向被告人收太多钱了"。瓦特洛特是圣路易斯的一名律师，曾经是市政法院法官。他是圣路易斯县从穷人身上牟利的市政法院和警察局复杂系统中的一个小齿轮。但他同样也认识到了该系统存在的某些不公正之处，并且针对其中的一项法院收费抗争多年。在他看来，这项收费代表着问题的根源：一笔适用于密苏里州大多数刑庭案件的 3 美元费用，为县治安官的额外退休福利提供资金支持。

这笔附加费看似可以忽略不计。3 美元有什么大不了的？然而这点钱最终落在了谁手里？大多数情况下，是乡村地区的县治安官们手里。立法者们希望谁来掏这笔钱？大多数情况下，是密苏里州那些大型城市里的穷人。这一点充分解释了该州对法院罚金及诉讼费的强烈兴趣。密苏里州每一宗庭审案件仅需收取 3 美元，县治安官的退休基金每年就能筹集几百万美元。以此为例，不一而足：3 美元给县治安官；4 美元给检察官；2 美元给书记员；另外还有立法者钟爱的其他项目，这里收几块、那里收几块。在美国，几乎所有的州政府每年都把诸如此类的 3 美元附加在轻罪或者交通违章行为人的应缴费用中，通常是为其他事项筹集资金，而这些名目以前是由面向全体民众广泛征收的税款来买单的。密苏里州要收取这 3 美元,而且为了收这笔钱,立法者们如此这般处心积虑,这就是为什么此事对全美上下都是一次教训。

我们第一次见面是在 2016 年的秋天,瓦特洛特交给我一份三孔活页夹,里头的文件足有 10 厘米厚,全是有关他针对这项为县治安官退休金筹钱的 3 美元费用所做的法律努力。在这份文件夹里,有一部分被标注为"司法正义不得售卖"。

不在穷人和法院之间设置障碍,这个概念比美国的司法制度本身还要古老。从理论上讲,它意味着每个人都能接触到法庭,意味着司法应当一视同仁,不论贫富贵贱。这一概念可追溯到英国封建时期的重要宪法性文件《大宪章》(Magna Carta)。当时的金雀花王朝国王约翰王与封建贵族于 1215 年签署了该文件,贵族们要求保障某些权利,包括无需贿赂县治安官就能到法庭伸张正义的权利。《大宪章》第 40 条规定:"余等不得针对任何人出售、拒绝或延搁其应享之权利与公正裁判。"[1] 它成了延续至今的英美法系的根本原则。瓦特洛特和其他像他一样的律师相信,因为把这副有失公允的重担放在穷人身上,美国法院收取的这些罚金及诉讼费为司法公正制造了一个有违宪法的障碍。

密苏里州这场针对 3 美元费用的战斗如今仍在激烈进行中,它有助于解释为什么把诉讼费用当成收入来源对立法者们来说如此有吸引力。为了能在密苏里州各市级法院执行这项收费制度,立法者和州总检察长可谓煞费苦心,这也为罚金及诉讼费的收取在全美范围内大行其道提供了重要的背景环境。首先,立法者知道自己在做什么。他们知道市政法院就是一头"现金牛",[2] 刑事司法系统的大量案件就是

---

[1] Magna Carta, 1297, *Statutes of the Realm*, 25 Edw. 1, cl. 40.
[2] 现金牛(cash cow):管理学术语,指基本不用再进行大规模资本性开支就可以获得稳定利润和与之匹配的现金流的公司或业务。——译者

从这里来的。其次，他们会运用手中的权力，迫使法院增加他们需要的收入，必要时甚至不惜威胁法院要减少其预算。

1983 年，密苏里州的县治安官们向立法议会提了一项要求。虽然他们同大多数政府职员一样是纳税人退休体系的一部分，但他们想建立一套独立的退休制度来补充自己的养老金。立法者不打算为此增加税收，县治安官也不想拿出自己收入的一部分，于是州立法机构通过了"众议院第 81 号法案"，就此建立了密苏里州县治安官退休制度（Missouri Sheriffs' Retirement System），通过向该州每一宗庭审案件收费 3 美元来筹集资金。①

三年之后，该系统正式启动，开始往各个县治安官的退休账户打钱。② 时间快进至 2010 年，经济大衰退之后，系统出问题了。和美国许多公共退休制度一样，股票市场崩溃以后，县治安官们的账户也受到了影响，损失金额约达 500 万美元，需要注入资金使之具备偿付能力。③

县治安官盯上了那些没有额外收取这 3 美元费用的市政法院，这些法院对设立这项收费名目的法律依据尚持有争议。市政法院是一座金矿，因为所有交通违章案件都是从这里开始的，密苏里州大多数人首次接触司法系统也是从这里开始的。④ 市政法院庭审案件多收这笔钱，会给县治安官每年创造约 300 万美元的进账。⑤ 在大多数乡村地

---

① Mo. H.B. 81 §57.960(1983); Mo. Rev. Stat. §57.955.
② Missouri Sheriff's Retirement System, "About Us," accessed October 12, 2020, http://sherretmo.com/about-us.
③ Tony Messenger, "Dispute over ＄3 Fee Pits Sheriffs vs. Judges," *St. Louis Post-Dispatch*, March 26, 2017, https://www.stltoday.com/news/local/columns/tony-messenger/messenger-dispute-over-fee-pits-sheriffs-vs-judges/article_9b11189b-4758-5065-8264-addd8b47de7f.html.
④ Alexandra Natapoff, *Punishment Without Crime* (New York: Basic Books, 2018), 2.
⑤ Messenger, "Dispute over ＄3 Fee."

区，县治安官是煊赫一时的政坛大佬。他们是第一时间作出反应的人，影响涉及法律与秩序的方方面面。治安官点个头，就能保证某个地方法官、县长或是州议员顺利当选。县治安官拥有重大的政治影响力。

然而这一回，县治安官们的计划碰钉子了。

到 2010 年，密苏里州有些法官开始意识到增加诉讼费用已经成问题了。① 就在设立这项 3 美元收费名目的第二年，密苏里州立法议会又设了一项 4 美元的附加费，旨在给县政府各式各样的官员加工资，包括书记员、审判顾问、事迹记录员、财务主管等，当然还有县治安官。② 事情发展至此，"温水煮青蛙"的譬喻呼之欲出。把青蛙丢进开水里，它会一下跳出来；但是把青蛙放在温水中，慢慢加热，它就会最终丧命。法院罚金及诉讼费与之类似。如果一个人因为超速驾驶或者持有大麻烟斗而被罚 1 000 美元，你会觉得这事儿太离谱。坐牢 1 年，交 15 000 美元？荒唐。可仅仅交 3 美元给一位县治安官加点工资，这有什么大不了的？或者交个 4 美元给法院所有工作人员，又怎样？也就 7 美元，对吧？后来又涨到 14 美元，再到 28 美元，应该都是立法者巧立的名目了。谁会投票反对给县治安官更好的待遇，同时还能说他们没有加税？

一位名叫普尔·哈里森（Poole Harrison）的纳税人向法院提起诉讼，控告这项 4 美元收费违宪。③ 他陈述理由说，有人负担不起上涨的诉讼费用，并且使用法庭的人不该为那些与司法制度没有关联的县级官员在薪资方面提供支持。

1986 年，也就是密苏里州县治安官退休制度开始发放福利的同

---

① Messenger, "Dispute over $3 Fee."
② Mo. S.B. 601(1984); Mo. Rev. Stat. Cum. Supp. §56.790.2(1984); *Harrison v. Monroe County*, 716 S.W.2d 263, 265 (Mo. Banc 1986).
③ *Harrison v. Monroe County*, 716 S.W.2d at 267.

一年，州最高法院判定哈里森胜诉。州最高法院的法官们认为，为各类县级官员增加的工资待遇与司法本身不存在任何关系。

"因此，我们认为'参议院第601号法案'施加于民事案件当事人的费用是不合理的，该收费有碍司法公正。"一致同意的法院判决书如是写道，言下之意那4美元附加费乃是有违美国宪法的"出售司法公正"之举。① 这其中让人尤其感兴趣的，当属沃伦·韦利弗（Warren Welliver）法官所写的并存意见书（concurring opinion）。来自布恩县（Boone County）的韦利弗在这份意见书中特别提到，他所在县的诉讼费用在短短14年时间里已经从原来的25美元一路猛涨至91美元。

"我认为，由于诉讼费用上涨，很大一部分低收入的密苏里州人无法通过法庭伸张正义。时下巡回法院审理一宗民事案件需要收取近100美元保证金，此举严重限制了许多低收入的密苏里州人在我们的法院系统中展开有可能成功的索赔，"韦利弗写道，"我们密苏里州是应该郑重审视其整个诉讼费结构的州之一。寻求司法公正的通道不该被贴上100美元的价格标签。"

对于我们有些人来说，100美元似乎并不构成通往司法正义的多大障碍。但对于肯迪·基尔曼、布鲁克·皐尔根、萨莎·达尔比以及难以计数的其他人来说，它可能产生截然不同的两种结果：要么正常过日子，用这笔钱来购买食物、支付医疗账单和住房开销；要么由州政府来决定你将何去何从。

在市场崩溃对治安官退休基金造成破坏以后，来自加利福尼亚镇的州议员、共和党人肯尼·琼斯（Kenny Jones）给州总检察长克里斯·科斯特（Chris Koster）写了封信。琼斯是密苏里州县治安官退休制度的理事会成员，曾经是一名县治安官。他请求总检察长就设立这项3美元收费名目的现行法律是否也适用于市政法院收取的诉讼费

---

① *Harrison v. Monroe County*, 716 S.W.2d at 267.

Profit and Punishment　　**059**

用签发一份意见书。① 科斯特是一名民主党人,他说,原有法律是否意在包含连同密苏里州所有其他法院在内的市政法院,这个问题尚"有待商榷",但这笔附加费必须由市政法院来收取。然而,总检察长的意见没有法律约束力,一位关键的法院官员不同意科斯特的看法。

格雷格·利尼亚里斯(Greg Linhares)是州法院管理人员办公室(Office of State Courts Administrator)负责人,属于州法院系统的管理部门。② 他是诉讼费方面的专家。事实上,他是全国性的州法院管理人员会议(Conference of State Court Administrators)委员会成员,该组织一直在致力于研究全国范围内增加诉讼费的相关问题。③ 2011年,该组织发表题为《法院不是营收中心》(*Courts Are Not Revenue Centers*)的白皮书,谴责各州利用法院为各类政府部门筹集资金这套日益常见的做法。

"政府的收入需求应该谨慎地与公众接触法院的机会取得平衡。通过增加人们使用法庭所需要承担的经费,过度收费或者收取其他五花八门的费用,往往会将那些既不具备富人所拥有的经济资源也无法领取政府为穷人提供的各种补助的市民拒之门外,"白皮书指出,"把这些费用当作包含在判决和宣判过程中被告人理应承担的法定经济义务应付款项,此一现象的泛滥已经彻底改变了法院扮演的角色,使之成为专为政府行政部门效力的收款机构。"

---

① Tony Messenger, "A Senator's Budget Threat Precedes Flip of Missouri's Top Court," *St. Louis Post-Dispatch*, March 27, 2017, http://www.stltoday.com/news/local/columns/tony-messenger/messenger-a-senator-s-budget-threat-precedes-flip-of-missouri/article_f5a2f577-617f-5e2b-a7c6-5b7ef2aefb17.html.

② Messenger, "A Senator's Budget Threat"; Missouri Courts, "Office of State Courts Administrator," accessed October 13, 2020, https://www.courts.mo.gov/page.jsp?id=233.

③ Carl Reynolds and Jeff Hall, *Courts Are Not Revenue Centers* (Conference of State Court Administrators, 2011), https://cosca.ncsc.org/_data/assets/pdf_file/0019/23446/courtsarenotrevenuecenters-final.pdf.

利尼亚里斯拒绝建议密苏里州最高法院采用科斯特的意见,该法院就这笔附加费是否适用于各市政法院做出终审判决。

琼斯没能让最高法院裁定该附加费适用于各市政法院后,再次去信科斯特,要求后者再写一份意见书。这一招不管用,因为利尼亚里斯立场坚定,并且得到了密苏里州高等法院的支持。于是另一位州立法委员会成员于 2013 年又写了一封信,要求这位总检察长重新写一份意见书。所有这些催写意见书的信函,目的都是给密苏里州最高法院施压,使其判决这 3 美元费用的收取适用于各市政法院。此信写于州立法会议召开期间,子承父业的琼斯之子卡莱布(Caleb)当时是众议院议员,他提出一项议案,意在修改此前的法令从而令 3 美元附加费的收取适用于各市政法院。

这项议案无疾而终,部分原因在于瓦特洛特联合了市政法院的法官一起反对。不过,此举并未使县治安官的退休制度停止运转。①

适逢情人节当天,在与上述事项无关的一次参议院预算听证会上,来自玻利瓦尔市(Bolivar)的共和党人、州参议员麦克·帕森(Mike Parson)力排众议。利尼亚里斯当时也在听证会现场,依照惯例每年去提交法院预算的各项明细。然而日后将成为密苏里州州长的帕森则另有打算。

"你熟悉县治安官退休基金么?"帕森曾经也是一名县治安官,他问利尼亚里斯。

"法院这帮人想加工资的时候,我支持了,如今你们这些家伙却不愿意向市民收那笔钱,"帕森说,"总检察长为此已经给了两份意见书,已经表明这钱该收。可我们没收,各法院也对此袖手旁观、不闻不问。我们不那么做,这让我有点郁闷,我可是某种程度上一直支持你们的。如果我们在这件事上还不做出任何改变,这在我看来会成问

---

① Messenger, "A Senator's Budget Threat."

题，也会成为我的一个负担。我所要求的，不过是收该收的费，我认为法律也是这么规定的。"

这是在威胁。如果法院不改变它对相关法律的解读，其预算就会受制于愤怒的参议员们，这些人急于遵照他们当地治安官的盼咐行事。政府的司法部门和立法部门本是相互独立，然而作为立法机构的议会拽住了钱袋上的绳子。

这一招先发制人，起效了。

那时候，律师比尔·汤普森（Bill Thompson）是密苏里州最高法院的书记员。① 那天同样也在听证会现场的汤普森，命令对3美元附加费一案进行复审。② 这一年8月，密苏里州最高法院将之纳入其年度裁令，后者列有各种已获核准、适用于各级法院的收费项目，包括市政法院。③

以瓦特洛特为首的很多市政法院法官拒绝作出让步。

瓦特洛特向他担任法官的城市欧弗兰市（Overland）发出一份命令，表明他认为市政法院收取这笔费用是一种贩卖司法正义的违宪行为，他不会允许此举发生在自己所在的法院。④ 其他市政法院的几位

---

① Messenger, "A Senator's Budget Threat." For an overview of the clerk of the Missouri Supreme Court's role, see "Clerk of the Supreme Court," Missouri Courts, https://www.courts.mo.gov/page.jsp?id=214.
② 美国法院的书记员是法官雇佣作为其个人助手的工作人员。与中国的法庭书记员稍有不同，美国法院的书记员不负责记录工作和行政事务（此为法庭记录员或法官秘书的工作内容），其日常任务是协助法官，主要包括研究卷宗材料的法律要点、研究法律与判例、准备法官开庭备忘录、草拟演讲稿、草拟法律意见、编辑校对法官的判决和裁定、查证判决所引的注解等。——译者
③ "Order dated August 16, 2013, re: Schedules for Collection and Hierarchy for Disbursement of Court Costs, Fees, Miscellaneous Charges and Surcharges," Supreme Court of Missouri, *en banc*, August 16, 2013, https://www.courts.mo.gov/page.jsp?id=92265.
④ Tony Messenger, "Under Fire During Ferguson, Judge Waged Battle Behind the Scenes," *St. Louis Post-Dispatch*, March 28, 2017, https://www.stltoday.com/news/local/columns/tony-messenger/messenger-under-fire-during-ferguson-judge-waged-battle-behind-the/article_e0d017c7-c653-53c4-85bc-1383439d9695.html.

法官也发出了类似的命令。①

其中一位是布莱恩·布雷肯里奇（Bryan Breckenridge），他是密苏里州西南部内华达市（Nevada）的市政法院法官。"本法院认为，强行征收县治安官退休基金附加费……将导致司法正义售卖行为。"②

布雷肯里奇的夫人是帕特里夏·布雷肯里奇法官（Judge Patricia Breckenridge），她也是签发要求收取 3 美元这项命令的密苏里州最高法院法官之一。

在密苏里州 608 家市政法院中，约有半数拒绝收取这笔附加费。即便如此，密苏里州县治安官退休制度最终仍赚得盆满钵满。2012 年至 2015 年间，该基金显示资产增长了 1 000 万美元。

随后几年数额翻倍，瓦特洛特对此提起诉讼，控告这笔附加费违反美国宪法，然而两起诉讼都没能撑到庭审。③ 2014 年，他身为圣路易斯县的市政法院代表而出现在公众视野中。在那之后，他变得更加坚定，决意要对这 3 美元附加费做点什么。在他看来，它代表着美国不断上涨的诉讼费用的祸根。

2018 年，堪萨斯城（Kansas City）的两位律师继承了瓦特洛特的衣钵，代理被开超速罚单后不得不缴纳 3 美元的两位委托人向法院提起诉讼。该案件 2019 年 11 月进入审判阶段，由杰克逊县（Jackson County）巡回法院法官凯文·哈勒尔（Kevin Harrell）进行审理。在审判过程中，律师杰拉德·麦克格纳戈尔（Gerald McGonagle）向他的委托人杰瑞·凯勒（Jerry Keller）提了个问题，

---

① Tony Messenger, "Sheriffs' Retirement Fund Had Its Day in Court; It Didn't Show Up," *St. Louis Post-Dispatch*, March 27, 2017, http://www.stltoday.com/news/local/columns/tony-messenger/messenger-sheriffs-retirement-fund-had-its-day-in-court-it/article _ a1214592-e36b-59f8-bc15-27b5bd1b080f.html.
② Messenger, "Dispute over ＄3 Fee."
③ Messenger, "Under Fire During Ferguson."

Profit and Punishment　　063

直指矛盾核心。

"您在堪萨斯城的市政法院为类似默瑟县（Mercer County）这种地方的某位退休县治安官缴纳某种费用，您认为是否公平？"麦克格纳戈尔问。默瑟县是堪萨斯城以北两小时车程的一个乡村县，其县治安官已被纳入上述从 3 美元诉讼费中获得收入的退休基金。

凯勒说他认为不公平。法官不同意，判定县治安官退休基金胜诉。此案被上诉至密苏里州最高法院。2021 年 6 月 1 日，密苏里州最高法院发布判决书，以 6∶0 的表决结果确定收取 3 美元附加费属于违宪。"七年努力的结果，"瓦特洛特给我发了条信息，"司法公正！"

\*

3 美元这项附加费名目设立之后的几乎每一年，密苏里州议会都会核准增加其他类型的诉讼费用。使立法者们变本加厉拼命捞钱的结构性政治现实原因之一，乃与格罗弗·诺奎斯特领导的政治运动息息相关。

在某些共和党主导的州，"不增新税"的准则实际上已经成为宪法的一部分，于是法院罚金及诉讼费对于迫切需要收入的立法者们来说是最容易做出的政治选择。① 因为缴纳罚金及诉讼费的人是被判有罪的人，他们很容易被贴上"罪犯"的标签。一名反对提高税收和"严厉打击犯罪行为"的立法者，既可以吃上蛋糕又能表明立场：投票赞成增加诉讼费，同时为"不增新税"摇旗呐喊。与此同时，当地的县治安官、检察官以及县长都是该变相收入的受益者，他们都会齐

---

① Lauren-Brooke Eisen, *Charging Inmates Perpetuates Mass Incarceration* (New York: Brennan Center for Justice at NYU School of Law, 2015), 5, https://www.brennancenter.org/sites/default/files/2019 08/Report _ Charging _ Inmates _ Mass _ Incarceration.pdf.

齐助力支持此项措施。① 只顾自己不顾他人？美国的所有州议会大厦里都在发生这种事。

俄克拉何马州就是个很好的例子。

1992年，俄克拉何马州纳税人联盟（Oklahoma Taxpayers Union）提出的SQ640选民公投获得通过。这项倡议提出州立法机构要求表决的任何增税方案都必须获得75％的绝对多数选民投票赞成才能生效——这是全美国最严格的增税条件。② 在实践中，它便是一项对州议会提高税收的禁令。其结果，俄克拉何马城市大学（Oklahoma City University）法学院院长吉姆·罗斯（Jim Roth）说，就是立法者们寻找变相税收的其他形式来获取收入，比如法院罚金和诉讼费。

罗斯此前是俄克拉何马县县长，他说SQ640在现实世界里造成的后果是"使几十年来资金不足的州政府放大了刑事司法领域中的问题"。

2008年至2012年间，俄克拉何马州对各地区法院的资金支持削减了60％。③ 法院罚金和诉讼费在此期间同步增长。④ 例如，2014年

---

① Messenger, "A Senator's Budget Threat Precedes Flip of Missouri's Top Court."
② Gene Perry, "SQ 640 Has Made Oklahoma Ungovernable," Oklahoma Policy Institute, last modified May 2, 2019, https://okpolicy.org/sq-640-made-oklahoma-ungovernable/; Okla. S.Q. 640, Pet. 348 (May 25, 1990), available at https://www.sos.ok.gov/documents/questions/640.pdf.
③ Myesha Braden et al., *Enforcing Poverty: Oklahoma's Reliance on Fines & Fees Fuels the State's Incarceration Crisis* (Lawyer's Committee for Civil Rights Under Law, 2020), 5, https://indd.adobe.com/view/6a8c0376-dba2-4aa2-b64d-f537c63d65b5.
④ Corey Jones, "How Much Does Oklahoma Rely on Court Collections to Fund Government? 'We Reach a Point Where We Begin to Criminalize Poverty,'" *Tulsa World*, May 7, 2019, https://tulsaworld.com/news/local/crime-and-courts/how-much-does-oklahoma-rely-on-court-collections-to-fund-government-we-reach-a-point/article_81cb716e-791d-5053-a6d0-6e22d9a2229a.html.

至 2015 年间，俄克拉何马县因为当事人未能缴纳罚金及诉讼费而由法官签发的逮捕令数量从每月 1 000 份增至 4 000 份。① 这就意味着，当地政府为了平衡收支，额外地把纳税人相当大一笔钱用来逮捕那些欠下诉讼费又无力偿还的穷人。这些人最终都进了监狱，进而耗费纳税人更多的钱。

无独有偶，科罗拉多州在 1992 年也做过同样的事。选民通过了《纳税人权利法案》（*Taxpayer's Bill of Rights*），或称"TABOR 修正案"，要求就增税一事进行全州投票表决，同时限制立法机构每年能核准的收入增长额度，即便经济形势大好也须如此。②

在东部，密苏里州的选民们于 1980 年通过了一条类似的规定，名为《汉考克修正案》（*Hancock Amendment*），将该州人均税率限定在 1981 年的水平。③ 密苏里州成为美国税费最低的州之一。为了填补差额，该州的诉讼费用极速上涨。④

失控的法院债务问题已经变得如此普遍，对穷人的生活造成如此毁灭性的打击，以至于到了 2019 年，美国联邦储备委员会（Federal Reserve Board）首次将有关法律债务的调查结果纳入其一年一度的《美国家庭经济状况报告》（*Well-being of U.S. households*）之中。结论令人震惊："负有未偿法律债务的家庭中，个人经常负有其他形

---

① Clifton Adcock, "Offender's Story: Untying the Bonds of Court Debt," *Oklahoma Watch*, February 26, 2015, https://oklahomawatch.org/2015/02/26/courts-push-collection-of-fines-and-fees/.
② Colo. Const. art X § 20, The Taxpayer's Bill of Rights.
③ Missouri Const. Article X § § 16 - 21; Thomas A. Schweich, Missouri State Auditor, Review of Article X, Sections 16 Through 24, Constitution of Missouri (No. 2012 - 25), i, https://app.auditor.mo.gov/repository/press/2012-25.pdf.
④ Tony Messenger, "Missouri's Long Race to the Bottom Is Over. It's a Dubious Victory," *St. Louis Post-Dispatch*, May 29, 2020, https://www.stltoday.com/news/local/columns/tony-messenger/messenger-missouri-s-long-race-to-the-bottom-is-over-it-s-a-dubious-victory/article_93085fb4-e3e6-51be-98fa-8c16f5c18f91.html.

式的债务。例如，负有法律债务的家庭中，43％同时负有未偿医疗债务。"调查发现，"负有未偿诉讼债务的家庭，同时不成比例地可能负有信用卡债务，且更可能背负助学贷款债务——即便比起那些不存在未偿法律债务的家庭和个人，他们上大学的可能性更低。"①

不出意料的是，美国联邦储备委员会调查发现，年收入低于 4 万美元的个人身负未偿法院债务的可能性明显更高，并且此类债务不成比例地成为非裔和拉美裔群体的沉重负担。

"个体与犯罪活动或法律制度之间的交集，与糟糕的财务状况之间存在相关性。这在仍负有未偿法律债务的群体中尤其如此，"报告写道，"其家庭负有未偿法律债务的个体中，只有 53％的经济状况至少还过得去；相较之下，其家庭不存在法律债务的，经济状况较佳的个人占比为 75％。"

对于那群势单力薄、多年来致力于将沉重的诉讼费及其对穷人造成的影响提上台面的法律界专业人士来说，美国联邦储备委员会的这份报告举足轻重。

"有关这个国家的经济状况问题，联邦储备委员会是绝对权威，"纽约的非营利组织布伦南司法中心司法项目负责人劳伦-布鲁克·爱森（Lauren-Brooke Eisen）说，"他们认识到诉讼费和法律费用会对美国家庭产生影响，并且在这些债务产生之后的很多年里仍然如此，此事意义非同小可。"②

---

① Federal Reserve Board, Consumer and Community Research Section of the Division of Consumer and Community Affairs, *Report on the Economic Well-Being of U. S. Households in 2019, Featuring Supplemental Data From April 2020* (May 2020), 9, https://www. federalreserve. gov/publications/files/2019-report-economic-well-being-us-households-202005. pdf.

② Debra Cassens Weiss, "6％ of Adults Have Debt From Court Costs or Legal Fees, Federal Reserve Report Says," *ABA Journal*, May 15, 2020, https://www. abajournal. com/news/article/6-of-adults-have-debt-from-court-costs-or-legal-fees-federal-reserve-report-says.

\*

## 俄克拉何马州诺曼市 2010 年 11 月

肯迪·基尔曼不需要美国联邦储备委员会告诉她自己还没有缴清的诉讼费对穷困潦倒的生活带来多么严重的影响。基尔曼被判处缴纳的费用中，有一项是每个月付给地方检察官的 40 美元监督费。此后第一个月到了付款时间，她手头拿不出这笔钱。40 美元大概占到她月收入的 25%，但她银行户头里真正有这么多钱可以自由支配时，几乎没有哪个月能撑到月底。那一个月、接下来的几个月都办不到。这是穷人每天不得不面对的两难困境。买食物还是买药？交煤气费还是交电费？付有线电视费还是付空调费？

基尔曼被判刑后大概过了一年，有一天接到她大女儿米兰达打来的电话。同她母亲一样，基尔曼在少女时期就生下了第一个孩子。如今她有 5 个孩子，都出生于 1986 年至 1991 年间，其中包括一对双胞胎男孩。米兰达找到了州法院系统的官方网站，在搜索框输入母亲的名字。网站有她的逮捕令，因为她欠法院的钱没还，并且没有提供社区服务。

"我连 40 美元律师费都掏不起，这下反倒要我每个月交 100 美元？这我怎么办得到？"基尔曼说。

她的债越滚越大。签发逮捕令又产生一笔 50 美元手续费，另有保释金建档费以及书记员建档费 2.5 美元。[1] 法官签发的逮捕令通常不会邮寄给被告人。这些逮捕令留存于州政府的数据库中。于是当有

---

[1] Ryan Gentzler, *The Cost Trap: How Excessive Fees Lock Oklahomans Into the Criminal Justice System without Boosting State Revenue* (Tulsa: Oklahoma Policy Institute, February 2017), 4, https://okpolicy.org/wp-content/uploads/The-Cost-Trap-How-Excessive-Fees-Lock-Oklahomans-Into-the-Criminal-Justice-System-without-Boosting-State-Revenue-updated.pdf?x35308.

人因为超速驾驶或者其他违规违法行为被强行截停，警察只要输入其姓名在数据库中一搜索，便会发现库里有张现成的逮捕令。这种事情经常发生。

基尔曼不想坐以待毙，任由这种事日后发生在自己身上。因此她去到法院，把自己送到法官面前。逮捕令被撤销，她被告知11月份再来。基尔曼还得为自己不缴纳罚金和诉讼费的事进行辩护。

不过她在努力还钱。从11月到次年4月，一张张账单寄到手里，可她拿不出钱来。自从她开着那辆只花了400美元买来的破车，在路上被莫名其妙地截停，又遭到更加莫名其妙的持有大麻指控，时间已经过去两年。如今她负债累累，而这笔债只朝着一个方向发展：越积越多。

4月，基尔曼收齐所有能说明她财务状况的文件材料，从布巴的诊断病历到她的联邦伤残调查复印件、符合《第八住房补贴方案》申请补贴的资格凭证以及申请食品券的资格凭证等，但凡能说明她何以承担不起因享有缓刑期监督这一特殊优待而付给地方检察官的40美元，更遑论所有加之于她的其他费用的种种材料都一一集齐递交。

基尔曼站在法官面前，为她的案子辩护。材料奏效了。

"经审核相关材料，州法院确认被告人缴纳地区律师监督费实为过于困难。"2011年4月26日，法官在一份交给基尔曼的文件上写道。

基尔曼以为自己自由了，终于摆脱这场噩梦了。

"一切都结束了，"在克利夫兰县法院的走廊里，基尔曼说，"我解脱了。我深深地吸了一口气，然后回家了。"

基尔曼错了。她已经持续了两年之久的磨难，如今才刚刚开始。

## 第四章　欠费未还

**南卡罗来纳州哥伦比亚 2017 年 3 月**

　　头两笔款项如期支付后，萨莎·达尔比开始拖欠了。她不知道的是，拖欠的后果是自己被法官签发了逮捕令。因为逮捕令没有邮寄给她，达尔比根本不知情。在亲戚家寄人篱下、居无定所的日子过了几个星期之后，达尔比找了一处新公寓。她之前实际上是无家可归，至少这下意味着她不必再睡在外面了。

　　3 月 28 日，她在她母亲家，帮着照应一个被送往精神健康机构的亲戚。警察当时在现场协助，在这种情况下是例行公事。然而其中一名警官好巧不巧正是给她开企图伤害罪传票的警察之一。他输入她的名字查了查，逮捕令弹出界面：因未全额缴纳罚金及诉讼费被通缉。她欠了 680 美元。①

　　"我在我母亲家里被戴上手铐，"达尔比说，"那一刻，一切都停止了。"

　　她被押送到列克星敦县看守所。在那里，她面临两个选择：还钱或者入狱 20 天。同很多出身于世代贫困家庭的人们一样，达尔比认识的人里，谁也拿不出这笔现金。她攒下来的钱，不久前刚分毫不留地交给新公寓的房东做押金了。

　　她选择入狱。或者更确切地说，是系统替她选择了入狱。怀着孕又孤身一人的达尔比，有生以来第一次身陷囹圄。

*

对大多数没有经历过这种事的人来说，这是司法系统不为人知的一部分。达尔比并没有再次犯罪。她当时是在和警察一道帮助那个行动不便的亲戚。然而，她被逮捕并羁押，因为她承担不起列克星敦县作为收入来源而规定被告人必须承担的诉讼费。别忘了，这一切都源于她和室友的一次小别扭。

"我丢了工作，"达尔比说，"我还丢了住处。"

像达尔比这样的人，在这个国家比比皆是。他们生活在贫困之中，认罪或者被定轻罪后在监狱服刑。然后，他们就会拿到一份账单。又或者，他们面临监禁，这次不是作为一种惩罚，而是一种"选择"，因为他们付不起罚金。他们在经济上捉襟见肘，其结果是放弃自由。像达尔比这样的人，没有电视节目报道他们的境遇，然而全美国的市县监狱里关着成千上万像她这样的人：被忽视、受穷困之害且以司法之名被当成罪犯的人。

这个问题鲜为人知，甚至那些身在司法系统之中的人都不甚了解。吉尔·韦布（Jill Webb）曾是其中之一。韦布是俄克拉何马州塔尔萨县的一名辩护律师，曾在塔尔萨县公设辩护人办公室任职5年之久。时间一长，韦布与她同为公设辩护人的同事们注意到，自己总是一而再、再而三地见到同一个委托人再次被收押，再次需要法律援助。韦布被委派调查为什么会出现这种情况。

于是，她开始把时间花在塔尔萨县看守所里，同公设辩护人代理的那些委托人交谈。在其中一个案件中，她的谈话对象是一个名叫辛

---

① Class Action Second Amended Complaint at ¶ 3, *Brown v. Lexington County*, No.3:17-cv-01426-MBS-SVH (D.S.C. October 19, 2017), avail-able at https://www.aclu.org/legal-document/brown-v-lexington-county-et-al-class-action-second-amended-complaint.

茜娅·格雷夫斯（Cynthia Graves）的非裔美国妇女。此人在谈话之前已经蹲了9天了，她甚至连法官的面都没见着。

"你因为什么进来的？"韦布问。

"欠费未还。"

韦布开始查看每日监狱记录。她频繁看到相同的四个字：欠费未还。塔尔萨县看守所里关满了人，大多数是黑人，其中很多都是女性——她们因为相同的原因被关在那里。终于，她豁然开朗。韦布发现，那风平浪静之下藏着的是一个全国性的危机。

现在回想起来，个中原因显而易见。"我从来没有想过事关罚金和诉讼费，因为我的委托人没这么想。"韦布说。大部分司法辖区的案件都是这样，大多数穷人实际上并没有因为他们各自犯下的各种罪行最终接受审判。[1] 被告们在铁窗后关上几天，也可能是一个月或者更久，只等着和他们分身乏术的公设辩护律师见上一面或者来到法官面前，然后接受公诉人提出的辩诉交易建议。等到出了看守所，至少有那么一段时间是自由身，他们便回归正常生活。"为了不坐牢，他们几乎什么罪都认，"韦布说，"系统就是这么设置的，他们注定要栽跟头。"

2016年，塔尔萨县因未能付款而被立案审查的人数为1 163人，有些案件当事人仅面临一项指控。平均下来，那一年因未能付款而被收监的被告人平均被羁押时长为5天。如此一来，耗费掉的纳税人的钱比政府官员通过各项罚金及诉讼费聚敛来的钱还要多出200万美元。在塔尔萨县看守所，在押人员被传讯到庭的违法犯罪行为中，"未能付款"位列第四。[2]

---

[1] John Raphling, "Plead Guilty, Go Home. Plead Not Guilty, Stay in Jail," *Los Angeles Times*, May 17, 2017, https://www.latimes.com/opinion/op-ed/la-oe-raphling-bail-20170517-story.html.

[2] Corey Jones, "Day 1: How One Woman's Story Depicts Oklahoma's Struggle with Fines, Fees and Costs in the Justice System," *Tulsa World*, December 2, 2019, https://tulsaworld.com/news/local/crime-and-courts/day-1-how-one-wom-（转下页）

### 密苏里州法明顿 2018 年 10 月

2018 年，我有好几月时间奔忙于各个乡村法院之间的村道上，从法明顿（Farmington）到塞勒姆再到金斯顿（Kingston），讲述着因为贫困而被迫沦为罪犯的密苏里人的故事。他们的故事彼此稍有不同：要么被抓的原因不一样，要么入狱之前的生活情况有异，要么这番经历在不同程度上改变了他们的生活面貌。

然而有一点完全相同：他们都很穷。

对他们故事的讲述，成了我作为一名新闻工作者最重要的工作成果，为此我获得了 2019 年的普利策评论奖。① 正是这些故事、这些人，鞭策我写下这本书，鞭策我去寻找基尔曼、达尔比以及这个国家里其他同她们一样被迫在司法公正的幌子下受苦受难的人们。

本章接下来要介绍的，是我在密苏里州遇到或写过的 5 个人，他们的名字分别是：维多利亚·布兰森（Victoria Branson）、罗布·霍普尔（Rob Hopple）、威廉·埃弗茨（William Everts）、克里·布斯（Cory Booth）以及艾米·穆尔。他们的故事始于没能缴纳罚金和诉讼费，暴露出美国司法系统固有的不公正程度之深。同这种模式下全美范围内的很多其他受害者不成比例地属于有色人种这一情况不同，以上五位都是白人。他们生活在密苏里州乡村地区，那里绝大多数都是白人。这几乎是本地居民的基本特征。

---

（接上页）ans-story-depicts-oklahoma-s-struggle-with-fines-fees-and-costs/article_935c0fb6-25ee-5599-952d-99551641c9d9.html.

① Tony Messenger, "Jailed for Being Poor is a Missouri Epidemic: A Series of Columns from Tony Messenger," *St. Louis Post-Dispatch*, April 22, 2019, https://www.stltoday.com/news/local/columns/tony-messenger/jailed-for-being-poor-is-missouri-epidemic-a-series-of-columns-from-tony-messenger/collect-ion_40e7d3ad-6b26-5dcb-8c10-d97b0eabc75e.html#1.

受到为给政府增加收入而强行收取罚金和诉讼费这一操作不良影响的人，其数量之巨令人震惊。随着他们每个人的事迹在笔下展开，我逐渐意识到，他们是如何以各自稍异的方式让人们了解收取这些罚金和诉讼费的不公正之处。有些人与布兰森产生了共鸣，因为她是一位祖母；有些人在布斯青少年时期的轻率冲动里看到了自己；还有一些人为埃弗茨落得无家可归感到惊骇，他的境遇至少部分归咎于刑事司法系统。

我自小在科罗拉多州长大，但过去这二十年我赖以谋生的地方一直是密苏里州，这是我的新家。在密苏里州，我遇到了妻子玛拉（Marla），我们共同养育了两个孩子。在大部分历史阶段，这个州在整个美国都扮演着一个独特的角色。它连接南北、地跨城乡，是刘易斯与克拉克远征的出发点，① 是通往广阔西部的一处门户。除此之外，该州在20世纪大部分时候都是美国总统竞选的风向标州。②

密苏里州的这些人，还有他们爱的人，每个人都信任我，都把自己的故事告诉了我。这些故事不是什么新闻噱头，它们为密苏里州带来了持久性的改变，因为立法者、为穷人奔走发声的热心人士以及法官们受此鞭策而开始采取行动。还有同他们一样的人，不分种族、无关信仰，境遇几乎如出一辙的人们，遍布于这个国家的每一个州。

\*

那是2018年10月，我在圣路易斯南边的圣弗朗索瓦（St

---

① 刘易斯与克拉克远征（Lewis and Clark expedition）：美国国内首次横越大陆、西抵太平洋沿岸的往返考察活动。1804年5月14日，梅里韦瑟·刘易斯（Meriwether Lewis）与威廉·克拉克（William Clark）领导探险队（又称"远征探索军团"）从密苏里州圣路易斯出发，一路探索并绘制这片区域的地图。探险队历经艰险，途中忍受饥饿与疾病之苦，在美洲原住民的帮助下获得成功，并于1806年分成两组各自沿密苏里河前行踏上返回旅程，顺利会合后于9月23日抵达出发地圣路易斯。——译者
② 风向标州（bellwether presidential state）：一译"领头羊州"，指投票支持的总统候选人后来多半会胜出的州。——译者

François County）乡村县第一次见到维多利亚·布兰森。此前我写过一篇有关她的文章。① 那时候她被关在万达利亚市（Vandalia）的女子监狱。在牢里时，她是个"推手"，是那种尽其所能为监狱里黯淡无光的生活带去人性关怀的在押人员。② 布兰森会主动帮助坐着轮椅行动不便的狱友，推着她们在昏暗的环境里活动散心。这项任务让她感到某种生活常态。进监狱之前，布兰森在一家疗养院照顾老年人，其中有一些卧病在床，通常是大限将至的人。她出狱之后又回了那里工作，而之所以会出狱，她说，是多亏了我写的一些东西。

2017年年底，巡回法院法官桑德拉·马丁内斯（Sandra Martinez）把布兰森投入监狱，因为她穷——指控不是这么说的，判决书也不是这么写的，不过法庭记录揭示的，就是一个再常见不过的故事。对马丁内斯来说，这是走过场的一部分。过去这一年，因为涉嫌诉讼费收取不成后把当事人送进监狱，她的判决两次被上级法院推翻。③

在其中一个案件中，密苏里州上诉法院明确道出了在司法公正的名义下穷人有着怎样的遭遇。

---

① Tony Messenger, "St. Francois County Judge Sends Another Grandma to Prison Over Court Costs," *St. Louis Post-Dispatch*, August 22, 2017, https://www.stltoday.com/news/local/columns/tony-messenger/messenger-st-francois-county-judge-sends-another-grandma-to-prison/article_8e7408d5-afec-5e69-bc3a-50fa93706deb.html.

② Tony Messenger, "Release from Debtor's Prison Raises Holiday Spirits of Missouri Woman," *St. Louis Post-Dispatch*, January 4, 2018, https://www.stltoday.com/news/local/columns/tony-messenger/messenger-release-from-debtors-prison-raises-holiday-spirits-of-missouri-woman/article_10bb2f09-7f24-55ff-a48f-49a357c09bd8.html.

③ Tony Messenger, "In St. Francois County, Judge and Prosecutor Treat Jail Like an ATM," *St. Louis Post-Dispatch*, September 28, 2018, https://www.stltoday.com/news/local/columns/tony-messenger/messenger-in-st-francois-county-judge-and-prosecutor-treat-jail/article_ddbd50f7-b3e9-547e-9675-2bb1539a45e3.html.

"因此,在本案中,我们面对的是这样一套系统:所有密苏里州的纳税人都必须支付法官、书记员、检察官、公设辩护人以及缓刑监督官的工资。系统从一位需要抚养孙子孙女、身有残疾的祖母那里收取钱财,其目的在于使圣弗朗索瓦县看守所正常运转,"法庭记录中写道,"用以执行此项任务所耗费的资源,其数量之巨令人惊讶。"①

这样的案件不胜枚举,这样的不公正有增无减,因为没有人把它当一回事。"我的委托人没得抱怨,"艾米·洛维(Amy Lowe)说。她是一名公设辩护律师,圣弗朗索瓦县有些居民的案子被推翻,她为其中的一位辩护,"让他们丧失人性、搜刮他们的钱财为政府部门筹款,这种事操作起来轻而易举。"②

\*

布兰森曾经欠着一笔子女抚养费,债主已不在人世。14 年前,她离婚了,每月要给尚未成年的儿子支付 162 美元抚养费,儿子同他父亲一起生活。后来布兰森出现拖欠了。她被指控逾期未付子女抚养费。在密苏里州,同许多其他州一样,拖欠子女抚养费可能会遭到刑事指控。然而在现实生活中,对于领取抚养费的一方来说,这么做往往会起到反作用。因为如此一来,支付的一方最终会因为这套法律系统的干预而断绝收入来源,首当其冲的后果便是,他们补上拖欠的子女抚养费的可能性变得更低。相较之下,布兰森的案子比这还要曲折离奇。

她认罪了,被判处 4 年有期徒刑,缓期执行。不久之后,她前夫自杀身亡。儿子搬来与她同住。前夫去世,儿子也回来了,布兰森想

---

① *State Ex Rel. Parrott v. Martinez*, 496 S.W.3d at 572(2016).
② Tony Messenger, "Missouri Supreme Court Draws a Line in the Sand on Rising Court Costs," *St. Louis Post-Dispatch*, April 12, 2017, https://www.stltoday.com/news/local/columns/tony-messenger/messenger-missouri-supreme-court-draws-a-line-in-the-sand/article_ab3d630f-908a-57a5-80c6-713bb45e6cfd.html.

着她那宗抚养费的案子该是到此为止了。

　　生活仍在继续。她搬离了这座城市，后来与男友克利福德·里克曼（Clifford Rickman）一同在密苏里西南部生活，在该州的另一端。16年后，两人分手，布兰森又搬回了圣弗朗索瓦县。

　　她在当地的一次交通截停中，被警察发现系统里有法官签发的逮捕令。她被关进监狱，无力支付保释金，也就无法获释。

　　14年来，马丁内斯定期举行听证会，审理布兰森拖欠子女抚养费的那宗陈年旧案。布兰森不知道这些。密苏里州乡村地区的任何法院文件，一经查阅，你便可能发现有一类被归为"退信"。穷人搬家后常常不会进行相应的地址变更。

　　马丁内斯裁定布兰森欠法院5 000美元，几乎全部都是布兰森服刑期间应缴纳的费用以及其他诉讼费用，而非子女抚养费。她拿不出这笔钱，于是马丁内斯撤销缓刑，把她送进了监狱。

　　"把她关在那里，这事儿太离谱了。"里克曼告诉我。他如今已经再婚，不过他打电话给我，希望有人能接手布兰森的案子，把她弄出监狱。"法官对她的判决简直荒唐可笑。那孩子的父亲死了14年了。把她抓去坐牢，又有什么好处？"

*

　　布兰森在我桌边停下，给我倒了一大杯甜茶。克莉丝汀餐厅在老67号公路上，从启田浸信会教堂（Open Door Baptist Church）一路往下即到。它是那种至今仍然留有吸烟区的地方，桌椅风格南辕北辙，每日特色菜就是肉、土豆和肉汁——肉汁总不会缺席。这是布兰森的第二份工作，此外她还在一家疗养院上夜班。她有一头长长的红发，绿色的眼睛。就在我那篇有关她案子的文章刊出大概一个月后，她被释放出狱。

　　"10月1日那天，他们把我叫去，问我认不认识你。"她告诉我。在那之后过了几天，她被释放了。

如果你很穷，又是非裔且住在圣路易斯；或者你很穷，是个白人且住在圣弗朗索瓦县或登特县或考德威尔县（Caldwell County）——这些都是长期搜刮民脂民膏、利用法院撑起政府空瘪钱袋的小型农业社区——那么，故事往往只有一个版本。在密苏里州，贫困对人一视同仁。

这就是为什么美国司法部在 2016 年 3 月给全美所有的法官和法院书记员发出了一封指导信，提醒他们有着同这个国家一样长久历史的美国宪法对公民的各项保护。

"个体或可面临日益增长的债务；虽然对社区并不构成任何危险，但由于未缴纳钱款而面对反复、非必要的监禁；失去工作；陷入几乎无从摆脱的贫困循环之中。"信上写道，信末有司法部民权司（Civil Rights Division）司长瓦尼塔·古普塔（Vanita Gupta）和时任"享有司法公正办公室"（Office for Access to Justice）负责人丽莎·福斯特两人的签名。[1] "再则，诸如这般操作的目的非为保障公共安全，而在增加收入，在此意义上，实不合法度；除此之外，还致使公众对法庭公正产生怀疑，破坏地方政府与选民之间的信任。"

2017 年 12 月，司法部长杰夫·塞申斯（Jeff Sessions）撤回这封指导信，部分原因在于时任总统唐纳德·特朗普铆足了干劲要把前任总统巴拉克·奥巴马的历史遗产彻底抹除。[2]

那之后没过几天，布兰森第一次给我发了条短信。

---

[1] Vanita Gupta and Lisa Foster, "Dear Colleague Letter Regarding Law Enforcement Fees and Fines," Fines and Fees Justice Center, March 14, 2016, 2, https://finesandfeesjusticecenter. org/content/uploads/2018/11/Dear-Colleague-letter. pdf.

[2] Matt Zapotosky, "Sessions Rescinds Justice Dept. Letter Asking Courts to Be Wary of Stiff Fines and Fees for Poor Defendants," *Washington Post*, December 21, 2017, https://www. washingtonpost. com/world/national-security/sessions-rescinds-justice-dept-letter-asking-courts-to-be-wary-of-stiff-fines-and-fees-for-poor-defendants/2017/12/21/46e37316-e690-11e7-ab50-621fe0588240 _ story.html.

那是圣诞节当天上午，我和妻子坐在起居室，看着两个最小的孩子拆礼物。电视里播着节日歌曲，满屏都是仿真圣诞柴在壁炉中燃烧的盛况。

"圣诞快乐。"短信上说。一开始我以为是哪个已成年的儿女发来的，然而我并不认识这个号码。我问对方是哪位，维多利亚·布兰森第一次向我介绍了她自己。我甚至都不知道她已经出狱了。正是这条短信最终把我带到了圣弗朗索瓦县。

*

克莉丝汀餐厅里坐在我旁边那张桌子的男人，年纪有六十多岁。他穿着一件无袖法兰绒上衣，腰间别着一把9毫米口径的格洛克半自动手枪。这里是允许公开携带枪支的乡下。①男人丢了工作，甚至连农场都没了，但手中仍然有枪。联合铅矿开采的活儿早就没有了。②克莱斯勒汽车公司在圣路易斯县的工厂已经停工，为之服务的小工厂也都关门了。③

像布兰森这种情况，需要同时打两份工，都是拿最低工资，以此勉强维持生活。他们只盼着自己能一次一小笔地还钱来满足法院的要求，一次还50或者75美元。

---

① 美国宪法第二修正案规定，纪律优良的民兵部队对自由州的安全是必要的，故人民持有并携带武器之权利不受侵犯。换言之，美国公民拥有枪支是宪法保障的权利。但政府可以对在非私人领地的枪支携带方式加以约束，而各州对此相关规定存在差异。简单来说，美国大部分州都属于公开携带州（open-carry state），允许合法持枪的公民公开携带枪支；隐藏携带州（concealed-carry state）则要求合法持枪者申请相关证件才可以公开携带枪支。——译者

② Leroy Sigman, "Old Miners Recall the Brighter Days of Mining," *Daily Journal*, September 19, 2004, https://dailyjournalonline.com/news/local/old-miners-recall-the-brighter-days-of-mining/article_d3d23877-82a3-593e-aaba-23a6199f0bf5.html.

③ "Chrysler Plants Closing Causes $15 Billion Impact," *St. Louis Post-Dispatch*, September 16, 2011, https://www.stltoday.com/suburban-journals/metro/news/chrysler-plants-closing-causes-15-billion-impact/article_1519d934-b6f8-5617-8ce1-0826b80c4a23.html.

角落桌子边上的那个男人邀请我过去。这种桌子随处可见，存在于美国老公路沿线任何一家餐厅或者咖啡馆。牛皮客的桌子。常客们光顾和侃大山的地方。

他们非常喜欢布兰森，因此不介意我的存在。

他们告诉我，圣弗朗索瓦县的山川河谷间，遍地都是像她这样的人，那些因为掏不起钱为自己购买自由而在监狱里日渐消瘦颓丧的人。他们被逮，原因是入店行窃、持有毒品——时下流行的是甲基苯丙胺和阿片类药物——和交通违章，没错，还有逾期未支付子女抚养费。

美国宪法要求确定当事人的偿付能力，而无视这条规定的法官们却在当事人身上堆砌重重经济负担，使他们失去工作、汽车、住房，还有孩子。他们挤在一座死亡频频光顾的县看守所里，或者被送进监狱。被释放出狱之时，账单也在等着他们，随之而来的还有一份每个月出现在法官面前的"邀请"或者月月付款的账单。

我很快就会发现，这个问题远远不止圣弗朗索瓦县有一个判决常常被推翻的法官这么简单。这是个遍及密苏里州乡村地区的问题，这个州几乎每个县都有问题。

在那篇有关布兰森的文章刊出后不久，克莉斯滕·布朗（Kristen Brown）给我发来一封电子邮件，告诉我与她共同生活了20年的伴侣罗布·霍普尔的事。[①] 他在牢里待了6个月，原因是马丁内斯要求他在一家指定的私营缓刑公司购买脚镣，而他买不起。

霍普尔的案子在某些方面同布兰森非常相似：圣弗朗索瓦县的同一位法官、同一位公诉人杰洛德·玛胡因（Jerrod Mahurin），此人曾经在马丁内斯手下工作。在好几个月时间里，我都把霍普尔的事搁置

---

① Tony Messenger, "In St. Francois County, Judge and Prosecutor Treat Jail Like an ATM."

一旁。他被指控对一名不满 13 岁的女童暴露身体，该女童当晚与他女儿一起过夜。他否认这一指控，布朗也否认了这一点。由州儿童虐待与忽视审查委员会（Child Abuse and Neglect Review Board）组织的一次调查最终查明当事人没有实施任何犯罪行为。

布朗是在 2018 年初给我发的邮件，当时正值 MeToo 反性骚扰运动的顶峰时期。我此前写过几位遭到性攻击或性骚扰的女性的遭遇。相信女人，我是这么写的，而且我当真这么认为。

然而当时 47 岁的霍普尔进监狱，并不是因为他被人们视为会对那个小姑娘或者任何其他人造成危险。2016 年 11 月被捕之后，他交了保释金。他没有穷到需要请公设辩护律师。他是个木匠，工作一直很稳定。女友布朗则是一位代课老师。霍普尔聘请了一位私人辩护律师帮他打这场官司。出狱的条件之一，是他必须在脚踝处戴一个监控器，每月开销约 300 美元。

霍普尔被捕之后丢了工作。在私营缓刑公司开出的账单和律师费的两面夹击之下，他撑得相当艰难。审判定于 2018 年 4 月进行，他期待着打赢官司，让这段经历彻底成为过去。

4 月，玛胡因请求延期审理。霍普尔没多久就有了一次脚踝监控器费用逾期未交记录，私营缓刑公司随即向法院提交了一份正式文件，证明他已经违反法官在其保释出狱时确定的审前释放规定。此事闹到了马丁内斯跟前，由她审理。而就在庭审之前，霍普尔和布朗找了另一家脚踝监控器收费便宜些的私营缓刑公司。他们去那里买了一副，打开后戴上。

于是到了 5 月，当霍普尔因违反有关规定指控而出庭受审时，他左右脚踝各戴着一只监控器：一只正常工作，另一只则失灵了。可对于马丁内斯来说，这还不够好。她打发他去了圣弗朗索瓦县看守所。这一次，这家人拿不出足够的钱来保释他了。

6 月、7 月和 9 月，开庭的日子来了又去。玛胡因一次次申请延期，一次次得偿所愿。布朗确信，这位公诉人其实心里明白自己打不赢这场官司。然而不管情况如何，霍普尔还关在看守所里。

"这些人正在摧毁我们的生活，"布朗在 9 月份发给我的邮件中写道，"我从来没觉得这么无助过。"

就在当月，我写了篇有关霍普尔案子的文章。① 10 月，我驱车去了趟法明顿，旁听他被安排在那时的庭审。我当时在市中心广场法院对面的咖啡店里坐着，这时候消息传来：庭审再次延期。这一次，延期数月已经成问题了，马丁内斯把霍普尔放了出来。

玛胡因把延期的事归咎于我。他说我此前写的有关霍普尔的专栏文章可能会"毒化"陪审团成员。他传唤我出庭作证。及至玛胡因在 11 月的选举中落败，此事变得悬而未决。马丁内斯也落选了。霍普尔原本定于 12 月的下一次庭审也被延期。2019 年，新上任的公诉人让他做一次测谎。他通过了，指控被撤销。

由于他没有被定罪，圣弗朗索瓦县便不能收取他 6 个月监禁的费用。感谢上帝赐予的小恩惠。霍普尔的案子说明了地方政府为什么不是唯一从司法系统职权滥用中牟利的机构。可以说，他们的犯罪同伙正是那些狼狈为奸、让各个地方监狱关满人的私营缓刑公司。

由法官——如马丁内斯和布兰迪·贝尔德——确定的缓刑或审前释放条件，通常意义重大且代价昂贵。② 密苏里州大多数犯了轻罪的被告人不得不掏钱做毒品检测，即便他们没有遭到毒品犯罪指控。错过毒品筛查登记？违反缓刑规定。毒品检测没通过？违反缓行规定。

---

① Messenger, "In St. Francois County, Judge and Prosecutor Treat Jail Like an ATM."
② Tony Messenger, "Judge Tries to Block Access to Debtors' Prison Hearings in Dent County," *St. Louis Post-Dispatch*, November 5, 2018, https://www.stltoday.com/news/local/columns/tony-messenger/messenger-judge-tries-to-block-access-to-debtors-prison-hearings/article_ec6a9526-e652-5819-88b0-b5e8fd3b28dc.html.

私营缓刑公司在密苏里州的泛滥始于 2008 年，那是经济大衰退之后州预算紧张之时。① 州政府为了节省开支，裁撤了轻罪缓刑监督官，私营缓刑公司趁机取而代之，直接与市县政府相关部门签合同。州政府不提供资金应付各项开销，钱由被告人自己掏，而这些人大多数都很穷。

这些营利性公司成了密苏里州法院系统中极为常见的监狱与缓刑循环以及债务的直接受益者。

"私营缓刑公司试图使委托人不得安生，"密苏里州莫伯利市（Moberly）的商人杰瑞·斯沃茨（Jerry Swartz）说，② "这就是他们的经营模式。"

斯沃茨 2014 年被指控酒后驾车。法官大卫·莫布利（David Mobley）命令他佩戴一副能检测酒精使用情况的脚踝监控器。斯沃茨付费的那家机构叫美国法院服务公司（American Court Services），这是一家私营缓刑公司，其办公大楼是从这位法官处购得的。

斯沃茨付得起这笔钱，不过在短暂的被羁押期间，他遇到过很多其他被告人。他们告诉他，需要付给私营缓刑公司的钱越来越多，他们承担不起，所以被再次丢回看守所。

"所有加在一起，你会发现，这笔账对大多数人来说就是个无底洞，"斯沃茨说，"它是你一旦陷入私营缓刑监管就无法摆脱的毒瘤。"

这就是非营利性组织"人权观察"（Human Rights Watch）在其

---

① Komala Ramachandra and Sara Darehshori, "*Set Up to Fail": The Impact of Offender-Funded Private Probation on the Poor* (Human Rights Watch, 2018), 16, https://www.hrw.org/report/2018/02/21/set-fail/impact-offender-funded-private-probation-poor#.
② Tony Messenger, "Lawmaker Targets Probation-for-Profit Companies in Missouri," *St. Louis Post-Dispatch*, November 19, 2018, https://www.stltoday.com/news/local/columns/tony-messenger/messenger-lawmaker-targets-probation-for-profit-companies-in-missouri/article_57d95f5a-e745-5181-8280-74a1168e0608.html.

2018年有关私营缓刑公司题为《注定失败》(*Set Up to Fail*)[1] 的报告中的发现。[2] 该报告对密苏里州、佛罗里达州、肯塔基州以及田纳西州的私营缓刑公司业务进行了细致研究，发现存在大量职权滥用现象，相关人员的逐利动机超过了对司法公正的追求。

"由犯罪行为人提供资金的这套司法系统，对于那些承担不起相关费用的人们来说，是最为繁重且苛刻的。"报告发现，"当个体不具备支付能力时，他们面临着可能的逮捕、缓刑期被延长以及监禁威胁。"

该报告特别提到田纳西州默弗里斯伯勒市（Murfreesboro）一位名叫辛迪·罗德里格兹（Cindy Rodriguez）的53岁女性。与布鲁克·卑尔根情况类似，她起初在2014年被控入店行窃，那是她生平第一次被捕。

她认罪，被判处11个月缓刑，并受私营缓刑公司普罗维登斯社区惩教公司（Providence Community Corrections, Inc.,）监督。因患有慢性背痛而靠领联邦残疾补助金过活的罗德里格兹欠诉讼费578美元，还得每月支付私营缓刑公司约35美元，再加上毒品检测收费每次20美元。

有一个月，她没能付款，缓刑监管公司将此事上报，称其违反假释规定。罗德里格兹因此被捕，被押送至拉瑟福德县看守所（Rutherford County Jail）。

缓刑1年后，她仍欠500美元。

而这种情况，"人权观察"发现，是司空见惯的。

"在本报告研究的全部四个州内，缓刑犯如无法支付直接或间接

---

[1] Ramachandra and Darehshori, "*Set Up to Fail*."
[2] "Set Up to Fail"一语双关，有意讽刺私营缓刑公司使被告人因经济困窘掏不起相关费用而沦为阶下囚的不齿行径。——译者

产生的缓刑费用,他们会面临一系列法律后果,包括入狱。"研究人员发现,"因当事人确属无力承担罚金及诉讼费而将其监禁的做法,已于1983年被美国联邦最高法院宣布为非法,但此举至今仍然时有发生。"

1983年的"比尔登诉佐治亚州案"(*Bearden v. Georgia*)是美国联邦最高法院的一个判例案件,其目的是确保当事人在有可能面临监禁时能进行有关其偿付能力的听证会。① 在该案判决中,法官桑德拉·戴·奥康纳(Sandra Day O'Connor)写道,就因为某人无力缴纳法院罚金而将其送进监狱,这么做"从根本上来讲是不公平的"。

1980年,丹尼·比尔登(Danny Bearden)是佐治亚州隧道山市(Tunnel Hill)的居民,在私闯一辆拖车式活动房屋时被抓。他对盗窃罪、入室盗窃罪以及收受盗窃财物罪作了认罪答辩。比尔登的刑期被缓期执行,缓刑要支付500美元罚金以及250美元赔偿金。法官要求比尔登当日缴纳100美元,次日100美元,余下550美元4个月之内交齐。他从父母那里借了200美元,付了头两笔款项。

接下来,比尔登丢了工作。他初三学历,但欠缺阅读能力。他试图再找一份工作,但没能如愿。1981年2月最后一次缴费日期到来之前,比尔登打电话给缓刑监督官,告诉他们他正在努力找工作,但拿不出这笔钱了。

5月,法官撤销比尔登缓刑,把他送进监狱。他在那里蹲了两年,直到刑期结束。他唯一违反缓刑规定的行为,就是未能如期支付罚金。他被送进监狱,因为他穷。

"他们就是些穷人,对吧?他们有家庭,生活正常。他们有工作。一旦拖欠,他们就得坐牢。"比尔登告诉美国全国公共广播电台(National Public Radio)。2014年的这期节目使法院罚金与诉讼费问

---

① *Bearden v. Georgia*, 461 U.S. 660,661-62(1983).

题引发全国性关注。①比尔登这才明白,美国联邦最高法院 30 年前就判定不可因当事人无力缴纳罚金与诉讼费将其投入监狱,而时下法官们仍在想方设法照做不误。

*

## 密苏里州哈密尔顿 2001 年 8 月

比尔登还能清晰地描述威廉·埃弗茨亲身经历的事。埃弗茨住在人口稀少的考德威尔县,位于密苏里州的西北部。②

"我真是太蠢了。"

埃弗茨偷了教堂一台电脑被抓后,是这么对哈密尔顿(Hamilton)的警察说的。那是 2001 年 8 月 24 日。哈密尔顿是个小镇,人口约为 1 700。这是个老旧的铁路小镇,也是詹姆斯·卡什·彭尼(James Cash Penney)的老家,后者是彭尼百货这家零售连锁企业的创始人。这里养猪业兴盛,地域开阔宽广,猪圈比比皆是。在这里,你肯定不想待在某个联合农场的下风处,那气味会令你终生难忘。

埃弗茨在哈密尔顿卫理公会教堂(Hamilton United Methodist Church)偷了一台电脑。那天早些时候,他去教堂为家里人申请食品救助。逗留期间,他暗中留意到了那部台式机,心里盘算着这东西可能容易到手,可以拿去换点别的东西。几个警察当天晚些时候去他家时,他一开始否认自己偷了那台电脑。但当他的女朋友同意警察打开

---

① Renee Montagne, "Unpaid Court Fees Land the Poor in 21st Century Debtors' Prisons," *NPR*, May 20, 2014, https://www.npr.org/transcripts/314138887.
② Tony Messenger, "From Hamilton to Homeless; Another Debtors' Prison Tale from Rural Missouri," *St. Louis Post-Dispatch*, November 6, 2018, https://www.stltoday.com/news/local/columns/tony-messenger/messenger-from-ha-milton-to-homeless-another-debtors-prison-tale-from-rural-missouri/article_0e68701e-dc14-58d8-a50f-9936ac4cd0bd.html.

她 2001 年的福特金牛座汽车后备厢检查时,埃弗茨坦白了。

"就在那里,"他说,"我偷了教堂一台电脑。"

埃弗茨被捕,并被押往考德威尔县看守所。他将在那里待上 30 天,因为付不起保释金。

他对盗窃罪——财产价值少于 500 美元的轻罪——作了认罪答辩,并被巡回法院普通法官杰森·卡诺伊(Jason Kanoy)判处监禁刑。然后他收到一份账单,欠县政府 1 339.50 美元。

卡诺伊宽限埃弗茨到当年 11 月前付清。

这是一项不可能完成的任务。于是,一段近 10 年的艰难之旅由此开启,埃弗茨最终落得无家可归,在堪萨斯城的街头流浪。卡诺伊每个月都会为他安排一场听证会,让他偿还欠县政府的债;搬去堪萨斯城找工作的埃弗茨没法出庭,法官便签发了逮捕令。某些时候,埃弗茨因为一些情节轻微的违法乱纪行为在堪萨斯城被逮住,警察便会注意到这张逮捕令,然后他就被送去考德威尔县。他会在那边的监狱里再蹲些时日,出狱时欠的债更多。

2015 年,埃弗茨遇到米斯蒂·罗布(Misty Robe)。她在一个流浪人员关怀组织里做志愿者,该组织为那些无家可归的人煲煮羹汤;在力所能及之时拜访这些人,为他们提供食物和衣物。当埃弗茨把自己欠考德威尔县钱、他永远无法出庭的每月听证会这些事告诉她时,她感到很愤慨。

于是她给卡诺伊写了一封信。

"每次他因为一张逮捕令被抓住,他们会把他关上一个星期左右,然后同样因为这几天监禁而收他的钱,在原本没有还清的债务上再添一笔。"罗布写道,"如您所见,这在很长一段时间里成了他心口的一根刺。我期盼着此事能一劳永逸地解决掉,如此一来他便能继续正常生活。他可以通过协商选择服刑来抵债。不言而喻,服刑期间不收取任何费用。"

罗布所提议的，正是密西西比州的一些县看守所正在施行的一套做法。南卡罗来纳州也是如此，萨莎·达尔比就在那里服刑。

在这些州，有些县会让付不起罚金和诉讼费的穷人在监狱里多待一段时期，以此来偿债。此举造就了一套拥有双重标准的司法系统，一重适用于有钱人，另一重适用于穷人。①

例如，在密西西比州的奥尔康县（Alcorn County），那些同意坐牢而非缴纳法院罚金和诉讼费的人，服刑一天可抵债 25 美元。② 在密西西比州，有些地方设有补偿中心，服刑人员在此为私营企业雇主打工，例如鸡肉加工厂，直到还清债务。③ 它们是政府掌管运营的监狱，为政府和私营企业谋利。

卡诺伊没有接受罗布的提议。直到 2019 年年初，这位法官照例进行埃弗茨的每月付款审查听证会，照例在这之后签发逮捕令。罗布对此表示不理解。

"一而再再而三地对某个人实施逮捕，就因为他没交钱，这要到什么时候才会停止？"罗布很纳闷。"威廉知道他当初做了错误的选择，不得不承担后果。可他服刑了呀。"

卡诺伊是密苏里州把收债当成工作第一要务的法官们的典型。在 2017 年，考德威尔县收上来的人均罚金和诉讼费超过密苏里州其他任何一个县。④ 钱并不是很多，才 149 877 美元，但该县总人口 9 100，

---

① Mattew Shaer, "How Cities Make Money by Fining the Poor," *New York Times*, January 8, 2019, https://www.nytimes.com/2019/01/08/magazine/cities-fine-poor-jail.html.
② Shaer, "How Cities Make Money by Fining the Poor."
③ Anne Wolfe and Michelle Liu, "Think Debtors Prisons Are a Thing of the Past? Not in Mississippi," The Marshal Project, January 9, 2020, https://www.themarshallproject.org/2020/01/09/think-debtors-prisons-are-a-thing-of-the-past-not-in-mississippi.
④ Tony Messenger, "A Tale of Two Counties on Opposite Ends of Missouri's Debtors' Prison Cycle," *St. Louis Post-Dispatch*, November 30, 2018, https://www.stltoday.com/news/local/columns/tony-messenger/messenger-a-（转下页）

摊分后每人 16.47 美元。

对于不得不偿还这笔债务的穷人来说，情况又如何？他们此后多年的生活，都在负重中艰难前行。

*

## 密苏里州布雷肯里奇 2007 年夏

想想克里·布斯。

他 17 岁时偷了一台割草机。① 布斯生活在布雷肯里奇镇，那里人口 300，位于哈密尔顿以东几英里处。2007 年夏天，他和几个同伴看见一台割草机停在一个无人看管的院子里。布斯把它弄到了手。割草机的主人提出控告，考德威尔县治安官办公室对此展开调查。布斯的一个同伴告发了他。最后，他把割草机物归原主，并交代了罪行。

布斯被捕之后被押往考德威尔县看守所（Caldwell County Jail）。当天晚上他与另一个人被关在同一间牢房，那人因被指控犯了银行抢劫重罪而被联邦调查局羁押于此。

"我一整晚不敢合眼，"他说，"我很害怕。"

布斯对盗窃轻罪作了认罪答辩，卡诺伊判处他 1 年有期徒刑，缓期执行。同密苏里州几乎所有的乡村县都惯常采取的做法一样，布斯将在接下来的两年里受到私营缓刑公司的监督。布斯必须每月交钱给这家公司。此外他还必须自费定期进行毒品检测。布斯那时候有吸食

---

（接上页）tale-of-two-counties-on-opposite-ends-of-missouris-debtors-prison-cycle/article＿a182e3eb-a974-5f99-9ff0-72fb7de6e031.html.

① Tony Messenger, "Missouri Teen Stole a Lawnmower in High School—11 Years Later He's Still Going to Court," *St. Louis Post-Dispatch*, November 16, 2018, https://www.stltoday.com/news/local/columns/tony-messenger/messenger-missouri-teen-stole-a-lawnmower-in-high-school-11-years-later-hes-still-going/art-icle＿d8dcbe9d-542b-561b-bb36-04f56c2e223f.html.

大麻的习惯。

到了 11 月,他因为漏了一次毒品检测而违反缓刑规定。他在看守所里蹲了 7 天,拿到他第一份服刑期间伙食账单。几个月之后,他重蹈覆辙,这一次蹲了 10 天。2008 年 11 月,因为再次未能如期进行毒品检测,卡诺伊关了他一整年。

乌云中唯一的希望之光,是法官让当时尚未成年的布斯去戒毒所待一段时间。在那里,布斯遇见了他后来的妻子。如今他们已经结婚 10 年,育有 5 个孩子。

然而悬在他们头顶的,是布斯欠下的法院债务,几乎都是服刑期间产生的住宿费和伙食费。这笔账一直在往上涨。截至 2009 年,布斯欠款总额达到 7 325 美元。①

我 2018 年见到他时,他已经设法还了一部分,还剩 5 000 美元,而且依然要出现在卡诺伊面前,月月如此。"太荒唐了,"布斯说,"他们把缓刑弄得特别难,这样就能让你违反规定。问题在于这套系统本身。这是个恶性循环,糟糕透顶。"

同卑尔根一样,布斯的遭遇击穿了城乡差异问题的核心。这种差异常常明确地刻画出密苏里州政坛的真实面貌。共和党人与民主党人,无论来自城市还是乡村,都对一个年轻人为其 17 岁那年偷的一台割草机受惩罚达 10 年之久而义愤填膺。布斯的问题,不在于他偷盗不停,而只是在于他掏不起服刑期间的各项费用。这段牢狱之灾很可能根本就不该他承受。

我们有一次在开庭的前一周见面聊天,布斯很担心卡诺伊会再次把他关进去。他手头的钱不够交一次欠款。

"我把本该交给法官的钱拿去给孩子买药了。"布斯说,"这种情况就是,把彼得的钱抢来给保罗,卡诺伊法官就是保罗。"

---

① Messenger, "Missouri Teen Stole a Lawnmower in High School."

## 密苏里州塞勒姆市 2018 年 11 月

我与卑尔根见面的同一天遇到了艾米·穆尔,卑尔根此前在脸书(Facebook)上介绍我俩认识了。

穆尔与我隔桌而坐,我们当时在 JB 马龙餐厅酒吧。

此处位于塞勒姆一处丁字路口,72 号公路穿过登特县往南,在这里与 32 号公路交叉而止。餐厅酒吧依山而建,居高临下俯视着美国中部这一处路口的车水马龙。

穆尔和卑尔根曾经一块儿坐牢,两人都犯的是轻罪,都因为欠服刑期费用未还被每个月叫到贝尔德法官的审判室。[1] 当地人美其名曰"膳宿费",因为这些费用解决的是食和宿。比起"坐牢费","膳宿费"听起来实在文雅动听得多,而实际上不折不扣就是坐牢费。

穆尔的境遇,同登特县很多人一模一样。这地方有着广阔的农田和连绵的山脉,被密苏里州中南部的马克·吐温国家森林公园包围着,也遭到司法系统不一样的对待。这套司法系统像一副枷锁,套在那些穷困之人或者陷入该地区泛滥成灾的药物文化中无法自拔的人们脖子上。穆尔两样都沾。

她在 2017 年 2 月被逮捕,原因是违反一项针对她母亲的保护令。穆尔说,她只是从自己的房子里取回一台电视机,不过她确实违反了这项禁令。这不是她第一次被捕。她有好几项被捕记录。她被羁押,需要缴纳 5 000 美元现金保释,在登特县看守所里蹲了好几个星期,

---

[1] Tony Messenger, "She Was Late to a Hearing, So a Dent County Judge Tossed Her in Jail. Then She Got the Bill," *St. Louis Post-Dispatch*, November 16, 2018, https://www. stltoday. com/news/local/columns/tony-messenger/messenger-she-was-late-to-a-hearing-so-a-dent-county-judge-tossed-her-in/article _ 03e2a934-c094-5cb4-bf18-15bce4b825d4. html.

直到指派给她的公设辩护律师为她争取到了减少保释金额的机会才出狱。

在这之后,当时尚处于一家私营缓刑公司审前监督下的穆尔,被控未能按期进行毒品检测。① 她又一次进了看守所。这一次她的保释金被设定为 1 万美元。

在看守所里蹲了 3 个月后,她对这项轻罪指控作认罪答辩,并按判处的刑罚服刑。

在收取坐牢费的司法辖区,"服刑"这个说法并不准确。因为穆尔每个月还是会被叫到贝尔德法官的审判室,确保她按时偿还她的牢狱债。这笔债已经涨到 4 000 美元还多,就因为她坐了 95 天牢。

于是,同卑尔根和登特县以前的其他在押人员一样,她要出现在法庭上,并且尽力还钱。

2018 年 7 月,她在一次听证会上迟到了。贝尔德下令把她拷了,再次关进看守所,并又多出一笔 5 000 美元的保释金。辩护律师想办法让穆尔的保释金减少了一些。此人已经成了贝尔德的眼中钉,因为他认为贝尔德存在违宪之举,并就此多次提出动议表示谴责。贝尔德不为所动。

就是在那时候,当初试图阻止我旁听庭审的法警在看守所里见了穆尔一面。他说,要是她解雇那位大卫·辛普森(David Simpson)律师,贝尔德就放她出去。穆尔给辛普森打电话,转达了法警的意思。

"解雇我吧。"律师说。穆尔照做了。她被释放出狱。穆尔前脚出来,后脚又再次聘请辛普森。后者向法院提出动议,让贝尔德吃不了兜着走。

"法庭一年前对被告人强制执行刑罚……被告人于同一天服刑期满,"辛普森在他针对贝尔德提出的一项动议中写道,"没有任何一条

---

① Messenger, "She Was Late to a Hearing."

法律条文规定巡回法院有权在其强制执行监禁刑后要求已刑满释放人员到庭参加'付款审查听证会',以当事人服刑期间的开销为县治安官谋取经济利益。"

穆尔告诉我,登特县看守所有很多"了不起的女人"。有些有犯罪记录,就像她这样。但很多人并没有理由待在那里。"我觉得那些家伙看我们就像看牲口,"穆尔说,"给我们编个号,把我们赶到牢里去。他们对弱者和穷人看不顺眼。"穆尔那天就想跟我聊这个,我们两人下午时分就坐在几乎空无一人的酒吧里。

"你为什么要干这个?"她问我,拖着煽情的调调摆出一副邻家女孩的样子。我为什么要写穷人、瘾君子和县看守所里的囚犯,讲述密苏里州各处乡村小镇人们的公民权利被地方治安官、检察官和法官肆意践踏的故事?

纯粹因为身陷其中的人们蒙受的这番屈辱,我告诉她。

放眼整个密苏里州,位于中心广场旁的法院仍然是人们社区活动的集中场所。就在这样的乡村县,人们由于负担不起包括入店行窃、逾期支付子女抚养费等轻罪案件产生的极其离谱的诉讼费而被投入监牢。及至被释放出狱,他们回家之后的生活从此也是支离破碎:工作丢了,住处没了,子女离散,经济上甚至更加困难。然后他们又会收到一份账单:县看守所羁押期间的住宿费和伙食费。

于是法官们月复一月地充当县政府的收债人,把这些穷困的密苏里人叫到法官席前,让他们为坐牢付出可达数千美元之多的坐牢费。什么时候掏不起,或者未能如期出庭,他们当中很多人则又会被关进监狱。

\*

作为对穆尔问题的回答,我给她讲了个故事。20 世纪 90 年代中期,我在科罗拉多州的阿瓦达市(Arvada)被一名警察截停——讽刺的是,我大女儿如今正在那里的执法机关任职。

我那时候陪大儿子去参加室内足球赛。他当年大概十二三岁。比赛结束后，我由着他去了一个队友家过夜。从比赛场地开车离开，一路往南朝我当时生活的利托顿镇（Littleton）去时，我看见红蓝光闪烁的警灯出现在车后。

我靠边停车，出示驾驶证和车辆登记证。警察问我是否知道她为什么让我靠边停车。我不知道。结果发现是我的牌照过期了。我那时候正同第一任妻子办离婚，非常时期，方方面面千头万绪，这是忙乱中未能顾及的事情之一。那天是我和孩子们共处的周末。大女儿——如今成了一名警察的大女儿——当时在我的公寓里帮着照看弟弟妹妹。

警察拿着我的证件走回她的车旁。很快，又来了一辆警用巡逻车。两名警察慢慢踱回我的车边。

"梅森格先生，请你下车。我现在要逮捕你。"

我下了车，被从上至下搜了一遍身，戴上手铐。警察把手放在我头顶，让我屈身坐进她的警车后座，然后问我是否知道为什么会被捕。

这一次我还是毫无头绪。

系统里有我的一纸逮捕令。我此前在莫里森市（Morrison）被开了一张超速罚单，疏忽中没能按时缴纳罚金。

莫里森市就是科罗拉多州的麦克斯克里克。

那是科罗拉多州丘陵地带的一座小镇，沿熊溪（Bear Creek）而建，位于陡峭山地的西边，从这第一道防线再往东，便是群峰耸立的山峦。莫里森最著名的是它毗邻两处旅游胜地，红岩露天剧场（Red Rocks Amphitheatre）和班迪梅尔赛道（Bandimere Speedway），两者在全美广为人知，前者以摇滚音乐会著称，后者以直线竞速赛闻名。[①]

---

[①] Amanda Blackman, "The History of One of Colorado's Most Famous Venues," *Sentry*, February 21, 2018, http://cusentry.com/2018/02/21/history-one-colorados-famous-venues/; "300MPH Drag Racing Action on Thun-der Mountain," Bandimere Speedway, accessed October 31, 2020, https://bandimere.com/.

从我曾经生活过的埃弗格林市（Evergeen）出来，沿 74 号公路行驶，最高车速限制是每小时 45 英里。进入莫里森后，限速降到每小时 25 英里。那里的停车场周末常常挤满熙熙攘攘的游客和哈雷摩托车，在其中你肯定会看到警察，不过此时为时已晚。①

2017 年，莫里森以交通违章之由收取的各项罚金及诉讼费约达 120 万美元。这些钱几乎全数回注到警察部门。② 这是个自我复制的系统。但对那些被开交通罚单且交不起罚金的人们来说，它开启了从债务到吊销驾照再到监禁最后到更多债务的循环。科罗拉多州是美国公民自由联盟（American Civil Liberties Union，ACLU）为 2019 年 "廷布斯诉印第安纳州案"（*Timbs v. Indiana*）撰写的非当事人意见陈述中点名提到的众多州之一。美国联邦最高法院对廷布斯一案作出的判决规定，美国宪法第八修正案中的禁止"过高罚金条款"适用于各州。③

"自 2010 年始，在不曾对当事人的偿付能力举行听证会的情况下，因其未支付罚金及相关费用而予以监禁，此举被记录在案的至少有以下 15 个州：亚拉巴马州、阿肯色州、科罗拉多州、佐治亚州、路易斯安那州、缅因州、密歇根州、密西西比州、密苏里州、新罕布什尔州、俄亥俄州、南卡罗来纳州、田纳西州、得克萨斯州以及华盛顿州。"美国公民自由联盟写道，"因为负担不起罚金和相关费用而遭

---

① "Morrison, Colorado Speed Traps," Speedtrap. org, accessed October 31, 2020, https://www.speedtrap.org/colorado/morrison/.
② Mike Maciag, "Addicted to Fines," *Governing*, September 2019, https://www.governing.com/topics/finance/gov-addicted-to-fines.html.
③ Brief of the American Civil Liberties Union, the R Street Institute, the Fines and Fees Justice Center, and the Southern Poverty Law Center as Amici Curiae in Support of Petitioners at 18, *Timbs v. Indiana*, No. 17 - 1091, available at https://www.aclu.org/sites/default/files/field_document/timbs_amicus_brief_final.pdf.

监禁的人们深受折磨。"①

我在莫里森因为超速驾驶而被强行截停,此事大概发生在我被戴上手铐塞进警车后座一年之前。那警察说她要把我带回警察局并记录在案。我需要钱保释。

"你身上有多少钱?"她问。我很肯定我当时钱包里有 80 美元现金,就在我那辆车的中控台上。我在出示驾照和社会保险号时把它搁在那儿了。

"那应该可以搞定。"她说。她取来我的钱包,把我带到阿瓦达警察局。这位警察给我拍了犯人照,提取了我的指纹。她处理这些事时,我坐在一间狭小的拘留室听候处置。

一个小时后,我付了 80 美元,然后回家去了。

我告诉穆尔,这次经历是我不遗余力为这项事业奔走的原因之一。倘若我是一个生活在圣路易斯县北部的贫困黑人,结局可能要比这糟糕得多。倘若我是一个生活在登特县乡村地区的贫困白人,我的人生可能自此天翻地覆。

然而那个周末我并没有在看守所中度过。社会服务机构并没有把我的孩子们带走。我的车没有被扣押。我为我犯的错付了钱之后,生活继续向前。

而太多司法辖区的美国人却并没有那样的机会。

---

① Brief of the American Civil Liberties Union et al. as Amici Curiae at 18.

# 第二部分
## 债务人监狱

## 第五章 付费坐牢

对于生活在穷困之中的人们来说,法院债务演变成毁灭性的重负往往始于一个很小的错误,我们很多人年轻时都会犯的那种小错误。如果我们的父母请得起律师,或者掏得起保释金,这个错误就只是我们人生的雷达显示屏上转瞬即逝的小光点而已。我们写张支票或者刷一刷信用卡,然后继续前行。当法院突出其收债人这个角色而非把工作重点放在保护公共安全上时,错误就会变得更加糟糕,小错误就能自行转变成类似于无期徒刑那样的惩罚。

琳恩·班德尔曼就是这种情况。同布鲁克·卑尔根一样,她是密苏里州塞勒姆市的一名单身母亲,在穷困生活中苦苦挣扎。2016 年 1 月,就在卑尔根出事的同一家沃尔玛,她因为入店行窃指甲油而被逮捕。① 她被关进看守所,保释金被设定为 3 000 美元,数额之巨她只有做梦才给得起。她在牢里蹲了大概 30 天,然后在判处她服刑的辩诉交易中认罪。② 然后她拿到了膳宿费账单:1 400 美元。

指甲油售价 24.29 美元。

密苏里州的 114 个县几乎全都收取当事人在押期间产生的膳宿费用,大概介于 35 至 50 美元一天。③ 而城镇地区通常不会收这笔钱,圣路易斯、堪萨斯城和哥伦比亚市皆是如此。④ 城市的法院官员暗示,这种城乡不平衡背后可能存在好几个原因。首先,城市通常拥有更大的课税基础,可为监狱提供资金支持;其次,这并不是时下流行的某种操作。

"太糟糕了。"加里·奥克森汉德勒（Gary Oxenhandler）说。他是密苏里州哥伦比亚市巡回法院的一名退休法官。"这根本就是不对的。"他说，逼着穷人为他们的铁窗生涯付费，然后当他们掏不起这笔钱时，又把他们投入监狱。在美国，几乎每个州都有明文规定允许收取这样的费用，但具体怎么收，各市、各县、各州之间存在巨大差异，纽约非营利组织布伦南司法中心的司法项目负责人劳伦-布鲁克·爱森说。⑤

"有些人在离开看守所和监狱时负债累累。这些债务大部分来自他们在押期间产生的费用，从监狱往家打个简短的电话就能贵到 20 美元。这些刑满释放人员可能会面临苛刻的惩罚手段，包括额外罚

---

① Tony Messenger, "Poor Defendants in Dent, Caldwell Counties Join Not-So-Exclusive $10,000 Club," *St. Louis Post-Dispatch*, October 16, 2018, https://www.stltoday.com/news/local/columns/tony-messenger/messenger-poor-defendants-in-dent-caldwell-counties-join-not-so/article_aef8e1bf-96c6-56a5-9c82-10feff656721.html.

② Tony Messenger, "Jailed for Being Poor Is a Missouri Epidemic," *St. Louis Post-Dispatch*, October 9, 2018, https://www.stltoday.com/news/local/columns/tony-messenger/messenger-jailed-for-being-poor-is-a-missouri-epidemic/article_be783c96-e713-59c9-9308-2f8ac5072a0c.html.

③ Tony Messenger, "St. Charles County Points the Way As Lawmakers Seek to End Debtors Prisons in Missouri," *St. Louis Post-Dispatch*, December 9, 2018, https://www.stltoday.com/news/local/columns/tony-messenger/messenger-st-charles-county-points-the-way-as-lawmakers-seek/article_337547b9-cca9-5f53-91ec-bd1fe9ae6965.html; Titus Wu and Jennifer Mosbrucker, "In Rural Missouri, Going to Jail Isn't Free. You Pay for It," Columbia-Missourian, December 19, 2018, https://www.columbiamissourian.com/news/state_news/in-rural-missouri-going-to-jail-isnt-free-you-pay-for-it/article_613b219a-f4d7-11e8-bf90-33125904976d.html.

④ Wu and Mosbrucker, "In Rural Missouri, Going to Jail Isn't Free."

⑤ Lauren-Brooke Eisen, *Charging Inmates Perpetuates Mass Incarceration* (New York: Brennan Center for Justice at NYU School of Law, 2015), 2, https://www.brennancenter.org/sites/default/files/2019-08/Report_Charging_Inmates_Mass_Incarceration.pdf.

金、驾照被吊销或者在某些情况下被再次监禁。刑满释放人员常常不得不仰仗家人支持才承担得起这些账单，或者被迫优先偿还刑事司法债务，而把其他迫在眉睫的各项需求置后，如购买食物、置办衣物以及为依赖自己收入过活的其他家庭成员提供住处等。如果当事人在押，这些费用中有一些是从其银行账户或者监狱商超账户中划扣的。在某些情况下，还会通过对囚犯提起民事诉讼、要求以其资产或财产抵债来收取。"爱森在2015年一份有关监狱服刑人员多项收费导致大规模监禁的报告中写道。①

在明尼苏达州，倘若没有法学教授布拉德·科尔伯特（Brad Colbert）所作的努力，付费坐牢的情况会更泛滥。

科尔伯特任教于该州首府圣保罗市的米切尔·哈姆林法学院（Mitchell Hamline School of Law），② 2008年他代理安德鲁·泰勒·琼斯（Andrew Tyler Jones）针对明尼苏达州付费坐牢的做法提起诉讼，琼斯曾在欧姆斯特县（Olmsted County）遭到监禁。③

2004年3月，琼斯被控犯有3项严重抢劫罪。他被关进看守所，保释金10万美元。琼斯一贫如洗，由一名公设辩护人代理辩护。他掏不起保释金，便在看守所里蹲着。当年11月，他对几项指控作认罪答辩，之后被送往州立监狱。

但就在监禁期间，欧姆斯特县的治安官给他寄来一份总计7 150美元的付费坐牢账单，即庭审前每日在押费用25美元。在这起诉讼中，科尔伯特称此举属于违宪。彼时的明尼苏达州有法律规定，被告

---

① Eisen, *Charging Inmates Perpetuates Mass Incarceration*, 2.
② "Bradford W. Colbert '85," Mitchell Hamline School of Law, accessed November 3, 2020, https://mitchellhamline.edu/biographies/person/bradford-colbert/.
③ *Jones v. Borchardt*, 775 N.W.2d 646 (Minn. 2009); "Minnesota Supreme Court Limits Fees for Jail Inmates," *Twin Cities Pioneer Press*, December 3, 2009, updated November 13, 2015, https://www.twincities.com/2009/12/03/minnesota-supreme-court-limits-fees-for-jail-inmates/.

人必须在被"定罪"和"监禁"后,才能因其被收押于县看守所而收取相关费用。

琼斯被羁押于欧姆斯特县看守所期间尚未被定罪。要是有这个财力,他根本不会进看守所,因为他可以交保释金。科尔伯特认为,穷人因其庭审前羁押被收费,有钱人却不会拿到这样一份账单,这种做法既违反了正当程序原则,也侵犯了穷人受法律同等保护的权利。此二者都是美国宪法第十四修正案所保障的全美国人都享有的权利。正当程序条款限制政府侵犯公民各项民事权利,平等保护条款保护公民免受任何歧视。

"向交不起保释金的贫困被告人收费,而不向交得起保释金的更富有的被告人收费,法律对贫困与非贫困的被告人实行了区别对待。"科尔伯特在明尼苏达州最高法院辩护时如是说。[1]

该法院基本认同科尔伯特的说法,并于 2009 年判决付费坐牢这一法令及其实施方案违反州法律有关规定,剔除了地方政府的这项收入来源。[2]

此后,明尼苏达州立法机构开始介入。次年,立法者撤销了法院这一判决。州立法机构这么做,实际上是废除判例法,再通过一项新法案来取而代之。立法机构对该法案作出了明确说明,以便顺利收取被告人坐牢费,不过只在判决之后。"被判处有期徒刑的犯罪分子在判决执行以前先行羁押的,从定罪量刑后所判刑期中折抵,其后服刑期间任何时段所收取的费用都可接受评估。"[3] 该法案还包括如下条款:地方治安官在试图收取这样一笔费用之前,必须对当事人的偿付

---

[1] Brief of Appellant at 13, *Jones v. Borchardt*, No. A08‐0556 (Minn. 2009), available at https://mn.gov/law-library-stat/briefs/pdfs/a080556sca.pdf.

[2] *Jones v. Borchardt*, 775 N.W. 2d at 648; "Minnesota Supreme Court Limits Fees for Jail Inmates."

[3] Minn. Stat. Ann. 641.12(2019), available at https://www.revisor.mn.gov/statutes/cite/641.12.

能力进行调查。之后几乎是在同一时间,各县开始收坐牢费。科尔伯特说,时至今日该现象仍主要存在于拼接交错的各个乡村县。

劳莉·特劳布(Lauri Traub)是欧姆斯特县公设辩护人办公室的主管律师,她说付费坐牢是明尼苏达州(以及美国其他地区)一个更大趋势的一部分,最不可能承担得起各项罚金、诉讼费以及其他费用的那些委托人,最终手里会落得一笔他们永远也不可能付得起的巨额账单。这其中有立案费、挂锁和鞋子购买费、电话费和电子邮件费、参加监外工作需每日缴纳的20美元、酒驾者需缴纳的900美元罚金(被告同意提供90小时社区服务的除外)。①

"我们的委托人掏不起900美元。就是掏得起,他们也得同时打两份工。"特劳布说。

法官们在明尼苏达州位于大都市地区的两个城市县——明尼阿波里斯市(Minneapolis)和圣保罗市分别所在的亨内平县(Hennepin)和拉姆西县(Ramsey)——通常免除穷人各项罚金及诉讼费,特劳布说,但这种事在乡村县很少发生。

"确凿无疑,"特劳布说,"法官们一直以来都是这么做的。"

不幸的是,这样的现实导致那些不得不经常出现在同一批法官面前的公设辩护律师们心里生出认输气馁的态度。

"你一遍又一遍地辩护,一段时间之后,你便开始想,事情永远不会如你所愿。"她说。而为此付出代价的,是生活在贫困中的人们。"当你开始向这些非常贫穷的人们收费,那纯粹是个永无休止的循环。较之你我,75美元对于我的很多委托人来说,意义并不相同。"

琼斯胜诉后获得通过的新法案仍有人并不遵照执行,科尔伯特说。

---

① "Fees," Olmsted County, Minnesota, accessed November 3, 2020, https://www.co.olmsted.mn.us/sheriff/divisions/ADC/WorkRelease/fees/Pages/default.aspx.

例如，在 2013 年和 2014 年，埃里克·克里斯蒂安森（Erik Christianson）因为多项轻罪指控先后多次被投入马丁县（Martin County）看守所。① 每一次出狱，他都收到一份付费坐牢账单，最终总计达 7 625 美元。

由公设辩护人代理答辩的克里斯蒂安森知道，他付不起这些账单。因此他给马丁县的治安官杰弗瑞·马克夸特（Jeffrey Markquart）写了封信，要求予以免除。② 第一封信没有回音，他又寄去两封。马克夸特从未给克里斯蒂安森回信。与此同时，这位前被告被一家催收代理机构日夜追逼着还债。

科尔伯特针对马克夸特提起诉讼，控告其侵犯联邦宪法保障的公民民事权利，称其拒绝执行明尼苏达州法律、拒绝对克里斯蒂安森的偿付能力进行调查的做法，使后者的正当程序权利受到侵犯。马克夸特否认自己违反上述法律，并请求进行于他有利的即决判决③。他没有得逞。相反，2018 年 7 月，美国联邦地区法院法官约翰·R. 特恩海姆（John R. Tunheim）判决克里斯蒂安森胜诉，并就这名治安官对克里斯蒂安森的几封信置若罔闻的做法如何损害整个司法系统做出了清晰的说明：

"马克夸特决定不理会克里斯蒂安森的信，此举只会产生一个后果：使广大市民坚信我们的法律制度不靠谱。马克夸特被起诉，被认为侵犯个人权利，因为他未能评估克里斯蒂安森是否应免除相关费

---

① *Christianson v. Markquart*, 2018 WL 461134 (D. Minn. 2018), Civil No. 16 - 1034,1, available at https://casetext.com/case/christianson-v-markquart.
② *Christianson v. Markquart*, 2018 WL 461134, at 1.
③ 即决判决（Summary Judgment）：又称简易判决，是英美法系国家一种极具特色的民事诉讼制度。具体指的是当事人对案件中的主要事实不存在真正的争议或案件仅涉及法律问题时，法院不经开庭审理而及早解决案件的一种方式。根据美国《联邦民事诉讼规则》，在诉讼开始 20 天后，如果经诉答程序、披露以及任何宣誓书表明当事人对案件的主要事实不存在真正的争议，认为自己在法律上应当为胜诉的一方，当事人可随时申请法庭作出即决判决。——译者

用。马克夸特甚至未对克里斯蒂安森的投诉给予回应,告知后者何以不符合免除条件。他被认为侵犯了克里斯蒂安森的权利,对此他选择了忽视。马克夸特的所作所为,使克里斯蒂安森及其他人相信,马丁县政府对其人民的法定权利漠然视之,甚至对其关心担忧之事也不予回应。"①

该诉讼案件引发的后续结果就是,马丁县停止了收取坐牢费。

\*

## 密苏里州塞勒姆市 2017 年年初

布鲁克·卑尔根因为盗窃睫毛膏被判处有期徒刑 1 年,缓刑 2 年。要是她在缓刑考验期安分守己,这一年监禁便能暂缓执行。② 而这种事永远都不会发生。

缓刑将受到名为 MPPS 的私营缓刑公司监督。在这家公司的生财之道中,有一种操作是对其监督对象进行随机毒品检测。此举得到法官许可,即便案件当事人与毒品毫无瓜葛也照检不误。同众多受 MPPS 公司监督的人一样,卑尔根是个瘾君子。这种事并不稀奇,与该案件有关的所有人都知道这一点。

实际上,这个县任何想知道此事的人都能轻而易举获取这些信息,因为 MPPS 公司——在我报道了他们的做法之后有所改变——会这么做:将毒品检测不通过的相关数据公布在州法院的官方网站上。③

监督之下的缓刑期开始两个月后,卑尔根被上报违反缓刑规定,

---

① *Christianson v. Markquart*, 2018 WL 461134, at 2.
② Messenger, "Poor Defendants Join $10,000 Club."
③ Tony Messenger, "Private Probation Company Tries to Shame Dent County Woman Back to Jail," *St. Louis Post-Dispatch*, November 8, 2018, https://www.stltoday.com/news/local/columns/tony-messenger/messenger-private-probation-company-tries-to-shame-dent-county-woman-back-to-jail/article_6c5e866e-44ef-5567-8740-d6a2c992bed2.html.

据称是没有接听通知她参加随机毒品检测的那通电话。贝尔德把她关进看守所,蹲了10天,然后卑尔根收到一份这些天产生的账单。卑尔根记得,在法庭她试图解释自己错过 MPPS 公司那通电话的当天发生了什么事。

"法官不给我说话的机会。"她说。

几个月后,据 MPPS 公司称,卑尔根毒品检测没通过。

值得注意的是,彼时的 MPPS 公司甚至没有被要求遵循有关毒品检测质量的任何国家标准。① 这一状况在 2018 年州众议院议员、雷克圣路易斯市(Lake St. Louis)的共和党人贾斯汀·希尔(Justin Hill)推动一项议案通过后发生了改变,该议案要求进行毒品检测的私营缓刑公司必须达到或者超出国家标准。

希尔曾经是一名警察,在一个名叫约翰·德弗里茨(John DeFriese)的委托人的影响下意识到了这一问题。德弗里茨的儿子在另一家名为私营惩教服务公司(Private Correctional Services)的缓刑公司监督下进行毒品检测,耗资高达数千美元。该公司上报德弗里茨的儿子毒品检测未通过,导致他违反缓刑规定并遭监禁。德弗里茨对毒品检测结果心存怀疑,于是自己花钱把受检样本寄去私人实验室进行检测,每一次寄回来的检测结果都是阴性。

"我简直不敢相信,竟然会发生这种事。"希尔告诉我。

他的这项议案在众议院仅一人投了反对票。那人是州众议院议员、塞勒姆的共和党人杰夫·波格(Jeff Pogue),MPPS 公司所在地就在塞勒姆。我打电话给该公司当时的负责人丽莎·布莱克威尔,问

---

① Tony Messenger, "Lawmaker Targets Probation-for-Profit Companies in Missouri," *St. Louis Post-Dispatch*, November 19, 2018, https://www.stltoday.com/news/local/columns/tony-messenger/messenger-lawmaker-targets-probation-for-profit-companies-in-missouri/article_57d95f5a-e745-5181-8280-74a1168e0608.html.

她对新法案有何看法。

"我对你没什么可说的。"她告诉我。

对于 MPPS 的监督对象来说,把据称毒品检测结果不通过的受检样本寄到有资质的实验室检测,要花费大概 80 美元,而大多数人拿不出这笔钱,更何况他们还需要每月缴纳缓刑监督费以及偿还尚未还清的监狱膳宿费。在据称没能通过毒品检测后,贝尔德又将卑尔根投入监狱关了 14 天。到她出狱时,膳宿费账单已经攀升至 943.50 美元,这还是她付了好几次之后的数额。2017 年 9 月底,MPPS 公司又上报卑尔根违反缓刑规定。这一次,法官关了她一整年。

"我没指望了,"卑尔根说,"我干脆放弃了。他们打算又把我关进去,然后就这么干了。"

卑尔根蹲的是现代版"债务人监狱"。您可能还记得 ACD 律师事务所为基利·范特以及詹宁斯市和弗格森市其他几位居民提起诉讼时发表的白皮书中所写的内容,这几位因为交不起交通罚金,被迫在圣路易斯县北部的几所监狱之间来回转运。因为穷人欠诉讼费而将其送进监狱,如果您去问与这种事有关的法官和检察官是不是这么回事,他们会毛发倒竖、火冒三丈。他们争辩说,把那些人送进监牢,原因是他们错过庭审或者违反庭审前应遵守的有关规定或违反缓刑规定。然而所有这些案件的核心,其实只有法官和检察官无从回避的一个简单事实,那就是:倘若他们不那么费尽心机收诉讼费和监狱膳宿费,这些穷人就不会被再次关进监狱。

曾经有段时期,就在美利坚合众国建国早期,真正意义上的债务人监狱很常见。有人欠债还不起,法官就会判他坐牢,以劳作一段时间来抵销债务。[1] 从美国正式建国之前到 19 世纪初期,全美范围内

---

[1] Eli Hager, "Debtors' Prisons, Then and Now: FAQ," Marshall Project, February 24, 2015, https://www.themarshallproject.org/2015/02/24/debtors-prisons-then-and-now-faq.

的城市、殖民地和州都设有这种监禁机构，很多类似于地牢，用来关押未及时偿还私人债务的囚犯。

曼哈顿有"新牢"监狱（New Gaol），费城有胡桃街债务人监狱（Walnut Street Debtors' Prison）。那些有人脉的、有办法弄到钱的人很快就能出狱。有两位在《独立宣言》上签字的大人物——詹姆斯·威尔逊（James Wilson）和罗伯特·莫里斯（Robert Morris）——就曾在债务人监狱里待过。不过，同今天的刑事司法系统一样，里面也关着穷人，他们在极其恶劣的环境中劳作了很多年，不少人死在里面。

这套体系是从英国学来的，那里的债务人监狱常常是令人毛骨悚然的虐童之地，其昭著劣迹在英国作家查尔斯·狄更斯（Charles Dickens）的笔下获得了不朽之名。[1] 狄更斯描述了伦敦马夏尔西监狱（Marshalsea Prison）里几个满脸煤灰的孩子为了给父母偿还债务埋头苦干。而在现实生活中，狄更斯的父亲约翰就在债务人监狱里蹲过一段时间，这段经历对他人生的影响显而易见，该主题在他多部作品中都出现过。

1812年美英战争使负债的美国人和移民数量激增，公众舆论一致倒向反对以监禁债务人的方式惩罚穷人。1833年，美国政府明令禁止以私人债务未偿还为由监禁债务人的做法。就在那个时期，美国联邦破产法开始成形，各州也紧随其后。[2] 1875年，密苏里州加入了联邦宪法中规定的有关债务人监狱的一条禁令。[3] 在整个20世纪，美国联邦最高法院3次重申联邦宪法禁止因欠债未还而将债务人投入

---

[1] Richard B. Gunderman, "Advocating for Children: Charles Dickens," *Pediatric Radiology* 50 (2020): 467 – 469, https://link.springer.com/article/10.1007/s00247-019-04608-w.
[2] Hager, "Debtors' Prisons, Then and Now."
[3] Mo. Const. art. I, §11.

监狱的规定，其中就包括1983年对"比尔登诉佐治亚州"一案所作的裁决。然而在很多方面，正如布鲁克·卑尔根、肯迪·基尔曼、萨莎·达尔比等人的案件所示，这种做法仍然盛行。法官和检察官编出了别的由头，而事实上并没有别的说法。现代版的债务人监狱存在于整个美利坚，并在各地蓬勃发展。

\*

位于县法院地下室的登特县看守所，同美国乡村地区的很多看守所一样，由于课税基础日渐萎缩，各县拿不出翻新装修的钱，那地方实在太破了。当地周报记者扛着摄像机拍了一圈，把视频发布在网上后，它被视为全美最差的县看守所之一，在"油管"（YouTube）算得上轰动一时。[1]

"登特县看守所设有两间专门关押女犯人的牢房，原本每间仅容纳4名犯人，但如今任何时候每间牢房都关押着9—13名女犯人。一张张床垫铺满了整块地板，有些狱友把床垫的一部分摊在床铺或桌子底下，仅探出来上半身。"拉肖恩·凯西（Lashawn Casey）在2018年发给我的一封邮件中写道，她曾经也被关在那里。[2] 在我开始写文章报道登特县的几起案件之后，她写邮件鼓励我继续深挖。

"黑色的霉菌在天花板上、角落里以及桌子底下肆意生长，"她写道，"夏天的时候，后墙渗水，角落里形成小水坑，把毛毯浸得湿透。女人们就在这种地方看书、睡觉或者聊天，一天天熬着。牢房里每周有一天会推进来一部电视机，打破这日子的单调乏味。如果狱卒能挤

---

[1] "Tour of the Dent County Jail-Feb. 23, 2017," SalemMoNews, video, 2:16, February 27, 2017, https://www.youtube.com/watch?v=524RCL-vAJc.

[2] Tony Messenger, "She Was Late to a Hearing, So a Dent County Judge Tossed Her in Jail. Then She Got the Bill," *St. Louis Post-Dispatch*, November 16, 2018, https://www.stltoday.com/news/local/columns/tony-messenger/messenger-she-was-late-to-a-hearing-so-a-dent-county-judge-tossed-her-in/article_03e2a934-c094-5cb4-bf18-15bce4b825d4.html.

出时间，每个月有一到两次机会，每名犯人被允许享有 15 分钟的放风时间，到牢房外晒晒太阳、呼吸新鲜空气。上个月，女囚人数超过了男囚，这在本县是前所未有的事。我觉得此事非同小可，虽然我并不自诩知道内情。也许女人交得起保释金的可能性更低，又或者她们更容易受人摆布。"

她们都是作了轻罪认罪答辩的单身母亲，因为高额保释金和据称违反庭审前的相关规定——这种说法值得怀疑——她们的刑期被延长。她们收到了与其罪名极其不相称的巨额坐牢费账单。刑满释放几个月甚至几年之后，她们依然被叫到登特县的法官面前要求为自己身负的债务承担责任。

牢房里人满为患的状况糟糕透顶，凯西告诉我，因为里面很多女人并不该坐牢。她没有把自己包括在内，她确实犯了事。她是个吸食冰毒的瘾君子。有一段时期，她还以贩养吸。在我为《圣路易斯邮报》撰写专栏文章期间，她要求我不要使用她的真实姓名。这么做派不上什么用场，她说。要把关注的重点放在那些根本不该坐牢的女人们身上。凯西同意让我在本书中用她的真名。如今她已经出狱，戒了毒，同时干两份工，努力重建正常生活。

她记得自己被羁押于登特县看守所那段时期，其中一个女人的遭遇能充分说明牢房日渐恶化的糟糕环境。那个女人湿疹很严重，到了牢里进一步恶化，因为淋浴用的水太热了，她的皮肤受不了这种高温。因此这个女人并不经常洗澡，如此一来，她便常常有些干燥的皮屑脱落。关押女囚的牢房实在太拥挤了，狱友之间的冲突时有发生。这一天，据凯西的说法，这位身患湿疹的女人起床掀起毛毯时，一部分皮屑飞到另一个女人的咖啡里去了。幸好有好几个女人及时出来劝和，两个人才没有打起来。

"我们得求着狱卒，才能得到清洁用品。"凯西说。

几乎是同一时期，卑尔根在狱中蹲的这一年，开始使她越来越难以逃脱登特县刑事司法系统的拉拽,也越来越难以摆脱其对生活的影响。她越来越难以爬出贫困的深渊。她同丈夫没生活在一起,但还保有婚姻关系。丈夫拿到了两人所生的女儿以及卑尔根与别人所生儿子的监护权。她被判定每月支付 277 美元的子女抚养费。

她出狱后的第一周又发生了什么?

贝尔德法官安排她参加付款审查听证会,她还欠着监狱膳宿费,如今已经超过 15 000 美元,而且还在往上涨。她每个月要到庭一次,去支付法官跟她说的"一大笔钱"。对于一个收入极其微薄的人来说,"一大笔钱"又是多少呢?在卑尔根心里,那就是 100 美元,这还是她从几个朋友那里东拼西凑才能弄到的。比起那笔监狱债,这根本就是杯水车薪。

"这是一个恶性循环,"卑尔根告诉我,"他们把这一切堆砌在你身上,你脱不了身。他们弄得我根本不可能继续正常生活。"

\*

在美国很多州,有句话众所周知:"坐不起这个牢,就别犯这个罪。"然而当被告人因为交不起强行征收的各种费用,"坐牢"变成了无期徒刑,这句话就完全丧失本来的意思了。威斯康星州就是个很典型的例子。

2011 年,拉蒙·巴恩斯(Lamon Barnes)被捕后,被关进布朗县(Brown County)看守所。[①] 他被告知在押期间需每日缴纳 20 美元。于是他只身发起联邦诉讼,公开质疑有关坐牢费的这条法律规定,称其不该适用于审判前的被羁押人员,并称如此收费是一种尚未审判即予以惩处的做法。但他还是输掉了官司。

"没有任何证据表明,布朗县政府在收取审前在押人员坐牢费时

---

[①] *Barnes v. Brown County*, 2013 WL 1314015 (E.D. Wis. 2012), No. 11 - CV - 00968, at 1.

乃是受到对其进行惩处的动机驱使，"美国地方法院法官林恩·阿德尔曼（Lynn Adelman）在其判决书中写道，"该政策似乎与该县在有效管理拘留所事务中的合法权益存在合理相关性。"[1]

换句话说，向穷人征收"变相税款"是合法的。纳税人已经通过交其他类型的税为监狱提供资金了，但这一点不必去理会。在威斯康星州，至少有 23 个县收取坐牢费。这种情形几乎出现在所有的州，有些州至少部分县如此，而全美所有区域[2]无一幸免[3]：佛罗里达州[4]、加利福尼亚州[5]、内华达州、科罗拉多州、印第安纳州[6]、俄亥俄州[7]等，此处仅举几例。

仅有新罕布什尔一州，最近停止了向因禁在州立监狱中的在押人员收取坐牢费。[8] 这条规定自 1996 年起就已经写入法律，但就在 2019 年，该州州长克里斯·苏努努（Chris Sununu）签署了《第 518 号众议院法案》（*House Bill 518*），将其予以废除。埃里克·凯博（Eric Cable）提起的一场诉讼引发了立法辩论。凯博之前因为一项过

---

[1] *Barnes v. Brown County*, 2013 WL 1314015, at 6.
[2] 根据 1950 年美国人口调查局的传统划分方式，美国分四大区域：东北部、南部、中西部以及西部地区。——译者
[3] Izabela Zaluska, "Pay-to-Stay Fees Put Some Wisconsin Inmates in Sizable Debt," Associated Press, September 15, 2019, https://apnews.com/article/b b127e19e-b454354ab1776d360fa4971.
[4] "Is Charging Inmates to Stay in Prison Smart Policy?" Brennan Center for Justice, September 9, 2019, https://www.brennancenter.org/our-work/research-reports/charging-inmates-stay-prison-smart-policy.
[5] Lauren-Brooke Eisen, "Paying for Your Time: How Charging Inmates Fees Behind Bars May Violate the Excessive Fines Clause," Brennan Center for Justice at NYU School of Law, July 31, 2014, https://www.brennancenter.org/our-work/research-reports/paying-your-time-how-charging-inmates-fees-behind-bars-may-violate.
[6] "Is Charging Inmates to Stay in Prison Smart Policy?"
[7] Eisen, "Paying for Your Time."
[8] Holly Ramer, "N. H. to End 'Pay to Stay' for Prison Inmates," *Concord Monitor*, July 16, 2019, https://www.concordmonitor.com/New-Hampshire-to-end—pay-to-stay—for-inmates-27041265.

失杀人指控在监狱服刑，被该州起诉要求支付期间产生的一笔12万美元的坐牢费。美国公民自由联盟代理凯博提起反诉，称该州试图追回其当事人刑期费用的行为属违宪。最终，两起诉讼都被驳回。然而美国公民自由联盟力求在立法层面找到解决办法，并成功使新罕布什尔州废除了付费坐牢的规定，这在全美实属首次。

布伦南司法中心的劳伦-布鲁克·爱森赞同布拉德·科尔伯特的看法，认为如此收费违反/侵犯了美国宪法第十四修正案正当程序原则以及人人拥有受同等法律保护的权利，因为这种做法过于频繁且不成比例地施加于生活在穷困之中的人们身上，尤其是有色人种。

不过，爱森认为，用来根除坐牢费最令人信服的抗辩理由应该是，这么做违反了美国宪法第八修正案针对过度收费所做的规定。该条款是这么说的："不得要求过多的保释金，不得处以过重的罚金，不得施加残酷且不正常的惩罚。"

因为通常是穷人不得不掏这些钱，所以坐牢费本身难免过重。"有一条可信的抗辩理由可以提出来，那就是，一旦社会已经决定要把某个群体从中移除，那么，在这些人的自由被剥夺且司法系统已经因其所犯的罪行处以相应刑罚的情况下，仍向其收取日常费、立案费甚至医疗费和其他各种费，这就是'过重'且'不相称'的了。"爱森写道。

有一个问题是，收取坐牢费和其他类型的罚金是否会为公众带来显而易见的好处。布伦南司法中心估算，全美范围内没有收上来的诉讼费和其他费用约达500亿美元，其中的大部分将永远不会用来实现预期目的，即帮助市级或县级政府应付各项开支。[①] 事实上，由保守的得克萨斯公共政策基金会（Texas Public Policy Foundation）

---

① "Is Charging Inmates to Stay in Prison Smart Policy?"

与布伦南司法中心2019年联合进行的一项研究发现，比起创收，收取诉讼费和其他费往往使各级政府花钱更多。这意味着，此举实则从政府其他类型服务项目手里抢占了宝贵资源，比如公共安全。[1] 该研究分析了得克萨斯州、佛罗里达州以及新墨西哥州的几个县。这几个州都向穷困中的被告人收取几百或几千美元的诉讼费和其他费用。

以下是部分研究结果：

> "新墨西哥州某县，通过收取各项费用和罚金来创收，每收入1美元就至少花费1.17美元，这意味着该县通过这套体系在赔钱。"

> "法官们几乎不进行有关被告人偿付能力的听证会。其结果是，缴纳各项费用和罚金的重负大部分落在了穷人身上，这就很像累退税，而且每年有几十上百亿美元未付。这些不断增加的结欠款项着重突出了我们的调查研究结果，即各项费用和罚金是一项不可靠的政府收入来源。"

> "监禁那些不能支付各项费用和罚金的人尤其成本高昂——有时高达所收金额的115%——而且并不产生任何收入。"[2]

这实际上就是贫困犯罪化的真实面貌。密苏里州历时最长、目前仍在审理之中的债务人监狱案件之一清晰地展现了这种现象的生发始末。

---

[1] Matthew Menendez, Michael F. Crowley, Lauren-Brooke Eisen, and Noah-Atchison, *The Steep Costs of Criminal Justice Fines and Fees* (New York: Brennan Center for Justice at New York University School of Law, 2019), 5, https://www.brennancenter.org/sites/default/files/2020-07/2019_10_Fee%26Fines_Final.pdf.

[2] Menendez et al., *The Steep Costs of Criminal Justice Fines and Fees*, 5.

\*

## 密苏里州奥沙克湖 2006 年夏

阿莉辛·拉普（Alicyn Rapp）有一次不愉快的分手经历。[1]

那是 2006 年，她与男友生活在奥沙克湖畔。密苏里州中部这一处由发电大坝形成的人工湖，水波潋滟、浩浩汤汤，已经成为全美知名的夏季避暑胜地。奥沙克湖的湖岸线比加利福尼亚海岸线还长，约有 1 150 英里（约合 1850.75 公里）[2]。康登（Camden）、本顿（Benton）、米勒（Miller）和摩根（Morgan）等各县境内形形色色隐蔽的小海湾吸引了 500 万游客前来划船、钓鱼、游泳以及进行其他消遣。

拉普和男朋友靠给汽车贴膜为生。据警方报告称，她得知男友出轨后，两人爆发争吵。她摔碎了一台手提电脑，然后冲出了家门。[3] 她因此被指控存在家庭暴力和损坏财物罪。

然而，当她知道自己遭到指控时，已经搭上回圣路易斯的便车了，她自小在那里长大。她是一个信奉天主教的南方姑娘，先后在圣加布里埃尔中学（St. Gabriel's）和杜柏主教高中（Bishop DuBourg High School）上学。到 14 岁时，拉普已经开始与上瘾行为作斗争，主要是酒瘾和毒瘾。因被控持有毒品，她在州立监狱蹲过 3 次，每次时间都不长。但就是康登县那次被捕，长期困扰着她成年以后的大部分生活。

---

[1] Tony Messenger, "St. Louis Woman Had a Bad Break Up in 2006. Camden County Still Keeps Putting Her in Jail Because of It," *St. Louis Post-Dispatch*, December 4, 2018, https://www.stltoday.com/news/local/columns/tony-messenger/messenger-st-louis-woman-had-a-bad-break-up-in-2006-camden-county-still-keeps/article_ef846be4-0bb9-5231-b8c9-ee9b9c1afa1b.html.

[2] 据中华人民共和国驻旧金山总领事馆经济商务处官方网站数据显示，加利福尼亚州海岸线总长 2 030 公里（约合 1 261.38 英里），长于作者所说的奥沙克湖湖岸线。——译者

[3] Messenger, "St. Louis Woman Had a Bad Break Up."

经历了好几个律师之后，拉普 2008 年对两项指控作了认罪答辩——三级家庭暴力罪和二级损毁财物罪——都属于轻罪。她被判处 1 年监禁，缓期执行，再加 2 年缓刑。她的诉讼费和罚金总额约达 1200 美元。

到了 2009 年，拉普开始拖欠法院款项，持续时间超 10 年之久的循环开始了。法官命令她出庭解释为何拖欠。她当时住在圣路易斯，或者被关在监狱里，而当她在康登县错过那次出庭日，一张逮捕令随之签发下来。拉普后来在某次超速驾驶或者进行其他违法犯罪行为时被逮住，押送至看守所，然后转送至康登县。她在那边的看守所里待了几天，直到法官能见她一面。这种事不断发生在 2009 年、2010 年和 2012 年，她欠法院的钱每一次都会随之增加，因为都会收到自己在县看守所服刑期间产生的坐牢费账单。在奥沙克湖地区，他们对此有专门的说法。"很有名的，"拉普透露，"来时为度假，走时是缓刑，再来时撤销。"①

我们第一次见面是在 2018 年，地点是圣路易斯县北部一家叫"墙上洞"的酒吧。拉普看过我写的有关卑尔根和经历过密苏里州债务人监狱循环的其他被告人的专栏文章，她想把自己的案件说给我听。拉普是我写过持续时间最长的案子。② 接下来您会看到，康登县的法官、治安官以及县级重要官员们从像拉普这样的人身上收取坐牢费这种事到底有多严重。

2013 年，她因为持有冰毒被押往奇利科西惩教中心蹲了 120 天，那是一所州立监狱。拉普厌倦了坐牢的日子。她当时努力改邪归正。密苏里州对她提起两项指控，她知道自己只要服完刑，就可以摆脱刑

---

① 言下之意是缓刑被撤销，改判监禁。——译者
② "06CM‑CR014191—St v Nora Alicyn Rapp（CB）（E‑Case），" Your Missouri Courts, Case. Net, accessed November 3, 2020, https://www.courts.mo.gov/casenet/cases/searchDockets.do.

事司法系统，但逃不脱康登县。她被那里的法院和看守所拴住了，仅仅因为负担不起落到自己头上、一天天如滚雪球般不断增加的各种费用。

于是，拉普给法官写了封信：

"我给您写信，请求以服刑替代缴纳罚金和/或在我目前所服刑期之外叠加的费用，"拉普在给康登县巡回法院的信中写道，"我在努力改变我的人生，我要洗心革面，重新做人。"

法官拒绝了。除非她还清欠法院的1639.70美元。她能还的时候都还了，可总也不够。

拉普出州立监狱时，被一辆康登县治安官的面包车拉到了县看守所。等她出来，账单金额又见涨：坐牢要付的"租金"增多了，还包括载她去看守所的车费。2017年，康登县通过从像拉普这样的人身上收取坐牢费，共收入24万美元，在密苏里州名列第二。① 隔壁拉克利德县（Laclede County）收得更多，比它高出2万美元。据密苏里州法院记录显示，截至本书撰写之时，拉普的案子仍在审理之中。

2019年1月，康登县法官斯蒂夫·杰克森（Steve Jackson）关于该案写了下面这段话："有关目前仍在审理之中的这宗案件，法院认为被告人去向不明，导致无法实施逮捕，并无法就其出庭解决该案相关问题达成一致。鉴于此，法院倾向于予以驳回。然而，法院今日得州政府告知，自上一开庭日起，某新闻记者已用电子邮件的方式致信州政府，并援引某篇已刊发文章，其中该记者间接提及其与现居于圣路易斯的被告人有联系沟通并知晓此一未结之案，且似乎对被告人尚

---

① Tony Messenger, "A Tale of Two Counties on Opposite Ends of Missouri's Debtors' Prison Cycle," *St. Louis Post-Dispatch*, November 30, 2018, https://www.stltoday.com/news/local/columns/tony-messenger/messenger-a-tale-of-two-counties-on-opposite-ends-of-missouris-debtors-prison-cycle/article_a182e3eb-a974-5f99-9ff0-72fb7de6e031.html.

未执行的逮捕令同样知情。该记者已经向法院发来电子邮件。该邮件似乎是这位记者居心叵测，企图通过负面宣传报道，采用胁迫或者勒索手段左右本案的判决结论。"①

我不清楚法院指的是什么电子邮件。我从未给法庭发过电子邮件。不过，我确实写过有关拉普案子的文章。

"已经12年了，简直太过分了，"拉普说，"我丢了几次工作，住处没了，车没了，孩子们也离开了我。我坐牢坐够了。我也给够他们钱了。这玩意儿阴魂不散地悬在我头顶，我永远也没法清清白白重新开始。什么时候是个头？"

她的这宗案子在上一次待审积案目录中排在2020年1月6日，②上面写着"尚待审理"。它就像一团永不消散的乌云，笼罩着拉普。

拉普和卑尔根并非孤例。像她们这样的被告人有几百名，也可能有几千人，分布在密苏里州的各个县。因为欠着监狱的住宿费，他们便被困在这个没完没了的贫困与监狱循环之中。马修·穆勒认为，法官们收这些住宿费所遵循的程序是州法律所不允许的，这位年纪轻轻的公设辩护律师终将在密苏里州最高法院挑战他们的这等行径。2018年，他开始致力于关闭密苏里州的债务人监狱。他的首站之一就是密西西比县的一家小法院。

---

① "06CM‑CR014191—St v Nora Alicyn Rapp (CB) (E-Case)."
② "06CM‑CR014191—St v Nora Alicyn Rapp (CB) (E-Case)."

## 第六章 监狱之钥

### 密苏里州查尔斯顿市 2018 年 8 月

塔玛拉·蒂德维尔（Tamara Tidwell）站在法官面前，给他上一堂有关贫穷的课。

那是 2018 年 8 月，巡回法院法官大卫·安德鲁·多兰（David Andrew Dolan）把蒂德维尔送进监狱，那已经是很久以前的事了。蒂德维尔是白人，多兰关她的依据是违反缓刑规定。这一天，多兰和蒂德维尔不准备谈论她有罪还是无罪的话题。蒂德维尔有罪。她盗窃。她进了监狱，服了刑。只不过，该县因为她服刑而要收坐牢费。她拿不出这笔钱，多兰便再次将她关了起来。① 这就是他们要谈论的话题：钱。

蒂德维尔住在安妮斯顿（Anniston），那是密西西比县你眼睛眨一眨就会错过的袖珍小镇，也是密苏里州最穷的县之一。② 它位于该州东南部的布西尔地区（Bootheel），那里有肥沃的河岸低地，在毗连的密西西比河浇灌滋养之下，长久以来盛产大豆、冬小麦、玉米和棉花。③ 法院位于查尔斯顿（Charleston），沿 105 号州际公路往北仅 8.5 英里路程。这段路似乎并不是很远，除非您是靠联邦政府发放的每月 750 美元残疾补助金过活，而且没有车。

蒂德维尔的律师马修·穆勒已提出一项动议，要求"重新审定"

蒂德维尔一案的诉讼费用。④穆勒所提的类似动议遍及整个密苏里州的乡村地区，他认为像蒂德维尔这样的情况，在她们的案子被宣判很久以后，法官还要求她们月复一月出庭为其之前坐牢缴纳住宿费，这么做是违法的。多兰自1992年起就在密西西比县和斯科特县（Scott County）担任法官一职。⑤ 在那之前，他是当地的一名检察官。穆勒质疑他的做法后，他心里很不爽。这案子很简单，穆勒告诉多兰。

蒂德维尔2014年缓刑被撤销后进了监狱，法院审定了她应交给州里的费用，其中占大头的是她在审判前羁押期间产生的920美元，因为她掏不起保释金。⑥ 在密苏里州，倘若一个贫困的被告人被判犯有一项重罪，进了州立监狱，那么州政府会收取诉讼费，其中包括了被告人在县看守所羁押期间的住宿费和伙食费。因此，不同于本书中的大部分轻罪案件，蒂德维尔本不该收到坐牢费账单，而应该由州政府收到。公诉人拿到一个重罪判决案件，州政府向县看守所支付诉讼费，这种操作实际上给公诉人制造了一种不当激励⑦，使其对犯有更

---

① Tony Messenger, "Missouri Paid Bill for Woman's Jail Stay, But Judge Tries to Collect Again," *St. Louis Post-Dispatch*, January 22, 2019, https://www.stltoday.com/news/local/columns/tony-messenger/messenger-missouri-paid-bill-for-womans-jail-stay-but-judge-tries-to-collect-again/article_1fedcb20-49c4-5937-9337-dceed372b1d1.html.
② "QuickFacts: Mississippi County, Missouri," U.S. Census Bureau, accessed November 3, 2020, https://www.census.gov/quickfacts/mississippicounty-missouri.
③ "Missouri's Bootheel Region Is Fertile Ground," Missouri Department of Agriculture, *Farm Flavor*, February 5, 2013, https://www.farmflavor.com/missouri/missouri-crops-livestock/missouris-bootheel-region-is-fertile-ground/.
④ *State v. Tidwell*, 577 S.W.3d 816, 817 (Mo. Ct. App. 2019).
⑤ "David A. Dolan," Ballotpedia, accessed November 3, 2020, https://ballotpedia.org/David_A._Dolan.
⑥ Messenger, "Judge Tries to Collect Again."
⑦ 不当激励（perverse incentive）：不当激励所导致的结果往往与发起人的初衷背道而驰，其出发点是良性的，结果却不在预料范围之内。——译者

严重罪行的被告人过度收费。该系统还造成各县与州立法机构之间的冲突，因为预算紧张时，州政府会缩减县看守所方面的开支，这就使得各县抓住一切机会收取坐牢费。

蒂德维尔出狱后，遇上一件令她颇感意外的事。密西西比县寄给州里的账单同样也给她寄了一份。她被要求每个月出现在多兰的法庭上，付款或者解释为什么无法付款。蒂德维尔自小被诊断患有智力残疾，这也是她靠社会安全生活补助（Supplemental Security Income）生活的原因。她 2017 年付了一次，60 美元，其他几次却没能如期出庭，因而在逮捕令签发之后，先后两次被多兰投入监狱。

"我试图搞明白，她为什么不能出庭？"多兰问。

"我有残疾，"她说，"没得车开，也没车可搭。"

多兰对此并不满意。

"那你今天又是怎么来的？"

"我叫了辆车。"

"好吧，"这位法官说，"那你是有车搭喽。"

"并不总是这样，法官大人，不是的。没钱和掏不起煤气费的时候，就有大麻烦了。"

在密西西比县，贫穷连带着很多麻烦。该县有超过 26% 的居民生活在联邦贫困线以下，超出密苏里州其他地区两倍还多。[1] 只有邻近的佩米斯科特县（Pemiscot County）有着比密西西比县还高的贫困人口比例。[2] 附近新马德里县（New Madrid）的诺兰达铝厂 2016 年倒闭时，来自周边好几个县的约 900 名工人遭失业遣散，形形色色的

---

[1] "QuickFacts: Mississippi County, Missouri."
[2] "QuickFacts: Pemiscot County, Missouri," U. S. Census Bureau, ac cessed November 3, 2020, https://www.census.gov/quickfacts/fact/table/pemiscotcountymissouri/PST045219.

夫妻小店因为顾客断了收入而生意惨淡、无以为继。[1] 不断变化的气候下，密西西比河频繁泛滥，也导致了经济低迷。[2] 密西西比县人口仅1.4万，贫困率很高，将近一半儿童生活在贫困之中。[3] 蒂德维尔有两个孩子，同她母亲一起生活。她常去看他们。在密苏里州的乡村，大部分地区没有公共交通。在没车的情况下，每个月去一趟法院是件苦差事。然而，这在法官眼里还是说不过去。

"你今天是怎么来的？你叫人帮忙了吗？"

"比如说这个月第一天不管啥时候，我拿到钱了，就得交煤气费，所以我的支票到这儿的时候，就身无分文了。"

穆勒试图让法官回到正题。

"我最关心的问题，是我们的前委托人被送进监狱，原因是其未遵照以收取诉讼费为目的的司法程序如期出庭。"他说，"她并没有被控犯什么罪。整件事只关系到收诉讼费。"

最终，法官判决蒂德维尔败诉。她拿不回此前已缴纳的60美元，余下未缴的监狱膳宿费仍然欠着。在还清这笔债之前，若是不能每月按时出庭，她将面临更长时间的监禁。

多兰说："她10月份得回来见我，同其他人一样。"

\*

多兰的审判室那天挤满了人。这还不够，他还抽空斥责穆勒，说

---

[1] Jacob Barker, "Noranda Aluminum Closure Marks the End of an Era in the Missouri Bootheel," *St. Louis Post-Dispatch*, February 21, 2016, https://www.stltoday.com/business/local/noranda-aluminum-closure-marks-the-end-of-an-era-in-the-missouri-bootheel/article_335027a8-2a8b-591f-9f9c-aaabbffab0a0.html.

[2] "What Climate Change Means for Missouri," U.S. EPA, August 2016, https://19january2017snapshot.epa.gov/sites/production/files/2016-09/documents/climate-change-mo.pdf.

[3] Emily Stahly, "The Child Poverty Rate in Mississippi County Is How High?" *Show-Me Institute* (blog), February 5, 2019, https://showmeinstitute.org/blog/business-climate/the-child-poverty-rate-in-mississippi-county-is-how-high.

他驱车6个小时如此大费周章地从堪萨斯城赶来。

"我竟不知道你这么有空，"多兰说，"那些公设辩护律师跟我说，他们一个个忙得焦头烂额。"

他们的确很忙。密苏里州的公设辩护系统得到的资助力度在全美倒数第二。① 据美国公民自由联盟称，只有密西西比州根据案件数量对其公设辩护系统提供的资金数额比密苏里州还少。想想肖恩德尔·丘奇（Shondel Church）的案子，他是布伦南司法中心《公平之战》中重点提及的人物，该报告概述了密苏里州以及美国其他地方资金不足引起的一系列问题。

2016年，生活在堪萨斯城的丘奇因为一项盗窃轻罪被捕，他在乡村县拉斐特（Lafayette County）偷了一台发电机和工具箱。② 他无力负担法官为这宗案件设定的5 000美元现金保释金，③ 在看守所里蹲了40天之久才见到公设辩护律师。

最终，丘奇在狱中度过了125天后认罪，不是因为没机会逃脱罪责，而是因为他想出狱。被释放之后，他收到一份共计2 600美元的账单。第二年，美国公民自由联盟以及罗德里克和索朗格·麦克阿瑟司法中心（Roderick and Solange MacArthur Justice Center）代理丘奇和其他被告人提起集体诉讼，提出因为该州对公设辩护人系统糟糕的

---

① Matt Ford, "A 'Constitutional Crisis' in Missouri," *Atlantic*, March 14, 2017, https://www. theatlantic. com/politics/archive/2017/03/missouri-public-defender-crisis/519444/.
② Bryan Furst, *A Fair Fight: Achieving Indigent Defense Resource Parity* (Brennan Center for Justice, September 9, 2019), 13, https://www. brennancenter.org/sites/default/files/2019-09/Report _ A%20Fair%20Fight. pdf.
③ Jordan Smith, "Missouri's Underfunded Public Defender Office Forces the Poor to Languish in Jail," *Intercept*, March 13, 2017, https://theintercept. com/2017/03/13/missouris-underfunded-public-defender-office-forces-the-poor-to-languish-in-jail/.

资金支持，当事人获得律师帮助的权利被剥夺。① 丘奇案在 2020 年被驳回，但是美国公民自由联盟和麦克阿瑟司法中心向州法院又提起了类似诉讼。2021 年 2 月，审理该案的一位法官判决密苏里州立法机构必须想办法加大对公设辩护人办公室的资金支持力度。

"该州违反了美国宪法第六修正案相关规定……其具体做法是通过控告某贫困被告人犯有某种罪行，设法将其先行羁押，之后拖延数周、数月甚至一年有余，才为该被告人提供律师帮助，以此收取费用。"巡回法院法官威廉·E. 西克尔（William E. Hickle）写道。

这种事在密苏里各地重复上演。司法程序的每一步都经过精心设计，把被告人埋葬在贫穷的深渊。

"在全美国，所有这些贫穷的被告人注定要栽跟头，"劳伦-布鲁克·爱森说，"资金不足已经滋生出一种案件审理习惯。"②

正是在这种风气下，时任密苏里州公设辩护人系统负责人的迈克尔·巴瑞特于 2017 年 11 月开始任用穆勒，让他充当"单人抢险队"。穆勒的工作就是要使这个系统土崩瓦解，要找到仅仅因为当事人贫穷而遭监禁的案件，对法官提出质疑，并迫使密苏里州最高法院拨乱反正。

\*

穆勒最终成了巴瑞特雷达显示屏上转瞬即逝的小光点，原因很简单：几名法官和检察官对他提起律师投诉。"耗费整整一周的时间来

---

① Furst, *A Fair Fight*, 14 n.1; n. Complaint for Injunctive Relief at 3, Church v. Missouri, No.17‑CV‑04057‑NKL (W.D. Mo. 2017), https://www.brennancenter.org/sites/default/files/2019-09/Report_A%20Fair%20Fight.pdf.
② Tony Messenger, "New Report Highlights Failure of Missouri, Other States, to Fund Public Defenders," *St. Louis Post-Dispatch*, September 9, 2019, https://www.stltoday.com/news/local/columns/tony-messenger/messenger-new-report-highlights-failure-of-missouri-other-states-to-fund-public-defenders/article_ea9f-a7ac-9fdf-5f8c-8697-65d942e0a0f1.html.

审理一个案件，对于乡村地区的法官们来说，没有什么比这更令他们烦心的了。"巴瑞特说。穆勒就喜欢把案件送交法院审理。

第一单投诉来自汉尼拔镇（Hannibal），穆勒最初是那里的一名公设辩护律师。这是密苏里东北部的一个河边小镇，依傍着密西西比河两岸。此地因为汤姆·索亚（Tom Sawyer）和哈克贝利·费恩（Huckleberry Finn）的几番历险而闻名遐迩。马克·吐温（Mark Twain）童年居住过的地方及其博物馆都在镇的主干道上，距离密西西比河仅有几步之遥。街对面是贝琪·撒切尔（Becky Thatcher）之家，她是大法官撒切尔先生的女儿，也是汤姆的同桌兼心上人。这座小镇处处还原小说中的场景，以此致敬这位著名的美国作家。咖啡店、冰淇淋店和酒吧都有马克·吐温主题饮品。① 虽然阳光明媚的夏日周末依然有成群的游客慕名前来观光，但小镇频繁遭遇洪水侵袭，如今已有些破败。2014 年 3 月，穆勒在他的职业生涯出现重大转折后来到了此地。

穆勒的父亲是一名律师，祖父也是，再往前一代同样是律师。那穆勒之前做了什么？他去了圣路易斯的华盛顿大学（Washington University），拿了个经济学的学位。他本打算继续去研究院深造，日后谋个教职从事教学和研究工作。然而，律师世家三代人的努力终究无可抵挡。他往西去了密苏里州的哥伦比亚市，并于 2013 年从密苏里大学（University of Missouri）的法学院毕业。穆勒在一家民政收费公司找了份工作，正是在那里，他对美国现行的收债业务有了深刻的了解和洞察。然而，为银行和信用卡公司打工、帮着他们从债务人手里尽可能多榨点美元，这种事并不合他胃口。于是，穆勒去了薪资微薄的密苏里州公设辩护人办公室谋职。

---

① "Hannibal Attractions," Hannibal, Missouri, accessed October 30, 2020, https://www.visithannibal.com/attractions/.

在小镇做一名年轻的公设辩护律师，往往要随大流才能办成事。首先，如前文所说，由于州政府提供的经费不足，分配到每一位公设辩护人手中的案件实在太多。其次，政治上存在困难。地方选举的治安官、检察官和法官，一般个个都主张严厉打击犯罪。一名低薪、刚踏出法学院的公设辩护人会发现，要想把他们的委托人弄出看守所，最靠谱的做法往往是采取辩诉交易，这样就不用费事提交法院审理了。

"在他们看来，"穆勒谈到那些检察官和法官时说，"这样案子审得快，系统运转效率高。也就是说，不存在有异议的听证会、没有审判、没有提出实质性的动议等。这套系统青睐的做法是刑事被告人的诸项权利被放弃，让他们作有罪答辩。这都不是秘密。"

穆勒没有按现有的游戏规则办事。他向法庭提出动议，要求减少保释金和庭前交换证据。他力求举行听证会，就法律上的细节问题展开辩论。他着手为几个委托人辩护，他们当中大部分被控持有低级别毒品罪。穆勒准备了强有力的论据，并要求法院在陪审团的参加下进行审判。

"地方检察官和法官并不乐意这么做。"他说。

地方检察官向密苏里州律师协会（Missouri Bar Association）提出投诉。

大多数律师都想避免被人投诉。情节最严重的，可能会导致被吊销律师执业证书：如存在欺诈行为、骗取委托人财物或者渎职等。① 大多数投诉最后都不予受理，但这样的结局并非手到擒来，不乏有人为之出力。② 穆勒被控涉嫌"动议滥用"，意思是他似乎做了

---

① "Office of Chief Disciplinary Counsel," Missouri Courts, accessed October 30, 2020, https://www.courts.mo.gov/page.jsp?id=217.
② "For the Public: Disciplinary Hearings," Office of Chief Disciplinary Counsel, Missouri, accessed October 30, 2020, https://www.mochiefcounsel.org/ocdc.htm?id=24&cat=2.

太多法律工作。投诉最终被驳回。检察官给巴瑞特写信，让他设法把穆勒调走。结果无济于事。第二次投诉同第一次很像，这一回是一位法官指控穆勒要求太多次陪审团参加审判。这位投诉的法官并没有说错。每一宗案件都进行审判，这种棘手事没有哪家乡村法院能安排得过来。这其实是穆勒那么多次提出与案件有关的措辞激烈动议的部分原因。他见识过一宗又一宗证据站不住脚的案件，被告人最终作出认罪答辩是高额保释金和检察官志在必得的指控的结果，而不是基于良好的警务工作和强有力的证据。当你把一名穷人关进看守所，而认罪又是他/她能回到孩子们身边、重拾工作和与家人团聚的唯一出路，那它就是个强烈的诱因。

穆勒希望检察官们能解释他们的立场。他希望自己几位委托人的权利——他们每一位——都能得到保护。他还希望，到了保护这些权利的时刻，法官们能站在他这边。

"最基本的设想是，大多数案件最后都以有罪答辩收场。法官们在这一设想下审理案件。他们唯一的工作，就是确保审理过程中当事人有律师在场，"穆勒说，"然后我来了，搅乱了那一整套系统。"

\*

在汉尼拔镇待了一年多点儿，穆勒最终去了哥伦比亚市的公设辩护人办公室。在那里，他被分派了更多情节更严重的案件，那种重罪案件——谋杀、枪击和性侵犯等，都是他能提交法院审理的案件。入职后的第一年，他提交了14宗案件上法院审理，其中大多数胜诉。

"我沉迷其中。"

然而同在汉尼拔镇时一样，他很快从新岗位上调离，这一次去了承诺辩护部（Commitment Defense Unit），代理被指控为"性暴力掠夺者"的委托人辩护。几乎所有这些案件都有陪审团参加审判，这就是穆勒想去的地方，站在法官或者陪审团面前，运用他掌握的一切手段代理委托人进行法庭辩护。然而，即便是最厉害的律师，也几乎在所有这些案件中败诉,穆勒也不例外。在密苏里州,《性暴力掠夺者法案》(Sexually Violent Predators Act)导致被告人在这样的官司中几乎不可能赢,大多数人定罪后就在监牢里度过余生。①

没过多久,公设辩护人办公室负责人巴瑞特带着一份工作机会找到穆勒。

你回到问题的根源去,巴瑞特说,到密苏里整个乡村地区的法官们面前去,针对旧案提出动议。在那些地方,贫穷的委托人们正在被迫重回监狱,仅仅因为他们很穷;把案子推到上诉法庭和密苏里州最高法院去,消除这几十年来的不公。

穆勒当时住在堪萨斯城,因此从那里的案子开始,大部分集中在普拉特县(Platte County),他挑了在整套方案中起关键作用的环节下手:导致犯有轻罪的人们困于监牢的高额保释金问题,这些人甚至都还没来得及定罪。

在密苏里州,巴瑞特说:"如果你因为无力支付审前保释金而被羁押,那么在抗辩或审判后,你被判处监禁的可能性比交得起保释金的情况要高出3倍之多。"这就是美国司法系统中因为贫穷而把人当罪犯看待的关键,是对美国宪法设定保释金制度的滥用,它如今形成了一套有着双重标准的司法系统,有钱人和没钱人被区别对待。这其实是在被告人被认定有罪之前,利用保释金对其实施惩罚。而这么做,会对被困于牢狱的人们造成灾难性的后果。他们会失去工作、汽车、住处和孩子。而这还只是开始。

在大多数州,公设辩护人办公室资金不足这一现实意味着被告人

---

① Jesse Bogan, "Missouri's Sexually Violent Predator Treatment Program Eludes Federal Scrutiny," *St. Louis Post-Dispatch*, September 4, 2017, https://www.stltoday. com/news/local/crime-and-courts/missouris-sexually-violent-predator-treatment-program-eludes-federal-scrutiny/article _ 489da15a-40d9-5986-a2bb-5937f6d561c0. html.

会在看守所里待更长时间,因为他们甚至没办法请到一位律师来进行一场要求基于其无力承担的实际情况而减少保释金的听证会。检察官们利用了这一点,提出只要被告人认罪,他们就会基于其"已服刑时间"(time served)将其释放。① 鉴于很少有公设辩护律师会像穆勒那样同这套体制对抗,被告人往往会接受提议。及至他们出了监牢,到手的却是一纸坐牢费账单,每个月还得付给私营缓刑公司一笔钱,而且有可能会重回监狱——不是因为再次为非作歹,而是因为错过一场庭审,或者毒品检测未通过,又或者仅仅因为还不上分期要付的某次诉讼费和其他费用。

对一个一无所有的人来说,这是个几乎无法破解的死循环。

这是宪法倡导与保护研究所(Institute for Constitutional Advocacy and Protection)就穆勒把官司最终打到密苏里州最高法院的债务人监狱案件之一所撰写的非当事人意见陈述中的观点。

"密苏里州被判处监禁的贫穷被告人事实上受到两种彼此独立的刑罚。"意见陈述如此写道。该陈述也得到罚金与诉讼费司法中心、罗德里克和索朗格·麦克阿瑟司法中心、公平正义检察机构(Fair and Just Prosecution)以及保守的秀密研究所(Show-Me Institute)等机构的联合签名。② "他们先是遵照法院裁定的刑期服刑。期满后,他们就必须承担监禁期间的每日开销,这是一笔往往高达几百甚至几千美元的债务。这笔经常被称作'监狱膳宿费'的债务对贫穷的个体

---

① Tony Messenger, "When Does a Prosecutor's Responsibility to Seek Justice End? A Tale of Two Cases," *St. Louis Post-Dispatch*, December 13, 2019, https://www.stltoday.com/news/local/columns/tony-messenger/messenger-when-does-a-prosecutor-s-responsibility-to-seek-justice-end-a-tale-of-two/article_18377c14-74d3-5036-a042-480ea82c74a3.html.
② 秀密研究所:成立于 2005 年,创建人为雷克斯·辛克菲尔德(Rex Sinquefield),政治倾向为自由主义,研究领域为国内经济政策、教育政策和卫生政策。位于圣路易斯市,现任所长为克罗斯比·肯珀三世(Crosby Kemper Ⅲ)。——译者

来说通常无法逾越,给其造成难以估量的损害,且困扰他们长达数年之久。更糟糕的是,密苏里州有很多法院要求个体在监狱债务的阴云笼罩下,每月不辞劳苦前去参加陈述理由的听证会,或为付款、或为解释何以没能付款;而法院这么做,所依仗的却是缺乏法律依据的一套观念,即监狱债务可被审定为诉讼费用。"①

\*

卡西·利卡塔(Cassi Licata)对这个循环再清楚不过。

2018年8月,雷县(Ray County)巡回法院法官凯文·沃尔登(Kevin Walden)安排她参加一次付款审查听证会。几年前,也就是2012年,白人妇女利卡塔从位于密苏里西部的雷县家中逃了出来,到俄克拉何马州的一处家庭暴力庇护所中寻求保护。② 在滞留外地期间,她躲着的那个男人,也就是孩子的父亲,获得了监护权。利卡塔最后被指控妨碍监护权重罪。她做了申辩,官司输了,结果在牢里蹲了9个月。该判决最后被推翻,在辩诉交易中,指控被降为轻罪。然而,利卡塔已经在狱中服完刑,一份总额超过22 000美元的监狱和医疗账单递到她手中。这么一大笔钱,几乎可以肯定她无力承担。③ 沃尔登安排她每个月前去参加听证会,还钱或者解释为什么还不了。8月份那一场,她错过了。利卡塔那时候怀有七个月身孕,正处于

---

① Tony Messenger, "Two Days After Debtors Prison Ruling, Missouri Judge Tries to Collect Pay-to-Stay Bills," *St. Louis Post-Dispatch*, March 22, 2019, https://www.stltoday.com/news/local/columns/tony-messenger/messenger-two-days-after-debtors-prison-ruling-missouri-judge-tries-to-collect-pay-to-stay/article_4e735ee5-1744-5ef4-a7b1-c3c73b2adeb8.html.
② Tony Messenger, "In Missouri, the Road to Debtors' Prison Starts with Cash Bail," *St. Louis Post-Dispatch*, February 1, 2019, https://www.stltoday.com/news/local/columns/tony-messenger/messenger-in-missouri-the-road-to-debtors-prison-starts-with-cash-bail/article_cbb7e39f-b65f-53d3-9b89-e03e32ad87e9.html.
③ "Certified Ray County Jail Board Bill and Medical Expense as Court Cost," *Missouri v. Licata*, No. 13Ry-CR00111-01 (May 19, 2017), in possession of author.

高危妊娠期，医生叮嘱她不要出门。逮捕令签下来时，利卡塔把两位医生给她的忠告寄给了法官。然而，逮捕令依然有效。2019年1月3日，利卡塔被捕，保释金1500美元。她负担不起，于是被关了起来。

正是像利卡塔这样的案件，使圣路易斯非营利性的ACD律师事务所向联邦法院提起诉讼，指控法官们把保释金当成惩罚手段而侵犯了贫穷被告人的公民权利。保释金本该用于确保被告人能如期出庭，或者在某些极端情况下，保护社会不受潜在暴力犯罪的侵害。可利卡塔是暴力的受害者，而非实施暴力的犯罪者。

该诉讼控告圣路易斯的保释金政策"基于当事人无力承担保释金而将其监禁，拒绝给予其最基本的、在程序上的保护，侵犯其在审判前享有人身自由的基本宪法权利，侵犯其享有同等保护的权利——该权利不因当事人贫穷而有所妨碍"。① 这样的诉讼，美国很多州都有，而且已经在全国范围内引发了保释金改革，其中最著名的出现在纽约。该州2019年的改革取消了针对大多数轻罪和非暴力重罪指控需要缴纳保释金的做法。②

纽约州的改革预计可减少约40%的在押人员，其中大多数都是因为犯有轻罪或者非暴力重罪而被审前羁押。然而，几乎就在新法律生效的同时，阻力出现了，尤其是来自警察协会和某些主张严厉打击犯罪的地方检察官的阻力。③

该法律实施3个月后，纽约州立法机构进行了修订，赋予法官更大的自由裁量权，允许其在某些情况下要求当事人缴纳保释金。④ 在

---

① Messenger, "In Missouri, the Road to Debtors' Prison Starts with Cash Bail."
② Taryn A. Merkl, "New York's Latest Bail Law Changes Explained," Brennan Center for Justice, April 16, 2020, https://www.brennancenter.org/our-work/analysis-opinion/new-yorks-latest-bail-law-changes-explained.
③ Merkl, "New York's Latest Bail Law Changes Explained."
④ Merkl, "New York's Latest Bail Law Changes Explained."

密苏里州,最高法院于同一年实行了有关保释金的几项改革措施,就在 ACD 律师事务所提起诉讼几天之后,公布了几条新的法庭规则,重申了法官为每一位被告人举行偿付能力听证会的必要性,并确保贫穷的被告人拥有与有钱人同样的机会免于审前羁押。[1]

对于像佛罗里达州坦帕市检察官安德鲁·沃伦(Andrew Warren)那样的改革者来说,从保释金被司法系统滥用到如今发生这些变化,中间经历了一段漫长的历程。"保释金系统实际上并没有按照法律规定的去做,"沃伦说,"我们把人关起来,因为他们无力付款,这种事每天做好几百次。事情就是这么干的,因为这是个快餐行业。"[2]

确实,美国各地的法庭常常设有法定还款日,人们当天在法院门前排起长龙,类似于就餐时分排在麦当劳门口的一辆辆小汽车。他们抽出半天时间,放下领着最低工资的工作,就为了得到一个能在法官面前待几分钟的机会,为轻罪指控进行答辩,而且身边通常没有律师。有时候,他们会拿到一张"直接入狱"证,或者不得不等待一个月才能同一位公设辩护律师说上话。

那些付不起保释金的人,更有可能在他们被定罪之前就被关进看守所,关很长一段时间。而越来越多的改革者一致认为,这套程序对改善社区治安并没有起到什么作用。[3]

---

[1] Danny Wicentowski, "Taking on Cash-Bail Policies, Missouri Supreme Court Aims to End Debtor's Prisons," *Riverfront Times*, January 31, 2019, https://www. riverfronttimes. com/newsblog/2019/01/31/taking-on-cash-bail-policies-missouri-supreme-court-aims-to-end-debtors-prisons.
[2] Tony Messenger, "Unconstitutional Application of Cash Bail Makes St. Louis Less Safe, Conservative Group Argues," *St. Louis Post-Dispatch*, September 27, 2019, https://www. stltoday. com/news/local/columns/tony-messenger/messenger-unconstitutional-application-of-cash-bail-makes-st-louis-less-safe-conservative-group-argues/article _ b4777e3c-2b66-5716-afa5-f63c17febfbf.html.
[3] Messenger, "Unconstitutional Application of Cash Bail Makes St. Louis Less Safe."

事实上，这么做可能还弊大于利。

这是 2013 年一项得到罗拉和约翰·阿诺德基金会（Laura and John Arnold Foundation）资助的研究公布的结果，该研究调查了审判前被长时间羁押以及被签发传票后释放的被告人在肯塔基州的累犯率。①

研究发现，存在强有力的证据表明，相较于被释放回家、重新回到工作岗位和家人身边的被告人，那些因无力支付保释金而被羁押的被告人更有可能再次实施犯罪。得克萨斯公共政策基金会在其为"圣路易斯保释金"（St. Louis bail lawsuit）这起诉讼撰写的非当事人意见陈述中援引了该研究的相关结果。②

"圣路易斯的保释金系统剥夺公民的社区联系、增加他们未来实施犯罪活动的可能性，导致公民丧失自力更生之道，使社区变得更加脆弱。"基金会在其撰写的案件摘要中写道。在提及 2013 年这份研究时，该基金会写道：

"相比羁押时间不超过 24 小时的被告人，被羁押 2—3 天的低风险被告人在审判前再次犯罪的可能性要高出 40%，被羁押 31 天及以上的低风险被告人在审判前再次犯罪的可能性要高出 74%。"

\*

穆勒上任后，他标志性的债务人监狱案件涉及两个人，乔治·瑞奇（George Richey）和约翰·莱特（John Wright）。同穆勒代理的密苏里州乡村地区很多其他被告人一样，瑞奇和莱特也是白人。从全美范围内看，贫困犯罪化现象倾向于不成比例地影响有色人种；然而在

---

① *Pretrial Criminal Justice Research* (Laura and John Arnold Foundation, 2013), 5, https://cjcc.doj.wi.gov/sites/default/files/subcommittee/LJAF-Pretrial-CJ-Research-brief _ FNL. pdf.
② Messenger, "Unconstitutional Application of Cash Bail Makes St. Louis Less Safe."

堪萨斯城和圣路易斯的城镇之外,在同质化的密苏里乡村地区,受害者大多为白人。莱特生活在希金斯维尔(Higginsville),这是个人口约为 4 700 的小镇,属于乡村县拉斐特。① 要到那里去,你得在堪萨斯城东边 70 号州际公路上的引航卡车停靠站转北。如果到了联邦公墓(Confederate cemetery),你就走太远了。2016 年,莱特有一次搭计程车没付费。② 他自己不开车,19 岁那年造成创伤性脑损伤后就这样了。有时候他还健忘。莱特被指控犯有一项轻罪,被关进看守所,设定的保释金是 5 000 美元。莱特付不起,于是就在看守所蹲着。在那里待了大概 3 个月,他认罪了,然后被判入狱服刑。出狱时,县政府给他寄了一份 1 300 美元的账单。

至少从 19 世纪晚期开始,密苏里州就存在收取坐牢费的法律规定,③ 但曾经也有一段时期,像莱特这样的人并不会收到账单。例如,1909 年版本的密苏里州法律就允许各县收取坐牢费,但同时也规定"无力偿付的囚犯"除外。该法律似乎对服刑人员也更具怜悯之心,允许他们把自己准备的食物和寝具带进监狱,以此减少开销,也使牢狱生活更加舒适。④

这条法律的几个历史版本,会让我们回想起 20 世纪 60 年代的情

---

① "Higginsville, Missouri," City-Data.com, accessed November 3, 2020, http://www.city-data.com/city/Higginsville-Missouri.html.
② Tony Messenger, "Jailed for Being Poor Is a Missouri Epidemic," *St. Louis Post-Dispatch*, October 9, 2018, https://www.stltoday.com/news/local/columns/tony-messenger/messenger-jailed-for-being-poor-is-a-missouri-epidemic/article_be783c96-e713-59c9-9308-2f8ac5072a0c.html.
③ Mo. Stat. Ann. 1895 §4990, Missouri Session Laws 1895 at 178, available at https://mdh.contentdm.oclc.org/digital/collection/molaws/id/15731.
④ Tony Messenger, "St. Charles County Points the Way as Lawmakers Seek to End Debtors Prisons in Missouri," *St. Louis Post-Dispatch*, December 9, 2018, https://www.stltoday.com/news/local/columns/tony-messenger/messenger-st-charles-county-points-the-way-as-lawmakers-seek-to-end-debtors-prisons-in/article_337547b9-cca9-5f53-91ec-bd1fe9ae6965.html.

景喜剧《安迪·格里菲斯秀》(The Andy Griffith Show)中虚构的梅伯里小镇。镇上的酒鬼奥蒂斯常常自个儿游荡进监狱里,在酩酊大醉中睡死过去,等他酒醒了,毕姨妈会给他送去自家做好的饭菜。① 有时候,奥蒂斯还会用自己的钥匙打开监狱的门进去。这其实是一种根植在美国司法系统中的观念,就像穆勒在为他代理的其中一宗案件辩护时所说的一样。

"被告人必须拥有打开监牢之门的钥匙。"穆勒说。他这话的意思是被告人必须要有这样一个机会,能说出他们的保释金被定得过高。他们必须拥有获得律师帮助的机会,律师可以帮他们免于监禁。这套系统不允许法官只是把人关起来,然后把钥匙扔掉。如今的密苏里州法律不再有例外,不具备偿付能力的被告人不再被免除坐牢费。② 穆勒在该州各地就穷人由于无力承担此类账单而被羁押的多宗案件提起上诉,在这个过程中,他发现很多法官在设定保释金之前并不会花时间举行有关当事人偿付能力的听证会。

拉斐特县巡回法院普通法官凯利·罗斯(Kelly Rose)安排莱特在被释放出狱后每个月到庭报告所欠的1 300美元还款情况。③ 他到庭13次,前后支付了约380美元坐牢费账单。莱特知道,如果错过一次听证会或者停止付款,他就会重陷囹圄。

这同瑞奇的遭遇如出一辙。

2015年,沃伦斯堡(Warrensburg)的瑞奇因为涉嫌违反一项保护令而被捕。④ 这是轻罪,然而同莱特一样,他无力支付法官设定的保

---

① The Andy Griffith Show, produced by Sheldon Leonard and Danny Thomas, featuring Andy Griffith, Ronny Howard, Don Knotts, Frances Bavier, Elinor Donahue, and Jim Nabors, aired October 3, 1960-April 1, 1968, on CBS. Otis Campbell was played by Hal Smith.
② Messenger, "St. Charles County Points the Way."
③ Messenger, "Jailed for Being Poor."
④ Tony Messenger, "New Attorney General Joins the Fight Against Deb- (转下页)

释金，于是在看守所待了 90 天。瑞奇认罪后被判处监禁。① 他的监狱伙食费和住宿费总额为 3158 美元。当年年底，瑞奇没能如期还款，圣克莱尔县巡回法院普通法官杰瑞·瑞利汉（Jerry Rellihan）为此签发了逮捕令。

2016 年年初，瑞奇又在铁窗后度过了 65 天。到那时，他的监狱膳宿费已经超过 5000 美元。月复一月，瑞利汉把他传唤到阿普尔顿城（Appleton City）法院，此地是堪萨斯城东南部的一座小镇，人口约 1100 人。瑞奇没有交通工具载他每个月到那里去，因此他搬到了阿普尔顿城，自此颠沛流离，全部家当基本上都装在一个手提箱里。② 同莱特一样，他唯一的收入来源是联邦政府发放的每月 600 美元残疾补助金。

莱特和瑞奇的案子只是穆勒于 2017 年至 2019 年间在密苏里州代理诉讼的几十宗案件中的两宗。在每一宗案件里，这位年轻的公设辩护律师都答辩说，法院系统羁押这些来自乡村地区的被告人，其主要原因是他们贫穷，此举违反了密苏里州的法律。③ 他称之为"现代债务人监狱阴谋"，除此之外并无别的表述方式。在巡回法院一级，他几乎输掉了所有官司。他对抗的是多兰和罗斯那样的法官，这都在意料之中。然后他提出上诉，希望最后能打到密苏里州最高法院去。莱特和瑞奇的案子为颠覆这套系统提供了契机。

---

（接上页）tors Prisons in Missouri," *St. Louis Post-Dispatch*, January 8, 2019, https://www. stltoday. com/news/local/columns/tony-messenger/messenger-new-attorney-general-joins-the-fight-against-debtors-prisons-in-missouri/article_7f77d9ce-e7e2-5ff5-b905-e034a6c1ceb8.html.

① *State v. Richey*, 569 S.W.3d 420, 421 (Mo. banc 2019).
② Titus Wu and Jennifer Mosbrucker, "In Rural Missouri, Going to Jail Isn't Free. You Pay for It," *Columbia-Missourian*, December 19, 2018, https://www.columbiamissourian. com/news/state_news/in-rural-missouri-going-to-jail-isnt-free-you-pay-for-it/article_613b219a-f4d7-11e8-bf90-33125904976d.html.
③ Wu and Mosbrucker, "In Rural Missouri, Going to Jail Isn't Free."

2019年年初,穆勒迎来了愿意受理他上诉案件的密苏里州最高法院。在长达将近5年的时间里,密苏里最高法院一直专注于处理频频出现的"法院被充当收债机构"的问题①,而整件事从2014年8月9日迈克尔·布朗在弗格森遭警察枪杀后不久就开始了。②

布朗去世之后的几个月内,有人向密苏里最高法院正式呈递司法不当行为的相关证据:市镇法院无休止地搜刮贫困被告人,因其无力支付罚金而将其羁押,一再侵犯公民权利,为了筹集资金支持囊中羞涩的政府而使这些被告人本就极其困窘的财务状况进一步恶化。③尾灯坏了?开罚单。交不起罚金?签发逮捕令。不如期到庭?关进看守所。各个城市把他们的预算建立在这一收入来源之上,警察如果完不成配额任务,他们的工作就岌岌可危。④

市镇法院如此行径的受害者大部分是穷人和黑人。⑤乔治·瑞奇、布鲁克·卑尔根、维多利亚·布兰森、克里·布斯以及乡村地区

---

① Tony Messenger, "Missouri Supreme Court Draws a Line in the Sand on Rising Court Costs," *St. Louis Post-Dispatch*, April 12, 2017, https://www.stltoday.com/news/local/columns/tony-messenger/messenger-missouri-supreme-court-draws-a-line-in-the-sand/article_ab3d630f-908a-57a5-80c6-713bb45e6cfd.html; Editorial Board, "Missouri Supreme Court Must End the Ferguson Shake-Down," *St. Louis Post-Dispatch*, March 6, 2015, https://www.stltoday.com/opinion/editorial/editorial-missouri-supreme-court-must-end-the-ferguson-shake-down/article_91dd939f-9454-570d-9741-d98a637699bc.html.
② Tony Messenger, "Under Fire During Ferguson, Judge Waged Battle Behind the Scenes," *St. Louis Post-Dispatch*, March 28, 2017, https://www.stltoday.com/news/local/columns/tony-messenger/messenger-under-fire-during-ferguson-judge-waged-battle-behind-the/article_e0d017c7-c653-53c4-85bc-1383439d9695.html.
③ Messenger, "Under Fire During Ferguson."
④ Tony Messenger, "Cities Look Foolish Fighting Against Higher Police Standards," *St. Louis Post-Dispatch*, December 20, 2015, https://www.stltoday.com/news/local/columns/tony-messenger/messenger-cities-look-foolish-fighting-against-higher-police-standards/article_6b6225b1-928a-5f97-84fc-1585624826fc.html.
⑤ Messenger, "Cities Look Foolish Fighting Against Higher Police Standards."

深受监狱膳宿费之苦的其他受害者们，大多都是穷人和白人。

2015年，玛丽·拉塞尔（Mary Russell）是当时密苏里州最高法院的首席法官。弗格森和圣路易斯街头爆发抗议仅仅几个月之后，在对密苏里州议会的年度演讲中，她谈到了当时各法院正在发生的根本性的不公正现象：

"法院的存在，其首要目的在于帮助人们解决法律争端。若做不到，反而去充当选拔和雇佣法院工作人员及法官的各座城市的收入来源，且不说会造成什么后果，但至少会导致人们认为司法公正被削弱。"拉塞尔说，"重要的是，要确保全州上下各市政部门不受经济驱使，而以法治下的公正理念为动力。最高法院已经准备好与诸位通力合作，确保在市政法院出庭的人们都得到公平和受尊重的对待。"①

那一年，密苏里州最高法院发布了几项新规定，限制市政法院滥用职权，其中有一条就要求进行偿付能力听证会。② 密苏里州议会则通过了一项法律，限制城市依靠交通罚金攫取收入。③ 该法律要求进行常规审计，确保各城市遵守该规定。

到2019年年初，穆勒将莱特和瑞奇的案子上诉至密苏里州最高法院时，拉塞尔已经不再是首席法官，但仍在法院任职。④ 她与另两位供职于七人法庭的女性——帕特里夏·布雷肯里奇和劳拉·丹弗·

---

① Chief Judge Mary R. Russell, "State of the Judiciary," January 22, 2015, https://www.courts.mo.gov/page.jsp?id=82876; Tony Messenger, "Time for Missouri's Leaders to Put the Debtors' Prison Band Back Together," *St. Louis Post-Dispatch*, November 22, 2018, https://www.stltoday.com/news/local/columns/tony-messenger/messenger-time-for-missouris-leaders-to-put-the-debtors-prison-band-back-together/article_a0d035e0-e972-53be-84b1-b5754f3373e1.html.
② Editorial Board, "Missouri Supreme Court Wades into Ferguson. Excellent," *St. Louis Post-Dispatch*, January 7, 2015, https://www.stltoday.com/opinion/editorial/editorial-missouri-supreme-court-wades-into-ferguson-excellent/article_28660c33-6f16-55d5-815f-a728d729dc78.html.
③ S.B. 5(2015); Mo. Rev. Stat. § 67.287.
④ State v. Richey, 569 S.W.3d 420, 420 (Mo. Banc 2019).

斯蒂斯（Laura Denvir Stith）——似乎对因为付不起首期坐牢费而将贫困的密苏里人重新打入大牢的这种行径尤其感到不安。

在最高法院打官司时，穆勒效仿了爱德华·克劳福德（Edward Crawford）那股精神。克劳福德在2014年的弗格森抗议中，被我的同事罗伯特·科恩（Robert Cohen）拍了下来，照片后来获得普利策新闻摄影奖，成为历史上这一刻最直抒胸臆和最具象征意味的照片。[1] 身穿印有美国国旗T恤的克劳福德，是一名披着长发辫的黑人，他手里攥着一枚警方投掷在抗议者和儿童身旁的催泪瓦斯弹。他当时把它扔了回去，对很多人而言，这张照片成了"黑人的命也是命"运动（Black Lives Matter movement）的视觉象征，成了我们这个时代的一种隐喻。[2]

穆勒站在密苏里州最高法院7位身穿黑色法官袍的法官面前时，看上去有些格格不入。这是时年30岁、高高瘦瘦的穆勒第一次在最高法院辩护。[3] 比起来自他母校密苏里大学法学院那几个坐在审判室后两排的法学专业学生，穆勒的年纪大不了多少。他们的在场赫然昭示着这里即将有重要的事情发生。

穆勒身穿深色西装，一头黑发有些凌乱，脸上永远带着微笑。即便身高1.86米，他还是得抬头仰视坐在锃亮的镶木高台后黑色皮椅

---

[1] "Photography Staff of *St. Louis Post-Dispatch*," The Pulitzer Prizes, accessed October 23, 2020, https://www.pulitzer.org/winners/photography-staff-1.

[2] Kim Bell, "Protester Featured In Iconic Ferguson Photo Found Dead of Self-Inflicted Gunshot Wound," *St. Louis Post-Dispatch*, May 5, 2017, https://www.stltoday.com/news/local/crime-and-courts/protester-featured-in-iconic-ferguson-photo-found-dead-of-self-inflicted-gunshot-wound/article_072602fb-99f1-531f-aa1c-b971e8b32566.html.

[3] Tony Messenger, "Lines Drawn in Missouri Debtors Prison Debate: Extortion vs. Freedom," *St. Louis Post-Dispatch*, February 7, 2019, https://www.stltoday.com/news/local/columns/tony-messenger/messenger-lines-drawn-in-missouri-debtors-prison-debate-extortion-vs-freedom/article_71931341-9202-538b-aaa7-535b4d3f9047.html.

上的几位法官。穆勒的女朋友和父母坐在听众席。在这里，穆勒把一个法律炸弹抛回给法院，请求几位大法官约束那些县法官，称后者正在践踏密苏里州乡村地区人民的多项权利。密苏里州最高法院没有躲闪。恰恰相反，它给了穆勒年轻的职业生涯中最大的一场胜利。拉塞尔撰写了几位法官一致通过的决定，宣布密苏里州乡村地区的债务人监狱之举即将终结。①

"对于法院无从划归为诉讼费的各项债务，各法院不应要求当事人为之一再到庭。有关瑞奇一案，巡回法院不应因其未能支付此类债务而将其再次羁押。"拉塞尔在 2019 年 3 月的意见书中写道。②

该案的关键，在于密苏里州议会并未将监狱膳宿费作为诉讼费正式编纂为法规条款，这就意味着各县是可以收取这笔费用的，只不过不能通过法院系统。对那些无力承担这笔钱的被告人造成的后果，也可以是文明而温和的，比如截停退税；不涉及犯罪性质的，比如在看守所待久一点。③

卑尔根不再因为欠法院钱没还而面临监禁的威胁了。瑞奇、莱特以及成千上万名像他们这样的密苏里州人都不受这种威胁了。

"我感觉自己能再次呼吸了。"法院判决出来之后，一位有着类似遭遇的被告人告诉我。一直以来令密苏里州穷人们窒息的法律催泪瓦斯释放出来的浓烟被驱散了。

时间上有些凑巧的是，就在该判决出来的一个月前，美国联邦最高法院在"廷布斯诉印第安纳州案"中一致判定，美国宪法第八修正案反对处以过重罚金的规定同样适用于各州。④ 该修正案确保的是不施以过度的惩罚性经济制裁，在此原话重引就是"对我们有序的自由

---

① *State v. Richey*, 569 S.W.3d at 425.
② *State v. Richey*, 569 S.W.3d at 425.
③ *State v. Richey*, 569 S.W.3d at 425.
④ *Timbs v. Indiana*, 139 S. Ct. 682(2019).

之宏图具有根本性意义"以及"深植于美国的历史和传统之中"。美国联邦最高法院大法官鲁斯·巴德·金斯伯格（Ruth Bader Ginsburg）在一份裁决中写道，这项决定极有可能彻底根除这个国家对法院罚金及诉讼费的病态痴迷。

两份一致裁决是终结贫困犯罪化现象的巨大胜利。这些决定在全国各地的法院和州议会大厦之间回荡。法官和立法者们致力于推动刑事司法系统改革，在各法院加班加点地使那些缺乏经济资源之人的公民权利不至于遭到践踏，从而缓解他们窘迫的现状。

*

然而，对有些人来说，比如卑尔根和瑞奇，损害业已造成，并且持续至今。法院判决瑞奇不该因其未能支付此前的监狱账单而被羁押，而且尚未偿还的部分从此一笔勾销，但他交出去的钱已经要不回来了。① 就在这项从今往后都与他的名字脱不了干系的决定被公布几个月之后，他又进了看守所。② 瑞利汉法官以一项扰乱治安的轻罪造成违反缓刑规定为由，判处他两年监禁。就像电视里的酒鬼奥蒂斯，瑞奇喝酒时自个儿惹祸上身了。

进监狱之前，瑞奇把所有的行李打包装进一个储物箱，他儿子却忘了付账单。

"我什么都没有了。"瑞奇从圣克莱尔县看守所给我打电话时说。

瑞奇将会拿到另一份坐牢费账单，比起把官司打到密苏里州最高法院那一次，此次账单金额更高。在密苏里州的监狱里，超过 50%

---

① *State v. Richey*, 569 S.W.3d at 425–26.
② Tony Messenger, "Veteran Who Spurred Historic Missouri Debtors Prison Ruling Finds Himself Back Behind Bars," *St. Louis Post-Dispatch*, February 5, 2020, https://www.stltoday.com/news/local/columns/tony-messenger/messenger-veteran-who-spurred-historic-missouri-debtors-prison-ruling-finds-himself-back-behind-bars/article_85a36bb3-749c-5eae-8231-3771d19593cf.html.

的在押人员都属于违反缓刑或假释规定。① 而违反缓刑规定的行为表现之一就是未能如期支付帐单,瑞奇当前的案子也是如此。② 密苏里州并非孤例。在爱达荷州、威斯康星州、密苏里州和阿肯色州,超过50%的监狱人口都属于犯有州政府委员会司法中心(Justice Center of the Council of State Governments)所说的"缓刑被监督期间的违反行为"(supervisory violations),其中为数最多的就是未能支付坐牢费账单。全美有13个州的监狱人口的三分之一甚至更多,入狱原因类似于瑞奇重回看守所之前出现的违反缓刑规定行为。③

前进一步,后退两步。

2019年8月,ACD律师事务所的迈克尔-约翰·沃斯驱车4小时穿过密苏里州的广袤乡村去探访监狱里的瑞奇。2014年布朗被枪杀后,ACD律师事务所针对圣路易斯县包括弗格森在内的多个城市提起群体诉讼,就此引发公众对市政法院滥用职权收费现象的关注。

沃斯和他的伙伴们在穆勒未能顾及的地方开始发力,致力于找机会发起民事诉讼,把贫困被告人被法院非法敛收的钱找回来,因为他们的权利本该得到法院的保护。通过密苏里州的法院系统,其他类似的诉讼也正在取得进展,这其中最高法院有关瑞奇案所做的决定也起

---

① Jesse Bogan and Kurt Erickson, "Missouri Faces Choice: Improve Prison System or Build Two New Lockups, Task Force Warns," *St. Louis Post-Dispatch*, January 4, 2018, https://www.stltoday.com/news/local/state-and-regional/missouri-faces-choice-improve-prison-system-or-build-two-new-lockups-task-force-warns/article_22a8a62f-9ddb-58e2-bbdc-df396b1020cd.html.

② *State v. Richey*, 569 S. W. 3d at 425; Tony Messenger, "Rural Missouri Judges Are Still Holding on to Debtors Prison Scheme," *St. Louis Post-Dispatch*, May 10, 2019, https://www.stltoday.com/news/local/columns/tony-messenger/messenger-rural-missouri-judges-are-still-holding-on-to-debtors-prison-scheme/article_9a0a5e65-097c-588f-9214-bc003df86bcc.html.

③ "Confined and Costly: How Supervision Violations Are Filling Prisons and Burdening Budgets," Justice Center, Council of State Governments, June 18, 2019, https://csgjusticecenter.org/publications/confined-costly/.

到了激励作用。这是保护密苏里州乃至全美国的穷人不受司法人员职权滥用之害这场战斗的最前线。

"我们在市政法院也看到,罔顾正当程序原则、滥用司法职权的现象同样发生在巡回法院一级,"沃斯说,"这套法律体系在以某种方式为有钱人服务,对没有钱的人却是另一副样子。它就是被设计成这样的。"①

---

① Tony Messenger, "A Happy Ending for St. Louis Woman Who Faced Six Months in Rural Jail Over Speeding Ticket," *St. Louis Post-Dispatch*, January 27, 2019, https://www.stltoday.com/news/local/columns/tony-messenger/messenger-a-happy-ending-for-st-louis-woman-who-faced-six-months-in-rural-jail/article_9a1d621e-d1f5-591b-99d5-3353439f0e93.html.

## 第七章　法官对阵

**密苏里州金斯顿市 2019 年 3 月**

巡回法院普通法官杰森·卡诺伊手头堆满了密苏里州最高法院宣布不可再进行付款审查听证会的待审积案。

"情况发生变化了。"他对站在面前的一位被告人宣布道,那天总共安排了 31 位被告人参加听证会。①

这位被告人是一名油漆工,他身体前后晃动时,金斯顿市这间位于法院二楼历史悠久的审判室的木地板在脚下嘎吱作响。②他的处境并不好受。他付不起之前发生的那笔监狱住宿费。他到庭是为了向卡诺伊解释,在工作机会稀少的乡村很难找到活儿干。

这位油漆匠不知道的是,就在 48 小时前,一群身穿黑袍的法官已经作出裁决:他不必再到卡诺伊面前来了。他的账可能还会有人继续收,但如果付不起,州里不能再威胁重新把他关起来。③密苏里州最高法院一致判定,法官不能强迫被告人每个月到庭,并在后者无力支付监狱住宿费账单时威胁延长其刑期。这已经是两天前发生的事了。

卡诺伊并没有将此事告诉他。

"手头一堆案子,都是别人欠我们钱,"卡诺伊说,"我还得全部复审一遍。"④

那天开庭之前，公设辩护人办公室负责人迈克尔·巴瑞特和我约在"红公鸡"咖啡馆一起吃午饭。那是波洛镇（Polo）一家简陋狭小的小餐馆，从法院往南沿 13 号公路行驶约 10 分钟车程。我俩开玩笑说，当天开车最好悠着点儿，要是被人逮着机会给我们随便哪个开一张高额罚单，要给考德威尔县的小金库添点儿料，没有比这更让地方治安官称心如意的了。

波洛镇是尼古拉斯·T. 麦克纳博（Nicholas T. McNab）小时候生活过的地方，他是个白人。2008 年，他 17 岁，和几个伙伴闯入某处球场的小卖部，偷了些糖块、太妃糖和牛肉干。⑤ 这不过是些不怀好意的毛头小子惹是生非罢了。

麦克纳博被关进看守所，设定的现金保释金是 10 000 美元。他在看守所待了 8 天，对盗窃轻罪作了认罪答辩，然后被判入狱服刑。60 天监禁，缓期执行，另加 2 年缓刑。⑥

两年之后，就在缓刑即将结束时，私营缓刑公司安排他做了一次毒品检测。麦克纳博没通过，于是又以违反缓刑规定之由被收押。

及至出狱，他总共欠下 2 000 美元监狱住宿费。10 年之后，在我开始撰写有关卡诺伊这位密苏里州收取此类费用的典型人物时，麦克

---

① Tony Messenger, "Two Days After Debtors Prison Ruling, Missouri Judge Tries to Collect Pay-to-Stay Bills," *St. Louis Post-Dispatch*, March 22, 2019, https://www.stltoday.com/news/local/columns/tony-messenger/messenger-two-days-after-debtors-prison-ruling-missouri-judge-tries-to-collect-pay-to-stay/article_4e735ee5-1744-5ef4-a7b1-c3c73b2adeb8.html.
② Messenger, "Two Days After Debtors Prison Ruling."
③ Messenger, "Two Days After Debtors Prison Ruling."
④ Messenger, "Two Days After Debtors Prison Ruling."
⑤ Tony Messenger, "With Unified Voice, Missouri Supreme Court Signals an End to Debtors Prison Scheme," *St. Louis Post-Dispatch*, March 20, 2019, https://www.stltoday.com/news/local/columns/tony-messenger/messenger-with-unified-voice-missouri-supreme-court-signals-an-end-to-debtors-prison-scheme/article_fd1f0999-667c-5a8d-91d5-de9f69d37539.html.
⑥ Messenger, "With Unified Voice."

纳博依然在被安排着每月到庭参加付款审查听证会。

太可耻了,吉姆·拉斯特(Jim Rust)说。他是当地的一名律师,曾经代理麦克纳博一宗持有毒品工具的轻罪指控。

"这孩子不是罪犯,"拉斯特指的是麦克纳博,"他只是个想方设法把日子过下去的小镇青年。"①

拉斯特把付款审查听证会称为双重险境,生活在贫困之中的被告人因为同一宗罪行一遍遍地受到惩罚。

"这种事情我们这里经常发生,"拉斯特说,"不单是卡诺伊法官一人。这玩意儿必须打住。"

密苏里州最高法院2019年3月作出的历史性一致裁决,说的也是这个意思。

然而它并没有打住。不是每一间审判室都如此。

卡诺伊那天安排三十多个人到庭,每一宗案件都出于同一个原因:钱。② 这些被告人都欠考德威尔县政府钱,大多数都属于监狱住宿费,而他们都已刑满释放。如今密苏里州最高法院已经终结法庭职权以外的这一程序,该系统原本允许卡诺伊对他所在县的9 100位居民每人收取16.47美元,人均金额高出密苏里州任何一个县。因此卡诺伊在法庭上说,他需要"复审"一些东西。如此一来,他非但没有取消听证会,反而每个月弄出一些新花样。在想明白要如何应对最高法院的裁决之后,他要求被告人再次到庭。巴瑞特认为,卡诺伊在拖延时间,或者说在明目张胆地无视密苏里州最高法院所作的裁决。此人把听证会都推迟,这样就能想到法子,确保他收费的

---

① Tony Messenger, "A Tale of Two Counties on Opposite Ends of Missouri's Debtors' Prison Cycle," *St. Louis Post-Dispatch*, November 30, 2018, https://www. stltoday. com/news/local/columns/tony-messenger/messenger-a-tale-of-two-counties-on-opposite-ends-of-missouris-debtors-prison-cycle/article _ a182e3eb-a974-5f99-9ff0-72fb7de6e031.html.
② Messenger, "Two Days After Debtors Prison Ruling."

事不受妨碍。

那天在审判室的被告人中，有一位名叫杰森·夏普（Jason Sharp），我在几个月前写过他的事迹。夏普知道密苏里州最高法院的裁决。从我写文章报道他的案子之后，我们通过"脸书"常有互动。但他同样也知道自己那天不得不出现在卡诺伊的审判室里，否则就可能面临更长时间的牢狱生活。

有一张针对他的逮捕令尚未执行。[①]

夏普与卡诺伊的交手始于 2012 年，当时他拖欠了 350 美元子女抚养费。[②] 同许多其他州一样，密苏里州把未支付子女抚养费视为犯罪。这是个"第二十二条军规"（Catch-22）[③] 式的两难困境。像夏普这样的男性和维多利亚·布兰森那样的女性，他们是应该支付子女抚养费。但当经济困难迫使他们拖欠，这时将他们投入监狱，对这些已经为人父母的人来说，实际上会使窘境中的他们雪上加霜，最后落得骨肉分离。对此，圣路易斯的律师斯蒂芬妮·拉默斯（Stephanie

---

① Tony Messenger, "Public Defender Alleges Missouri Judge Is Ignoring Double Jeopardy Protections," *St. Louis Post-Dispatch*, February 22, 2019, https://www.stltoday.com/news/local/columns/tony-messenger/messenger-public-defender-alleges-missouri-judge-is-ignoring-double-jeopardy-protections/article_bfd61703-7785-5907-a853-af46eec0fdf9.html.

② Messenger, "Public Defender Alleges Missouri Judge Is Ignoring Double Jeopardy Protections."

③ 第二十二条军规：《第二十二条军规》是美国作家约瑟夫·海勒（Joseph Heller）创作的长篇小说。该作品以第二次世界大战为背景，通过叙述驻扎在地中海某岛美国空军飞行大队所发生的系列事件，揭示了一个非理性、无秩序、梦魇似的荒诞世界。小说中的"第二十二条军规"规定，只有疯子才能获准免于飞行，但必须由本人提出申请；然而你一旦提出申请，恰好又证明你是一个正常人。此外军规还规定，飞行员飞满 25 架次就能回国；但同时又强调，你必须绝对服从命令，否则不能回国。为此，小说主人公不得不在生死线上苟且偷生，同时也发现原来世到处暗藏这种荒唐的圈套。"第二十二条军规"如今已成为英语中的惯用语，指的是有些事看起来有道理、合逻辑，实际上荒唐、疯狂又可怕。——译者

Lummus)表示,类似吊销司机驾照的做法是在自拆台脚。① 2018年,她针对密苏里州吊销拖欠子女抚养费之人驾照一事提出控告,答辩时称此举有违正当程序原则,不符合联邦宪法相关规定。

"我们束缚住他们的手脚,而这些人恰恰就是我们希望其出去找份工作的人。"拉默斯说。

当年夏普拖欠子女抚养费时,卡诺伊签发了一张逮捕令。他在一次交通截停后,被逮住关进看守所。因为付不起保释金,夏普在那里蹲了 30 天。他对拖欠子女抚养费这项轻罪作认罪答辩,随后被判刑。他被判处 2 年缓刑,受一家私营缓刑公司监督。几个月后,他拖欠了约 1500 美元的监狱住宿费。与此同时,缓刑规定之一是他必须找到工作,而他也没能办到。

"我试着找份工作,"夏普告诉我,"可我全部时间都用来还这些钱了。我每个月都得去法院。"

卡诺伊以违反缓刑规定为由认定他有罪。注意,夏普已经补上了该给的子女抚养费。但如今,夏普的坐牢费还一直欠着。在随后的几年里,夏普有两次拖欠或者错过出庭日期,继而又被关进看守所好几天。账单上的数字持续上涨。

于是到了 2019 年,即便密苏里州最高法院已经表明要求他到庭这种操作属于违法,夏普仍不得不出庭接受卡诺伊的审问。

"筛查信息需要一段时间,"卡诺伊告诉夏普,"我们之间'小小的闲聊'以后再也不会有啦。"

然而对于夏普以及那天到庭接受卡诺伊审问的其他人来说,这

---

① Tony Messenger, "With Smart Move on Child Support, Bell Joins Battle Against Debtors' Prisons," *St. Louis Post-Dispatch*, January 11, 2019, https://www.stltoday.com/news/local/columns/tony-messenger/messenger-with-smart-move-on-child-support-bell-joins-battle-against-debtors-prisons/article_6bc3e9e6-ffd2-5e60-935e-bdfc4610252d.html.

"小小的闲聊"并没有就此结束。卡诺伊安排夏普 5 月份再来，大多数其他被告人同样如此。① 他们当中的大部分已经尽其所能还钱了。每次还一点，多年来一直如此。然而卡诺伊把已还的大部分款项首先划归为监狱膳宿费，这就意味着很多人仍然欠着其他类型的罚金和诉讼费。即便剩余未还的监狱膳宿费必须划入民事收费类别，但光凭这些债，当局也能要求他们到庭受审。

我们不妨这样来看待这件事：对于像夏普这样的被告人来说，他们的初始账单包含诸如 3 美元的地方治安官退休金，以及其他形形色色的各类小额罚金及诉讼费。然而，如果他们永远没办法把这份账单中占最大头的监狱住宿费还清，那么其他类型的费用仍在账上挂着，并且可以拿来当成借口迫使被告人再一次到庭受审。

庭审结束后，迈克尔·巴瑞特和马修·穆勒见了夏普一面，双方交换了电话号码。这两位公设辩护律师将会密切留意卡诺伊的动向。"他本该取消所有这些听证会的。"巴瑞特说。

次日，这位公设辩护人办公室的负责人给卡诺伊去了封信，提醒他注意密苏里州最高法院公布的决定。"停止利用您所在的法院为给考德威尔县政府获取收入而作贱穷人的自由。"巴瑞特写道。

\*

从某种程度上来说，像卡诺伊这样的法官并不对州最高法院负责。他们对选民负责。同密苏里州大多数法官一样，卡诺伊是通过四年一次的地方选举选上来的。② 而密苏里州最高法院、州上诉法院以及该州几个大城市的巡回法院的法官们，则是通过《密苏里州非党派化法官遴选方案》(Missouri Nonpartisan Court Plan) 任命的。该方

---

① Messenger, "Two Days After Debtors Prison Ruling."
② "Nonpartisan Court Plan," Missouri Courts, accessed October 27, 2020, https://www.courts.mo.gov/page.jsp?id=297.

案在美国俗称《密苏里方案》(Missouri Plan)。[1] 同一个州的不同法官,经由不同方式遴选任命或选举上任,这种双管齐下的做法对各种形式的刑事司法改革来说,都是一个政治性障碍。在穆勒看来,破除贫困犯罪化现象的这把钥匙是在法官手里握着的,其重要性堪比甚至大于检察官或警察。

"大多数刑事辩护律师都会不假思索地说,我们系统中存在的不公正现象取决于警察和检察官。"穆勒说,"我不同意这种看法。在大多数情况下,我认为检察官和警察的工作都很出色。当然也有一些例外情况,但总体而言,他们都是尽其所能恪尽职守的正派人士。在我看来,我们刑事司法系统中的不公正现象取决于法官。"

这就是为什么,穆勒举例说,大卫·安德鲁·多兰法官在审蒂德维尔一案时会如此鄙薄地挖苦他;这也是为什么像登特县的布兰迪·贝尔德、圣弗朗索瓦县的桑德拉·马丁内斯以及考德威尔县的卡诺伊那样的法官会如此不假思索地驳回他针对他们作出因贫困而将被告人羁押这种判决而提起的几番上诉。

"我提出动议,不是指控警察对我的委托人进行非法搜查,或者说检察官未能披露某种证据。"穆勒说,"我走进(多兰的)审判室,告诉他不能因为监狱膳宿费的事把穷人关起来。我告诉他,他当时的所作所为是不对的。很多人想当然地以为法官不会犯错。他们觉得要是有什么不公正的事情发生,那是警察或者检察官造成的。然而事情并不总是如此。面对我们的法官,同样得保持警惕之心。"

从这个方面看,了解法官如何获得并保住其职位,是了解贫困犯罪化是如何在他们眼皮子底下发生的关键。

密苏里州历史上曾经有段时期,所有法官都是选举上任的。但是

---

[1] "Nonpartisan Court Plan," Missouri Courts.

汤姆·彭德格斯特（Tom Pendergast）改变了这一切。[1] 1925 年至 1939 年期间，彭德格斯特是堪萨斯城的政坛幕后老大。这位爱尔兰移民的后裔是家中 9 个孩子里的老幺。他生于 1872 年，出生地在密苏里州的圣约瑟夫市（St. Joseph），父母亲是迈克尔（Micheal）和玛丽·蕾蒂·彭德格斯特（Mary Reidy Pendergast）。汤姆跟着此前已经搬到堪萨斯城、在那里做过好几份工、后来成为"美国之家"老板的兄长詹姆斯（James）打拼。"美国之家"是密苏里河附近西底社区（West Bottoms）的一家酒店兼酒馆。[2] 在世纪之交，这片社区是低薪劳动者和移民在艰苦的体力工作岗位上长时间辛勤劳作的地方，肉类加工厂、铁路站场、货仓等不一而足。这里有黑人、白人和深肤色人种，几乎全都极度贫困。

彭德格斯特后来脱颖而出，成为其中的优胜者和腐败者，而其他人则成为彭德格斯特政治机器的早期基础。同兄长詹姆斯一样，汤姆·彭德格斯特设法入选堪萨斯城的市政委员会委员，通过到处向选区和市级官员施以小恩小惠，控制了投给民主党人的选票。然而他的野心却比兄长大得多。彭德格斯特盘算着要是能控制住足够多的选区和地方选票，很快全州的政界人士都会对他青睐有加。他建造起一个以酒馆、混凝土业务、博彩业和建筑工人联盟为依托的商业帝国，每个参与其中的人都有利可图，以此交换选举日的选票。

借由他精心挑选的堪萨斯城执政官亨利·麦克尔罗伊（Henry McElroy）之手，彭德格斯特控制了几百万美元的纳税人资金，其中

---

[1] "Celebrating 75 Years of the Missouri Plan," Missouri Bar, November 5, 2015, http://missourilawyershelp.org/celebrating-75-years-of-the-missouri-plan/.

[2] "Historic Missourians: Thomas J. Pendergast," State Historical Society of Missouri, accessed October 27, 2020, https://historicmissourians.shsmo.org/historicmissourians/name/p/pendergast/index.html.

有一部分是联邦政府用于经济大萧条时期帮助人们就业的钱。① 麦克尔罗伊用这些钱雇佣彭德格斯特的工人，后者又会把其中的大部分用于运转这台政治机器而不是去干实事。

1932年，彭德格斯特的政治机器助力盖伊·帕克（Guy Park）顺利当选密苏里州州长，此人之前是一名法官。很快，彭德格斯特便授意州政府任命对其政治机器友好的官员，确保该州与其友人签订各类契约，而他本人也能从中分得一杯羹。这一系列操作有时只需彭德格斯特给州长写封简单的信即可敲定。

"我亲爱的州长，"彭德格斯特在1934年5月8日致帕克的一封信中写道，"我把赫尔曼·弗兰姆先生（Herman Fram）介绍给您，他同我们在堪萨斯城这里的组织建立了良好的关系。弗兰姆先生希望从州政府手里获得某些商业机会，您为他做的任何事情，我都将心存感谢。"②

没过多久，彭德格斯特甚至开始往法院里塞效忠于他的法官。在密苏里州某些高层官员看来，这一步实在迈得太大。自美国内战之后，密苏里州地方警察局一直处于州政府控制之下。密苏里州最高法院裁定堪萨斯城可以接管地方警察局后，麦克尔罗伊竭力确保警察局对他自己负责，并奉行一条简单的规矩：不要理会彭德格斯特。③

到了1937年，彭德格斯特甚至有可能控制法院，密苏里州的法律界为此惊骇万分。于是，一群约80人组成的民主党和共和党小团体在该州中部哥伦比亚市的"老虎"酒店碰头，商议新的应对之策。与会者中，有些是州内最著名的大律师，其中包括今日仍在美国享有盛誉的名

---

① William Worley, "The Decline and Fall of the Pendergast Machine," The Pendergast Years, Kansas City Public Library, https://pendergastkc.org/article/decline-and-fall-pendergast-machine.
② Worley, "The Decline and Fall of the Pendergast Machine."
③ Worley, "The Decline and Fall of the Pendergast Machine."

门望族子弟：老拉什·哈德森·林博（Rush Hudson Limbaugh Sr.）。[1]

林博是著名保守派媒体名人拉什·林博（Rush Limbaugh）的祖父，开普吉拉多市（Cape Girardeau）的一名律师及前州众议院议员，积极参与民主政治。这些律师成立了密苏里司法协会（Missouri Institute for the Administration of Justice），建议通过举荐贤能来选出该州最高级别的法官，而不是通过选举，以此确保法官的稳定高质量，并且在政治上拥有某种程度的独立性。

这些律师在全州范围内集齐足够多的签名，以期在 1940 年 11 月 5 日的无记名投票中提出有关修改州宪法的提案。这项倡议获得通过，《密苏里州非党派化法官遴选方案》就此产生，这在全美尚属首创。如此一来，至少在圣路易斯、堪萨斯城以及各上诉法院的部分法官，将会通过举贤任能的途径被选出。

《密苏里方案》的运作方式是这样的：

当法官职位出现空缺时，律师们向法官提名委员会申请。该委员会由律师、普通市民以及州长任命的地方官员组成。这些官员的任期是错开的，因此时任州长并不会对其具有太大影响力。法官提名委员会对申请者进行面试，并基于业绩打分。[2] 在该方案设立之初，这一过程是秘而不宣的。但从 2005 年前后开始，在时任密苏里州最高法院大法官威廉·雷·普莱斯（William Ray Price）领导下，评估过程开始公之于众。[3]

法官提名委员会将最终遴选出来的三位候选人名单提交给州长，后者择其一任命为法官。该法官上任一年后必须参加选民投票的留任

---

[1] "Celebrating 75 Years of the Missouri Plan," Missouri Bar.
[2] "The Missouri Plan," Your Missouri Judges, accessed October 27, 2020, http://www.yourmissourijudges.org/missouri-plan/.
[3] Tony Messenger, "Missouri Plan for Selecting Judges Faces New Challenge," *St. Louis Post-Dispatch*, November 27, 2010, https://www.stltoday.com/news/local/govt-and-politics/missouri-plan-for-selecting-judges-faces-new-challenge/art-icle_7fb91810-c4da-5957-951d-daec4f112746.html.

选举，即在没有竞争者的情况下通过赞成或反对票决定此人是否继续任职。如果被选上留任，该法官则在此后的每一届任期内参加一次留任选举，巡回法院法官任期 6 年，上诉法院法官任期 12 年。①

  该方案并没有完全剔除选举过程中的政治因素。在过去，身为共和党人的几位州长收到的法官候选人名单中，至少有一位与之有着相近的政治信仰；身为民主党人的州长也同样如此。然而，这份方案显著地降低了像彭德格斯特那样的腐败政客控制官员任命或者左右地方选举这种事件发生的可能性。

  自 1940 年选民们采用《密苏里方案》后，基于业绩选拔法官的构想传遍了整个美国。有 38 个州采用了与之类似的方案，用于选拔各州内至少部分法官，尤其用于选拔上诉法院的法官。②

  "在上诉法院，非党派化方案已经在很大程度上保护法官们免于被人认为有特定政治倾向，"密苏里州最高法院前大法官、圣路易斯大学法学院业已退休的荣誉院长迈克尔·沃尔夫（Michael Wolff）说，"它有助于保护上诉法院的法官们，因为他们在上诉法院里是 3 个人一组，在最高法院里则几乎总是 7 个人一组。如果你在街上问问最先遇到的 20 个人，请他们只说出密苏里州最高法院一位法官的名字，你就会了解这些法官是多么默默无闻。"

  然而，这样的默默无闻并不能用来形容密苏里州乡村地区的各处法院，这里的法官们是党派选举而来的。一些反对《密苏里方案》的政界人士指出选民们与地方法官之间彼此熟稔，理应规避。他们继而认为这是党派选举更受青睐的原因。此类选举同时也能用来解释为什

---

① "The Missouri Plan."
② James A. Gleason, "State Judicial Selection Methods as Public Policy: The Missouri Plan" (dissertation, Purdue University, December 2016), 90, https://docs.lib.purdue.edu/cgi/viewcontent.cgi?article=2147&context=open_access_di-ssertations.

么收取监狱膳宿费和把付不起这些费用的人们重新关进监狱这样的行径持续了如此之久。密苏里州几个大城市在非党派化遴选方案下任命的法官们并没有收取监狱膳宿费,这绝非巧合。

像塞勒姆和法明顿这样的小镇,其法院位于镇中心。地方选举一般聚焦于在那些庄严雄伟的大楼里工作的4个关键人物:地方治安官、检察官、县长以及法官。在收取被告人罚金及诉讼费的这一过程中,这4位重要人物都是关键因素;而对于那些无力承担的人们而言,收取罚金和诉讼费又被当作监禁的先兆。

"地方法官对本地选民和其他地方官员是很敏感的,"沃尔夫说,"对监狱膳宿费也是如此。法官们可能一直尝试取悦县政府的高级官员,因为除了法官助理、某些书记员和主管少年犯罪的警官的工资,他们掌握着法院方方面面的预算。地方选举上来的法官,有一些就是卑鄙的混蛋,他们或许是选民的代表。有时候如果某位法官对犯罪心慈手软,他/她可能会招致地方检察官的针锋相对。安德鲁·杰克逊(Andrew Jackson)[①] 这位最先出现的'特朗普主义者'在美国领导了选举法官的运动,而大多数国家则更为理智。"

例如在法国,法官们必须通过严格的业绩选拔程序,在正式任职之前必须前往专门的法官学校进修学习。大多数工业化国家都有类似的业绩选拔过程。除美国之外,主要的工业国家中只有日本和瑞士的法官是经司法选举产生。[②]

---

[①] 安德鲁·杰克逊(1767年3月15日—1845年6月8日):美国第7任总统,也是美国第一位民主党总统。他在任内大力加强总统职权,极力维护联邦统一,专制手腕也引发较大争议。他颁布的印第安人迁移政策招致众多批评,原住民称其为"印第安杀手"。杰克逊是特朗普最崇拜的政治偶像,两人同被视为奉行"美式民粹主义"——译者

[②] Adam Liptak, "U. S. Voting for Judges Perplexes Other Nations," *New York Times*, May 25, 2008, https://www.nytimes.com/2008/05/25/world/americas/25iht-judge.4.13194819.html.

俄勒冈州最高法院前大法官汉斯·林德（Hans Linde）在1988年的演讲中对这一现实表示遗憾："在世界其他地方看来，美国人对司法选举的坚持同我们对业绩选拔体系的拒斥一样令人费解。"①

加利福尼亚州前法官丽莎·福斯特在瑞奇和莱特两人的案子中看到了经地方选举而来的法官和通过业绩选拔而来的法官在密苏里州最高法院发挥作用时存在的天壤之别。更广泛地讲，在穆勒打到地方法院的每一宗监狱膳宿费案件中，经地方选举的法官判决公设辩护律师败诉，对法官在其中扮演收税员角色的那套系统起到了保护作用。而密苏里州最高法院的裁决是法官们一致作出的，并且明确表示该收费行为违法。

"选举而来的法官们面临着微妙和外在的双重压力，尤其在市政法院一级。"福斯特说，"微妙的压力来自他们心知肚明自己的工作以及书记员和其他职员的工作很可能取决于他们通过罚金和诉讼费能筹集到多少钱。从定罪到判刑再到收取罚金和诉讼费，这整个过程都表明情况即是如此。外在的压力显然就是类似于弗格森市的处境，我认为在很多严重依赖罚金及诉讼费作为总收入的城镇，这种处境会持续存在。顺便提一句，我认为这就是为什么收费现象在乡村地区更为突出的原因，因为那些地方收入严重匮乏，更倾向于依靠法院债务勉强维持生存。"

加利福尼亚州采用的则是《密苏里方案》的混合版。上诉法院的法官由州长提名后，再由司法委员会确认法官任命。② 然后在其12年任期内参加一次改选。更高一级法院的法官们则参加无党派选举，虽然他们实际上通常也是先由州长任命，如福斯特就是这种情况。

---

① Liptak, "U. S. Voting for Judges Perplexes Other Nations."
② "Fact Sheet: California Judicial Branch," Judicial Council of California, October 2020, https://www.courts.ca.gov/documents/California _ Judicial _ Branch.pdf.

这是因为法官们常常在其任期届满之前就面临退休，州长要任命接替人选。在加利福尼亚州，州长向司法委员会提交有潜力的任命人员信息以供评估，后者会被认定为符合或不符合任职资格。① 之后法官们只有在受到另一位律师挑战时，才需要参加选举。②

在南卡罗来纳州，大多数法官都是先得到业绩选拔司法委员会核准通过之后，经众议院投票选举上任。③ 但市政和县法院一级的法官们并不是这种情况。经手很多类似于把萨莎·达尔比牢牢拴在司法系统这种轻罪案件的县级"治安法官"，他们甚至不必具备律师资格。他们曾经一度只需要具备高中文凭即可，虽然后来有所变化，要求 4 年本科学历。④ 地方治安法官在州长任命后，由州参议院正式确认批准上任。市政法院的法官们则由市议会任命。⑤

此事若由福斯特做主，那就根本不会有什么司法选举，包括《密苏里方案》要求的留任选举。

"我讨厌司法选举，"福斯特说，"首先，选举要花钱，而大多数法官要靠律师才能弄到钱，就是那些为委托人出庭辩护的律师。这不合适。其次，即便是加利福尼亚州那样的系统，选举这一事实也会影响任命决定。我能给出的最恰当的例子就是死刑。陪审团被要求在死

---

① Reece Trevor, "Judicial Selection: A Look At California," Brennan Center for Justice, August 7, 2017, https://www. brennancenter. org/our-work/research-reports/judicial-selection-look-california.

② "Judicial Selection in California," Ballotpedia, accessed October 30, 2020, https://ballotpedia.org/Judicial _ selection _ in _ California.

③ "How Judges Are Elected in South Carolina," South Carolina State House, updated January 11, 2010, https://www. scstatehouse. gov/JudicialMeritPage/HowJudgesAreElectedInSC011110. pdf.

④ Joseph Cranney, "These SC Judges Can Have Less Training Than Barbers But Still Decide Thousands of Cases Each Year," Post and Courier, September 14, 2020, https://www. postandcourier. com/news/these-sc-judges-can-have-less-training-than-barbers-but-still-decide-thousands-of-cases/article _ deeac12e-eb6f-11 e9-927b-5735a3edbaf1. html.

⑤ "How Judges Are Elected in South Carolina."

刑案件的判决中给出量刑建议,而法官对此可以选择接受或者拒绝。我了解到,在加利福尼亚州只有一宗案件法官在审判时拒绝了判处被告人死刑的建议。"

*

涉及司法选举时,他们先予后取。圣弗朗索瓦县的马丁内斯法官和登特县的贝尔德法官就是这种情况。此二人已经成了以无力支付诉讼费为由将人关进看守所这种行径的代名词。2011年,贝尔德被时任州长的民主党人杰伊·尼克松任命为登特县的巡回法院普通法官。① 同乡村地区的其他很多法官一样,贝尔德此前曾以立法助理的身份为众议院议长效力,在公诉律师职位出现空缺时被任命担任该职,继而在2010年针对该职位的选举中获胜,自此跻身政坛。同在加利福尼亚州一样,在密苏里州成为一名法官最快的途径常常是经由州长任命。这位被任命的法官之后通常会稳操胜券赢得选举,但也并不总是这种情况。

贝尔德即是如此,直到2018年。

就在那一年,她成了我系列专栏文章的主角,专栏讲的是以无力支付监狱膳宿费为由将被告人关进看守所的事迹。《圣路易斯邮报》在登特县和密苏里州第42司法巡回区的其他县并没有很高的发行量,但当地报纸《塞勒姆新闻报》也开始报道这类争议事件。②

"公设辩护人和美国公民自由联盟只从一个角度来看待这些问题,"贝尔德在选举前几周告诉《塞勒姆新闻报》,③ "然而,法官们

---

① Dwayne McClellan, "Nixon Appoints Baird Associate Circuit Judge," *Salem News*, March 15, 2011, https://www.thesalemnewsonline.com/news/local_news/article_59315bb0-4f1f-11e0-87cf-0017a4a78c22.html.
② Andrew Sheeley, "Appeal Challenges Local Collection of Board Bills," *Salem News*, October 23, 2018, https://www.thesalemnewsonline.com/news/local_news/article_829c5d4c-d6d0-11e8-98a3-5b9c15af1ab5.html.
③ Sheeley, "Appeal Challenges Local Collection of Board Bills."

必须看得更全面，方方面面都要考虑到。这些案件，基于其事实情况，每一宗我都仔细审查过，并且公平公正地运用了服务于登特县人民的法律……那些多次犯罪的人，是为他们所犯罪行被判处的'已服刑时间'付费。"

在接下来11月份的选举中，贝尔德败给共和党人内森·凯尔索（Nathan Kelsaw）。① 老实说，比起使现代债务人监狱问题更加恶化所做的那些事，她的党派关系可能跟她落败干系更大。同许多乡村县一样，登特县曾经满是保守的共和党人，其中很多人都与有工会参与的制造业工作岗位密切相关。然而，随着工厂陆续关闭，这些工作机会渐渐枯竭，政治风向随之发生转变。② 2016年总统竞选时，密苏里州的选举地图几乎一片深红，包括登特县在内的大多数县压倒性地投票支持唐纳德·特朗普，总统之下的政治职位竞选也全是共和党人胜出。③ 两年之后，贝尔德改换门庭转入共和党，再次竞选法官一职，这一次是以共和党人身份参选。④ 然而她初选即失利。

在《密苏里方案》的批评者看来，法官就该这么选，基于党派立场投票，由与法官关系最近的人来决定。这是2012年的说法，是那些反对采用业绩选拔方式改变密苏里州法官任职规则的人们作出的最

---

① "Dent County Shows Up Red, and by a Longshot," *Salem News*, November 6, 2018, https://www. thesalemnewsonline. com/news/local _ news/article _ 6f4ead5c-e22f-11e8-b2f4-a7f794fcc6fc.html.
② Bob Davis and Dante Chinni, "America's Factory Towns, Once Solidly Blue, Are Now a GOP Haven," *Wall Street Journal*, July 19, 2018, https://www. wsj. com/articles/americas-manufacturing-towns-once-solidly-blue-are-now-a-gop-haven-1532013368.
③ "2016 Missouri Presidential Election Results," *Politico*, updated December 13, 2016, https://www. politico.com/2016-election/results/map/president/missouri/.
④ "Baird Announces as Republican Candidate for Circuit Judge," *Salem News*, March 3, 2020, https://www. thesalemnewsonline. com/news/local _ news/article _ cdcfeb04-5d6a-11ea-a26c-affcf02c8a69. html.

新一轮尝试。①

那一年,一个名为"为密苏里州打造更好的法院"(Better Courts for Missouri)的组织成功促使参议院和众议院都由共和党人占绝对多数的密苏里州议会以投票表决的方式通过一项倡议,力求在业绩选拔过程中嵌入更多政治因素,尤其在为密苏里州几个大城市以及各上诉法院选择法官时州长拥有更大的自由决定权。

这番操作的发起者是密苏里州一位名叫大卫·汉弗莱斯(David Humphreys)的亿万富翁,其家族拥有一间名为 TAMKO 的屋顶材料公司。该公司曾在全美各地面临众多诉讼,被指控出品的屋顶板存在缺陷。TAMKO 输了其中几场官司,被勒令赔偿顾客损失,金额高达数百万美元。② 汉弗莱斯如今为颠覆《密苏里方案》请来的代言人是说客詹姆斯·哈里斯(James Harris)。此人大谈特谈改掉业绩选拔方案之后如何即可维持一个"不偏不倚的"法院,但州内的律师们,最终连选民们都看穿了他的阴谋诡计,后来在民主选举中以压倒性票数推翻了这项提案。③ 实际上,密苏里州反其道而行之,把业绩选拔方案推广到了格林县(Greene County),日益发展壮大的斯普林

---

① Elizabeth Crisp, "Groups Battle Over How to Pick Judges in Missouri," *St. Louis Post-Dispatch*, October 27, 2012, https://www.stltoday.com/news/local/crime-and-courts/groups-battle-over-how-to-pick-judges-in-missouri/article_4edfdd77-a054-5322-a02b-557bb27aea7f.html.
② Tony Messenger, "Why Is Mega-Donor Investing in Missouri AG Candi-date? Check the Court Records," *St. Louis Post-Dispatch*, October 11, 2016, https://www.stltoday.com/news/local/columns/tony-messenger/messenger-why-is-mega-donor-investing-in-missouri-ag-candidate-check-the-court-records/article_b8571bef-8e84-5d3a-b1d9-91ead3b6b59d.html.
③ Crisp, "Groups Battle Over How to Pick Judges in Missouri"; Marshall Griffin, "Battles Over Mo.'s Non-Partisan Court Plan Not Over," *St. Louis Public Radio*, November 9, 2012, https://news.stlpublicradio.org/government-politics-issues/2012-11-09/battles-over-mo-s-non-partisan-court-plan-not-over.

菲尔德市（Springfield）即属于该县范围。① 虽然顶着像联邦主义者协会（Federalist Society）等全国性保守组织施加的压力，该机构对美国联邦最高法院大法官的提名确认过程仍会施加巨大的政治压力。涌现出五花八门类似2012年发生在密苏里州那场企图的方案，但没有哪个已采用了业绩选拔程序的州背弃初衷走回头路。

在"为密苏里州打造更好的法院"这伙人试图稀释业绩选拔程序时，密苏里州律师协会时任主席约翰·约翰斯通（John Johnston）律师相信，之所以结局如此，是因为比起其他来路，选民们通常还是更信任政府的司法部门。②

"人们对这套司法系统感到挺满意。"约翰斯通说。

然而，当金钱开始被泵入这套程序并把法官们变成政客时，这一现状可能会发生变化。2010年的艾奥瓦州就发生了这样的事。自1962年起，位于美国中西部的艾奥瓦就已经采用了《密苏里方案》，法官提请委员会基于各申请人的业绩遴选出候选人，然后将名单提交给州长，由州长选择性地任命后担任艾奥瓦州最高法院法官。③ 这套做法此后一直被沿用，直到2010年，艾奥瓦州最高法院参加留任选举的所有大法官都获胜留任。④ 在这些选举中，没有发生任何竞选开支。⑤

---

① "Nonpartisan Court Plan," Missouri Courts, accessed October 27, 2020, https://www.courts.mo.gov/page.jsp?id=297.
② Messenger, "Missouri Plan for Selecting Judges Faces New Challenge."
③ A. G. Sulzberger, "Ouster of Iowa Judges Sends Signal to Bench," *New York Times*, November 3, 2010, https://www.nytimes.com/2010/11/04/us/politics/04judges.html.
④ Sulzberger, "Ouster of Iowa Judges Sends Signal to Bench."
⑤ Tim Anderson, "Supreme Costs: 5 Midwestern States Have Among Most Expensive Judicial Elections in Nation," The Council of State Governments, Midwest, November 2011, https://www.csgmidwest.org/policyresearch/1111judicialraces.aspx.

2009年，艾奥瓦州最高法院作出一致判决，裁定"将婚姻界定为仅限于男女之间的关系"这一做法违反美国宪法，之后该州成为美国中西部第一个同性婚姻合法的州。① 几乎是在同一时间，全国性的外部利益集团突然造访艾奥瓦州，把该州最高法院三位大法官2010年的留任选举变成了有关同性婚姻的全民公投。

有钱好办事。来自外部利益集团超过140万美元的经费被用在投放负面电视广告上，借此说服选民把他们的法官选下台。这在艾奥瓦州历史上还是第一次。② 外部利益集团的砸钱力度在隔壁伊利诺伊州还要大。司法竞赛中的这种竞选花销在俄亥俄州和密歇根州是司空见惯的事，它们都是通过党派竞选法官来填补最高级别的司法职位空缺。成百上千万美元被花在了这种竞选活动中，这些钱几乎全部来自试图对法官选拔施加影响的外部利益集团。就在艾奥瓦州最高法院那三位法官输了留任选举的同一年，超过900万美元的经费被用于密歇根州的最高法院选举，宾夕法尼亚州超过500万美元，俄亥俄州超过400万美元。亚拉巴马州和伊利诺伊州分别兑现了350万美元，大笔大笔用于司法选举，花钱的主或是法官面前出庭辩护的律师，或是各个政治团体，又或是想方设法左右司法系统以满足其自身特定信仰体系的各外部集团。这种方式的开销就是福斯特和提倡司法独立性的其他同仁深恶痛绝的。因为他们觉得这种做法会削弱选民们对司法系统的信任：法官们应该被视为棒球比赛中根据规则辨别"好球"和"坏球"的裁判，而不是根据个人政治倾向甚至是给他们竞选运动提供金钱之人的想法篡改歪曲法律。

2010年竞选失利后，艾奥瓦州最高法院没能留任的三位大法官发布了一项声明，批评"州外特殊利益集团对他们进行了前所未有的

---

① Anderson, "Supreme Costs."
② Anderson, "Supreme Costs."

攻击",言下之意这种攻击将会削弱人民对独立司法系统的信念。①

"然而最重要的是,要想在我们州维持公平公正的法院,需要的不只是单个法官的正直和刚毅,还要有人民坚定不移的支持。"三位大法官写道。

*

与市民有着最频繁交集的,往往是任职于司法系统最低一级法院的法官们,如市政法院和县法院。就是在这里,出现了与贫困犯罪化有关的职权滥用最严重的现象。这些法官中的大多数要么由选举而来,要么由要平衡预算的党派政客任命而来。

2015年1月,密苏里州最高法院首席大法官玛丽·拉塞尔在其对州议会所作的年度演说中谈到市政法院这一持续存在的问题。彼时距离弗格森暴动才刚刚过去几个月,州立法者以及其他政治领导者们渐渐明白,此次暴动的根本原因就在于有这样一套市政法院系统,它被用来为资金短缺的各个城市充当创收工具。②

此举会破坏人民对司法系统的信任,必须停止,拉塞尔说。

"市政法院在执行地方法律中扮演着重要的角色。在我们州各级法院受理的所有案件中,有2/3由他们处理。对许多人来说,市政法院是他们与整个法院系统产生的最开始也是唯一的交集。而且正如我们所知,第一印象也可能会是持续很久的印象。"③

在圣路易斯地区的许多自治市,法官是市检察官在法律事务上的

---

① Sulzberger, "Ouster of Iowa Judges Sends Signal to Bench."
② Mary R. Russell, "State of the Judiciary," January 22, 2015, https://www.courts.mo.gov/page.jsp?id=82876.
③ Tony Messenger, "Missouri Supreme Court Faces Its Reputation-Defining Moment," *St. Louis Post-Dispatch*, February 19, 2016, https://www.stltoday.com/news/local/columns/tony-messenger/messenger-missouri-supreme-court-faces-its-reputation-defining-moment/article_0a26f1a9-f1d7-505b-90d2-0aff4c642644.html.

合作伙伴，有时候也为邻近城市担任类似的角色。在整个圣路易斯地区，他们拉拢几家大型律师事务所，为多个自治市的创收业务效力。

但至少他们还都是律师。

南卡罗来纳州可不是这种情况，审理该州大部分轻罪案件的基层法院法官并不是律师。这类案件由被称为"地方治安法官"的专门法官进行审理，从轻微人身攻击到入店行窃和轻微盗窃，诸如此类，都是一些向市长负责的警察和地方治安部门提交到法院的案件，而市长们则指望着从这些案子中捞些罚金及诉讼费来平衡预算。①

这些地方治安法官是由州长任命、经由参议院批准上任的政务官，所占据的工作岗位大多是出于政治背景考虑，作为肥缺被拱手送给拥有极广人脉的厉害人物。如此一来，南卡罗来纳州各地审判室里出现的结果可能十分糟糕，那里的地方治安法官每年审理的案件高达80万宗。

2019年11月，《信使邮报》（*Post and Courier*）记者约瑟夫·克兰尼（Joseph Cranney）在非营利性新闻网站ProPublica的帮助下，调查了南卡罗来纳州县法院的地方治安法官任用情况，揭露出一连串滥用职权和侵犯民权的恶劣行径，其中大部分都是打着为各自所在县政府敛财牟利的旗号。这些县压榨搜刮的对象，正是那些身陷复杂司法网的穷人。②

"欢迎来到南卡罗来纳州由地方治安法官把持的各个法院，这里的公民常常得在缺乏正规法律训练的法官面前自谋出路。法官们犯的错可能会导致被告人来承担惩罚性后果。"克兰尼写道，"这些法庭，整个州最忙碌之地，每年要处理成千上万起轻罪刑事案件和民事纠纷。它们受到政务官的监管，通过一个常常把人脉关系置于资历之上

---

① Cranney, "These SC Judges Can Have Less Training Than Barbers."
② Cranney, "These SC Judges Can Have Less Training Than Barbers."

的程序挑选出来。这是一个有别于这个国家其他任何地方的系统,一个为无能、腐败以及其他职权滥用提供沃土的系统。"①

该报告披露的最令人震惊的调查结果,以下仅举几例:

"该州近 3/4 的地方治安法官不具备法学学位,不能在法庭之上代理他人。"

"该州在法律上的漏洞使得 1/4 的南卡罗来纳州地方治安法官在其任期届满后仍继续担任法官之职,并且避开了重新任命过程中认真彻底的审查。其中某位具有争议的地方治安法官在她 4 年任期结束后,仍继续担任法官达 20 年之久。"

"该州 46 个县中,有 12 个县的地方治安法官任命均由某参议员决定。该参议员亲手选定的候选人充斥在各处法院。"

"该州有十多位尚在任期内的地方治安法官曾因行为不端受到州司法监察部门惩处,但在其谋求下一任期时并未被要求公开此前所犯劣迹。包括本该对被提名人起把关作用的州长在内,在签署重新任命文件之前都对此毫不知情。此举使得滥用法律或滥用职权的法官成为漏网之鱼,不曾经受任何质疑。"②

大多数在此类地方治安法官面前受审的男女都没有聘请辩护律师。地方治安法官们催促着快速结案时,受审者放弃了很多本该享有的权利。他们对自己所受的指控同意认罪,甚至在有机会出庭抗辩时,最终也会被判处数百或数千美元罚金。如果无力承担,这笔债将使他们深埋困境长达数年之久。③ 2016 年,南卡罗来纳州这一司法系统最令人瞩目的受害者之一就是萨莎·达尔比。

---

① Cranney, "These SC Judges Can Have Less Training Than Barbers."
② Cranney, "These SC Judges Can Have Less Training Than Barbers."
③ Cranney, "These SC Judges Can Have Less Training Than Barbers."

## 第三部分
**通往自由之路**

## 第八章　法院

### 南卡罗来纳州哥伦比亚市 2017 年 4 月

萨莎·达尔比在一阵剧痛中醒来。她借住在朋友家睡沙发，因为再无别处可去。她在列克星敦县看守所蹲了 20 天之后被放出来，结果发现自己被驱逐了，工作也没了。达尔比彼时还怀着 4 个月身孕，这是她第二个孩子，她知道有些事不对劲。

"我很痛，"她说，"痛得厉害。"

她走到浴缸边，拧开水龙头，整个人痛得缩成一团。她腹中的孩子要保不住了。直至今日，她仍然把此事归咎于刑事司法系统。她的不幸流产，还有被关在看守所的经历，揭开了普罗大众对于事情真相知之甚少的事实。尤其对边缘人群在与地方法院和一步步将他们弄进监狱的整个基础系统产生交集时，他们会遭到怎样的劫难，公众其实不甚明了。

"我总是在想，接下来的人生究竟会怎样，"达尔比说，"我根本毫无头绪。"

流产之后，达尔比的几个朋友把她送到黎明生命照护中心（Daybreak LifeCare Center），这是南卡罗来纳州哥伦比亚市一家为孕期妇女提供健康护理和庇护服务的机构。"我当时身上恶露不尽，"达尔比说，"他们把我送到了这家医院。"

就是在这里,她遇到了努斯拉特·乔杜里(Nusrat Choudhury),后者当时是美国公民自由联盟负责种族正义计划(racial justice program)的副主管,如今已成为伊利诺伊州的美国公民自由联盟法务总监。① 几个月以来,乔杜里和一大帮律师以及志愿者都在列克星敦县的法院里旁听庭审,同时记录侵犯公民权利的种种行为。做下这种事的人大多是没在法律方面受过正规训练的地方治安法官,其中有些甚至不是律师。她听说过达尔比的案子,也知道其因为无力偿还法院债务而入狱。她想和达尔比谈谈。乔杜里对达尔比的遭遇感到很震惊,因为这套刑事司法系统,这个女人原本贫困的境况进一步恶化,各种后果不是因为她犯了罪,而是因为她掏不起 680 美元的诉讼费。作为惩罚,她被监禁 3 个星期,落得无家可归,失去工作和腹中的孩子。②

"她陷于这样的处境,没有任何机构为她提供帮助。"乔杜里说。

2017 年 6 月,美国公民自由联盟在列克星敦县针对地方治安法官、地方治安官以及公设辩护人办公室负责人提起联邦民权诉讼,称南卡罗来纳州在县一级的这番操作是一种"现代版债务人监狱",其受害者大多为有色人种,而这些人恰巧又都生活在贫困之中。③

---

① "Nusrat Choudhury," American Civil Liberties Union, accessed November 4, 2020, https://www.aclu.org/news/by/nusrat-choudhury.
② Joseph Cranney, "These SC Judges Can Have Less Training Than Barbers But Still Decide Thousands of Cases Each Year," *Post and Courier*, September 14, 2020, https://www.postandcourier.com/news/these-sc-judges-can-have-less-training-than-barbers-but-still-decide-thousands-of-cases/article_deeac12e-eb6f-11e9-927b-5735a3edbaf1.html.
③ Class Action Second Amended Complaint at ¶ 1, *Brown v. Lexington County*, No. 3:17-cv-01426-MBS-SVH (D. S. C. October 19, 2017), avail-able at https://www.aclu.org/legal-document/brown-v-lexington-county-et-al-class-action-second-amended-complaint; "ACLU Sues Lexington County for Running 'Modern-Day Debtors' Prison,'" American Civil Liberties Union, June 1, 2017, https://www.aclusc.org/en/news/aclu-sues-lexington-county-running-modern-day-debtors-prison.

"贫困的人们经常遭到逮捕和监禁,原因是他们无力承担该县由地方治安法官把持的法院以交通违章和轻罪刑事案件为由对其施加的罚金和诉讼费。"状词如此写道,"每一年不说超过一千,少说也有几百位来自该县及其周边区域最贫困之人的自由被剥夺。他们被羁押在列克星敦县拘留中心('拘留中心'),每次时间长达数周甚至数月之久,原因无他,仅仅只是因为他们贫穷,他们最基本的宪法权利也遭到侵犯。"乔杜里把列克星敦县称为"我们见过的最严酷的债务人监狱"。[1]

该诉讼称,被告人在有可能遭到监禁的情况下,未曾有机会参加偿付能力听证会,并且通常得不到律师帮助,而此项权利是美国宪法第六修正案向所有美国公民保障的基本权利。[2] 乔杜里的4位委托人都是单身母亲,其中3位黑人、1位西班牙裔。她们全都被监禁,理由是拖欠因交通截停或轻罪而产生的巨额诉讼费。在这起诉讼的4位原告中,达尔比蹲的20天是时间最短的。

坦达·布朗(Twanda Brown)因无力支付1900美元法院债务被关了57天,这笔债源于一次交通截停。她当时被勒令靠边停车,因为车上没装牌照灯,以及在驾照被吊销期间驾驶而被开罚单。艾米·帕拉西奥斯(Amy Palacios)欠了647美元,被关20天。卡耶夏·约翰逊(Cayeshia Johnson)在一次交通截停后被关进看守所55天,因为她付不起1287美元罚金。

法庭记录显示,列克星敦县及其多位被告,包括负责审理达尔比案件的那位地方治安法官在内,都否认存在任何侵犯被告人宪法权利

---

[1] Nusrat Choudhury, "Single Moms Get Sucked Into the Cruelest Debtors' Prison We've Ever Seen," *American Civil Liberties Union* (Blog), December 21, 2018, https://www.aclu.org/blog/racial-justice/race-and-criminal-justice/single-moms-get-sucked-cruelest-debtors-prison-weve.

[2] Class Action Second Amended Complaint at ¶¶ 10, 14, *Brown v. Lexington County*.

的行为。

从南卡罗来纳州到密苏里州再到俄克拉何马州,情况一模一样。法院一直处于收税方案的强行控制之下,这套方案常常侵犯贫困被告人的权利,而此类行径会对穷人造成毁灭性的后果。

达尔比失去腹中的孩子之后,搬回了波士顿地区,在那里生活至今。她的案子仍处于待决状态。

*

## 俄克拉何马州塔尔萨县2017年4月

在西边数千英里之外的俄克拉何马州,公设辩护律师吉尔·韦布和另一位塔尔萨的律师丹·斯莫伦(Dan Smolen)致力于把被告人聚集起来,针对俄克拉何马州开设债务人监狱的做法提起类似的集体诉讼。[1] 2017年11月,他们采取行动,代理拉·威尔金斯(Ira Wilkins)的案子,这个无家可归的男人因为欠费未还多次被抓。

这起诉讼控告的是俄克拉何马州治安官协会(Oklahoma Sheriffs' Association)、该州所有地方治安官以及一家名为阿伯丁企业二世有限公司(Aberdeen Enterprizes II, Inc.,)的营利性私有企业,后者与地方治安官签订合同以收取逾期未还的法院债务。[2] 在法庭记录中,这些被告否认存在任何侵犯原告宪法权利的行为,并请求驳回原告诉讼。

韦布坦白,她和斯莫伦其实并不知道他俩当时在做什么。这是她

---

[1] Amended Complaint with Jury Demand, *Graff v. Aberdeen Enterprizes*, Inc., No. 4:17‐CV‐606‐CVE‐JFJ (February 1, 2018), available at https://www.documentcloud.org/documents/4365230-Oklahoma-Aberdeen-Lawsuit.html.

[2] Curtis Killman, "Every Sheriff in Oklahoma Being Sued Over Unpaid Fees Going to Collection," *Tulsa World*, November 6, 2017, https://tulsaworld.com/news/local/crime-and-courts/every-sheriff-in-oklahoma-being-sued-over-unpaid-fees-going-to-collection/article _ ffae758c-1287-5791-b7ea-eff2dde4bd03.html.

第一次打民事诉讼官司。同密苏里州的马修·穆勒一样，韦布在某种程度上成了俄克拉何马州法院系统中被放逐的弃儿，原因仅仅在于她把公众的注意力引向了她认为完全违反美国宪法和不辨是非的某种行径，即穷人经常遭监禁、生活变得支离破碎，而这一切并不是由于他们违法乱纪，而是因为无力支付强加给他们的变相税收。这些人是最不可能承担得起这笔负担的群体。"我没办法眼睁睁看着这一切发生，自己却什么都不做。"韦布说。

这起诉讼登上了俄克拉何马州乃至全国各地的新闻媒体头条。① 其中一位在看的，就是肯迪·基尔曼。她在网上看到提及这起诉讼的报道，便查了查细节。这一年距离她走出克利夫兰县法院已经快6年了，那时候她想自己已经彻底还清对社会欠下的债了。她因一宗轻罪指控而发生的这笔费用，很可能本就不该发生。

截至2012年，基尔曼仍会收到克利夫兰县1115美元的诉讼费账单。事实证明，法庭上唯一被免除的是每月给检察官办公室的那笔钱；其他类别的罚金及诉讼费原封不动，并且每次她漏付，金额都会增加。她还被签发了一张新的逮捕令。这种事2012年发生过一次，2015年又发生了一次。② 每一次基尔曼都会被抓起来带到法院，被铐在长凳上长达好几个小时，然后她在交上25美元之后被释放。有一回她甚至交了100美元，这是她记得支付最多的一次。

2015年，克利夫兰县把基尔曼的法院债务卖给阿伯丁企业二世公司。③ 阿伯丁在要收的这笔法院债务基础上增加了约30%的附加费，并把这笔钱的其中一部分转给俄克拉何马州治安官协会。对于这个支持该

---

① Killman, "Every Sheriff in Oklahoma Being Sued Over Unpaid Fees Going to Collection."
② Amended Complaint with Jury Demand at ¶ 181, *Graff v. Aberdeen Enter-prizes, Inc.*, No. 4:17-CV-606-CVE-JFJ.
③ Amended Complaint with Jury Demand at ¶ 22, *Graff v. Aberdeen Enter-prizes, Inc.*, No. 4:17-CV-606-CVE-JFJ.

州各县地方治安官的非营利组织来说,这是个赚钱的妙招。例如,在2015年,该组织与阿伯丁签的协议为前者带来的收入超过80万美元。①

阿伯丁的收债手段咄咄逼人。具体而言,该公司威胁前被告人(或者认为他们属于前被告人的人),如果不拿出钱来偿还法院罚金和诉讼费,就把他们关起来。② 这种事发生在基尔曼身上好几回了,包括被关了好几个月的那次。没过多久她便在《塔尔萨世界报》上读到有关起诉阿伯丁和地方治安官的报道。有一次在2012年,基尔曼知道自己有张逮捕令尚待执行,于是径直去了法院,坐在法官斯蒂夫·斯蒂斯(Steve Stice)的审判室里。她知道流程。斯蒂斯大概会在上午9点开始处理由他负责的待审积案,这个过程一直持续到中午时分。到那时,基尔曼会走到法官席跟前,告诉斯蒂斯她为什么到庭。

"我心里有种很糟糕的预感,"基尔曼说,"我告诉他我为什么会出现在那里,然后他查阅了一下我的案子。"

斯蒂斯告诉她,看记录里说缓刑费和社区服务已经取消了,但她仍然必须缴纳罚金。

"他看着我笑了笑,就是那种'噢,蠢女人,你什么都不懂'那种笑。然后说,他没有能力取消我的罚金和诉讼费。"

事实也不尽然,因为就在一年前,斯蒂斯确定基尔曼身陷经济困境,窘迫到足以取消一部分小额罚金,但不是大部分。她的境况没有任何改变。她仍然掏不出钱来还债。可法院还惦记着钱呢。斯蒂斯撤销了逮捕令,打发她回家。

"我走出他的审判室,在长凳上坐了会儿,足足哭了10分钟。"基尔曼说。

---

① Killman, "Every Sheriff in Oklahoma Being Sued Over Unpaid Fees Going to Collection."
② Amended Complaint with Jury Demand at ¶¶ 8-10, *Graff v. Aberdeen Enterprizes, Inc.*, No. 4:17-CV-606-CVE-JFJ.

其实立案后没多久，基尔曼曾以为遇到斯蒂斯做审理自己案件的法官算得上时来运转。他以前是一位合同制公设辩护律师，同那么多当过检察官后再成为法官的人不一样。没准儿他会更有同情心，她心里这么盼着。

斯蒂斯在诺曼市中心有一处房产，租给了俄克拉何马法院服务公司（Oklahoma Court Services, Inc.,）作办公之用。这是一家私营缓刑公司，在斯蒂斯的审判室走过一遭的人里，有一些正是他们监督的对象。这家营利性的私人企业每个月付给斯蒂斯超过 2 000 美元的租金，这是《俄克拉何马人报》2013 年报道出来的。这位法官把那些经他之手的严重酒后驾驶案件被告人安排到这家公司名下，在那里他们不得不花大价钱购买酒精检测仪器和报读预防性驾驶课程。在斯蒂斯之前负责监督大批缓刑期被告人的那位地方检察官，对把酒后驾驶案件当事人置于私营缓刑公司监督之下的做法持反对态度，部分原因在于如此一来原本给检察官办公室的钱一下子没有了。"没有这笔钱，很多案子我不得不停止起诉。"地方律师格里格·玛什伯恩（Greg Mashburn）那时候告诉《俄克拉何马人报》，"眼下是严重酒后驾驶。明天又会是什么？"[1]

"我有按规矩办事。"斯蒂斯告诉《俄克拉何马人报》，"我遵照现有的每一条规矩来办事。我把所有的一切都公布给大众看。我的道德报告上写着呢。我不是唯一拥有房产的法官。"[2]

基尔曼也以为她在按规矩办事，然而对她来说，事情进展并不顺利。2015 年，她又被签发了一张逮捕令。这一回，基尔曼做了件以

---

[1] Nolan Clay, "Oklahoma Judge Requires Offenders to Go to Company that Pays Him Rent," *Oklahoman*, February 4, 2013, https://oklahoman.com/article/3751249/oklahoma-judge-requires-offenders-to-go-to-company-that-pays-him-rent.

[2] Clay, "Oklahoma Judge Requires Offenders to Go to Company that Pays Him Rent."

前没做过的事。她向家人寻求帮助。她的生日马上就要到了,她找了母亲和几个孩子。但凡能给她凑个几美元的人,她都问了个遍,然后用这笔钱去交诉讼费。这些人原本计划送她的生日礼物便就此作罢。在46岁生日一周之后,她向法院交了100美元,逮捕令继而被撤销。截至2017年,她的诉讼费账单已经涨到超过1 600美元。即使她这一年前前后后已经付了800美元,一开始1 100美元的罚金和诉讼费还是涨到这么多了。

她读着那起诉讼的相关报道,从中看到了自己。她同几位原告的情况无论在哪个方面都极其相似,这些人遭到起诉状里所说的"强取豪夺。本诉讼被告在其中通过采取非法、无良的手段,处心积虑地榨取贫困人士的钱财"。基尔曼打电话给斯莫伦和韦布,把自己案子的情况告知二人。她不是唯一这么做的人。"我们被一个个电话淹没了。"韦布说。韦布开始意识到,她此前低估了问题的严重性。这些问题在塔尔萨和俄克拉何马城都有,这两个地方最主要的受害者是有色人种。问题同时也出现在俄克拉何马州的各乡村县以及基尔曼生活的诺曼市大学城地区。

很快,韦布和斯莫伦得到了重量级组织提供的助力。

两个总部位于华盛顿特区的非营利组织——民权团体和乔治敦大学的宪法倡导与保护研究所(Institute for Constitutional Advocacy and Protection)——主动为韦布和斯莫伦提供服务,以助其评估这起诉讼的重要性,认为它有可能是一宗具有开创意义的全美公民权利诉讼案。

非营利组织民权团体主要致力于终结贫困犯罪化现象,该组织由亚历克·卡拉卡特萨尼斯(Alec Karakatsanis)律师于2016年创立。[1] 自成

---

[1] Michael Zuckerman, "Criminal Injustice," *Harvard Magazine*, September-October 2017, https://harvardmagazine.com/2017/09/karakatsanis-criminal-justice-reform.

立之日起，针对债务人监狱行为、非法保释程序以及因当事人无力支付诉讼费而吊销其驾照的行为，该组织已多次提起公民权利诉讼，行动遍及美国好几个州，包括俄克拉何马州、密苏里州、得克萨斯州、佛罗里达州、亚拉巴马州、宾夕法尼亚州以及密歇根州。①

2008年毕业于哈佛大学法学院的卡拉卡特萨尼斯，与同为哈佛大学毕业生的菲尔·特尔菲扬（Phil Telfeyan）于2014年创立了其第一个非营利组织："法律之下同等正义"（Equal Justice Under Law）。他们接的第一个案子源于亚拉巴马州蒙哥马利市的一次庭审旁听，那天与卡拉卡特萨尼斯一同坐在审判室的还有67位被告人，形形色色的罚金及诉讼费导致这些人因欠了法院系统的钱没还而到庭受审。②

"他们全都是非裔美国人，但没有一个被指控犯罪，"卡拉卡特萨尼斯后来在《时代》周刊（*Time*）上描述此次经历，"他们全都因为未曾缴纳交通罚单而欠蒙哥马利市政府的钱，因此被投入监狱。"

卡拉卡特萨尼斯连同当地的两位律师约瑟夫·麦克圭尔（Joseph McGuire）和马修·斯沃德林（Matthew Swerdlin）于当年3月提起一项联邦公民权利诉讼，指控蒙哥马利市政府屡次侵犯多位被告人的公民权利，具体做法包括在未进行有关被告人偿付能力听证会或者未确保被告人享有获得律师帮助权的情况下，羁押部分被告人，并迫使他们在押期间参加强制性劳动，以此偿还所欠的法院债务。③

"莎娜莉·米歇尔（Sharnalle Mitchell）、洛伦佐·布朗（Lorenzo Brown）、提托·威廉姆斯（Tito Williams）、考特妮·塔布斯（Courtney Tubbs）以及其他几位被告人的遭遇，揭露了系统性的违

---

① "Our Work," Civil Rights Corps, accessed November 4, 2020, https://www.civilrightscorps.org/work.
② Zuckerman, "Criminal Injustice."
③ *Mitchell v. City of Montgomery*, No. 2:14cv186 - MHT, 2014 U. S. Dist. LEXIS 195207 (M.D. Ala. 2014).

法行为，其实施主体为蒙哥马利市政府，针对的是该市最贫困的部分人群。在政策和实际行动两方面，蒙哥马利市政府每天都在参与实施针对诸多其他个体的相同行为。如果当事人太穷而无力支付由交通罚单、相关费用、诉讼费以及该市征收力度越来越大的附加费产生的多笔债务，该市就会将其非法监禁。"状词如此写道，"在2014年，这些行为在我们的社会中不应有其存在的位置。"

的确如此，它们没有。这项公民权诉讼后来达成和解，蒙哥马利市政府同意为贫困被告人进行偿付能力听证会，并停止因被告人无力承担诉讼费及其他各项费用而将其监禁的做法。

然而，这类行为在全美仍然持续存在。

这场诉讼发生5个月之后，以未缴纳交通罚单为由监禁穷人的这种行径在弗格森暴动发酵之下引发全美关注。"法律之下同等正义"和民权团体两个组织后来都与圣路易斯的ACD律师事务所联手，在詹宁斯和弗格森提起联邦公民权诉讼，对同蒙哥马利市诉讼案中如出一辙的侵犯公民宪法权利行为提出控告。[1] 在弗格森抗议期间，卡拉卡特萨尼有一段时间睡在ACD律师事务所其中一位创始人托马斯·哈维家的沙发上。他们为公民权利诉讼做准备，设法帮抗议者免于牢狱之灾。

这几个踌躇满志的非营利组织，再加上美国公民自由联盟这一公民权利的忠实拥趸，在呐喊助威的积极人士的鼓舞之下开启了一场不屈不挠、跨越全美的跋涉之旅。从一个州到另一个州，它们把民众的注意力引向地方政府日益变本加厉向交通违规和轻罪案件中的穷人收取各类罚金和诉讼费，以及收费之举制造了现代债务人监狱的诸种现

---

[1] Paul Hampel, "Lawsuits Call Ferguson, Jennings Jails Debtors' Prisons," *St. Louis Post-Dispatch*, February 9, 2015, https://www.stltoday.com/news/local/crime-and-courts/lawsuits-call-ferguson-jennings-jails-debtors-prisons/article_a4360994-f557-5ae9-8080-8840e2724891.html.

象。基尔曼加入了俄克拉何马州这场 2018 年年初重新提起并因多人加入而使原告队伍不断扩大的诉讼。这场官司把俄克拉何马州强取豪夺、在其他很多州同样司空见惯的这一行径展现在了公众面前。

"原告们是生活极其贫困的个体,在没有进行任何有关其偿付能力调查的情况下,他们被迫承受着一笔笔法院债务,被签署并发布债务催收逮捕令,而原因并无其他,只是因为他们太穷,无力承担这些法院债务。尽管原告们一再向法院提出存在经济困难,但阿伯丁公司屡次三番威胁原告以及身负法院之债的其他贫困债务人,让他们支付无力承担的款项;如果他们不予支付,则以逮捕相威胁,迫使其服从;除此之外,签发由阿伯丁公司申请的逮捕令的几位法官和执行该逮捕令的几位地方治安官是本诉讼被告,在他们的协助下,阿伯丁公司迫使原告们仅仅因为未支付款项就遭到实际逮捕和拘留。此番殚精竭虑、锲而不舍的"努力",目的只在于尽可能多地榨取身负法院之债的贫困债务人的钱财。

"通过这些强取豪夺的做法,阿伯丁公司从俄克拉何马州最穷困的个体身上收取了高达几千万美元的款项,所有被告都从中获利。这笔钱中,有数百万美元归入阿伯丁公司;数百万美元分给治安官协会;数千万美元流入俄克拉何马州的法院系统,为司法人员提供薪水,为地区法院和书记员办公室的其他开支提供资金。为了产生这些进账,被告使原告及其他债务人遭到逮捕、长时间羁押和非法威胁对待。被告的行为给原告及其他债务人造成的后果是,他们被迫与家人朋友分离、失去工作和驾照、舍弃生活基本必需品,包括生活用品、衣物和住处。"[1]

对基尔曼来说,那次交通截停后一直阴魂不散、没完没了地给她

---

[1] Amended Complaint with Jury Demand at ¶¶ 3-4, *Graff v. Aberdeen Enterprizes, Inc.*, No.4:17-CV-606-CVE-JFJ.

招来逮捕令的这笔法院债务,在 2018 年年初到了非解决不可的地步。事情始于一次逮捕,不是她,而是她也已成年、身患残疾的继子布巴,他生活在诺曼市正北边的俄克拉何马城。因为儿子智商极其低下且被确诊患有智力残疾,基尔曼必须到看守所去照顾他。但她同时也知道,因为法院罚金的事她还有一张未执行的逮捕令,自己一旦踏进看守所大门就会立即被逮捕。

于是,她打电话给斯莫伦讨主意。他告诉她,会给她派一位名叫大卫·布罗斯(David Bross)的律师,同她一起到法院去处理好逮捕令的事,然后她再去俄克拉何马城探望已经被安排到特别法庭受审的儿子。几天之后,基尔曼主动现身。她本人、布罗斯,还有一位当时正在该市报道罚金及诉讼费事件的《纽约时报》记者兼摄影师,一同走进克利夫兰县看守所。"有点像《愤怒的葡萄》[①]。"基尔曼说起约翰·斯坦贝克(John Steinbeck)经典小说里的约德一家在"黑色风暴事件"[②] 期间从俄克拉何马州向西逃荒的故事。确实如此,基尔曼那天没能成功逃离贫穷,但很快,她将彻底摆脱那笔像枷锁一样套在脖子上长达 9 年的法院债务。

那天,基尔曼在看守所的一间等候室里坐了 5 个小时。她从头到尾没见到法官,但一场听证会被确定了下来,然后她被释放回家。9 月的时候,她同布罗斯一同到庭参加由斯蒂斯主理的听证会,但这位法官那天另改了时间,于是她得 11 月份再来。

后来的这一天,开始时同克利夫兰县法院其他时候一样稀松平常,然而不可思议的事情即将发生。斯蒂斯把第一个人叫上前,他到

---

[①] John Steinbeck, *Grapes of Wrath* (New York: The Viking Press, 1939).
[②] 黑色风暴事件(the Dust Bowl):1930—1936 年(个别地区持续至 1940 年)期间发生在北美的一系列沙尘侵袭事件。由于干旱和持续数十年的农业扩张,对北美大草原原始表土的深度开垦破坏了原有助于固定土壤和贮存水分的天然草场,加上未能及时采取措施防止水土流失,风暴来临时卷起漫天沙尘和深色云雾,使美国和加拿大大草原上的生态和农业受到巨大影响。——译者

庭是因为没能交罚金和诉讼费。法官让其他人在陪审团席稍坐，一会儿就轮到他们了。第二位被叫上前，也是一样的原因。斯蒂斯问在场的人里有多少是因为拖欠罚金。除了基尔曼，审判室里约有一半人举起了手。

"法官站起身，看着我们所有人，然后说：'这事儿我今天干不了了。'说完就走出了审判室。"基尔曼说。斯蒂斯让每个人挨个儿到书记员那里去，做好有关付款之类的安排。布罗斯没这么好打发。他解释说，自己一路从塔尔萨赶来，这已经是近3个月第3次了，他想同这位法官见一面。

斯蒂斯试着主动提出将罚金减半，基尔曼和布罗斯不同意。他们解释说，他们经历了漫长的9年，今时今日才走到他跟前。法官就在片刻之前还因为一堆待审积案显得有些沮丧，但他到场也是为了收债。他的手摆一摆，基尔曼的债务就一笔勾销了。斯蒂斯把它撤销了。

"我们离开了那间审判室，再也没有回去，"她说，"再也不用东躲西藏了。再也不用担心坐牢的事了。我想到法庭上的那些人，他们脸上的神情太熟悉了。我知道他们遇到了同我一样的难处，我为他们感到很难过。"

\*

我问过韦布，问她是不是认为法官、地方治安官和立法者只是不了解一个领着最低薪水勉强度日或者就像基尔曼那样靠联邦政府发放的残疾补助金过活的单身妈妈有着怎样的现实困难。她觉得，比起单纯的不了解实情，这里头有着更复杂的内情。

"我觉得他们当中有些人就是有意想要惩罚穷人。"韦布说，"我觉得他们真的相信，只要让穷人为难，他们就不会再穷下去。他们有些人就是讨厌穷人。"

俄克拉何马州和南卡罗来纳州的两项联邦民权诉讼一直处于悬

置状态，好几年都没有进展。被指控侵犯公民权利的几个政府在此期间替自己辩护开脱，请求驳回诉讼。在申请驳回列克星敦县案件的过程中，代理该县的几位律师称债务人监狱指控是"错误的"，并在辩护中称监禁刑是一种取代经济处罚的合法"方案"。美国资深地区法官玛格丽特·B. 西摩（Margaret B. Seymour）驳回了列克星敦县提出的即决判决动议，此案仍处于悬而未决状态。① 俄克拉何马州的情况与之类似，各路被告都辩称，案子应该被驳回，因为遭到指控的各执法单位以及为他们效劳的营利性私营收债公司都受到一项名为"有限制的豁免权"（qualified immunity）法律原则保护。②

这是美国联邦最高法院提出的概念。2020 年乔治·弗洛伊德（George Floyd）在明尼苏达州遭白人警察暴力执法后窒息死亡，在其后兴起的"裁撤警察资金"（defund police）运动中，这条原则受到民众诟病。弗洛伊德是一名黑人，时年 46 岁，他被当时正在调查 20 美元纸币造假案的警察拦下。他们将其反铐，把他按倒在地，其中一名警察单膝跪压在他的脖颈处长达 9 分钟有余。弗洛伊德没多久即被宣布死亡，手机拍下他濒死挣扎的现场视频后在全美范围内点燃民愤，并引发多场抗议。争论的焦点，部分指向"有限制的豁免权"这一概念，有了它，警察或者警察为之效力的各市政府很难在涉嫌暴力执法时就自身造成的后果承担法律责任。

---

① "Brown v. Lexington County, et al," American Civil Liberties Union, accessed November 5, 2020, https://www.aclu.org/cases/brown-v-lexington-county-et-al.
② "Graff v. Aberdeen Enterprizes Ⅱ, Inc.," Institute for Constitutional Advocacy and Protection, Georgetown Law, accessed November 5, 2020, https://www.law.georgetown.edu/icap/our-work/police-and-criminal-justice-reform/graff-v-aberdeen-enterprizes-ii-inc/(compiling filings in *Graff v. Aberdeen Enterprizes Ⅱ, Inc.*, No. 4:17-CV-606-CVE-JF, includ-ing briefs in response to motions to dismiss from defendants claiming immunity).

基于"有限制的豁免权"原则,执法人员或执法机构只有在某项特定指控已经由此前负责审理的法院明确为违法时才能被起诉侵犯公民权利。① 活动人士和很多辩护律师说,"有限制的豁免权"这一概念传播范围极其广泛,乃至于几乎不可能在警察或者警察所在的各部门涉及暴力执法时追究其法律责任。② 这一法律概念传递了这样一层意思:如果联邦法院此前并没有裁定某种执法行为属于极其恶劣的侵犯公民权利行为,那么警察和地方治安官及其雇主们都将受到保护而免于承担责任。实际上,他们可以免于被起诉。③ 这同一个概念也被用来保护各政府部门在穷人因无力支付各种诉讼费而遭监禁的多宗案件中免于承担任何法律责任。④

2021年3月,负责审理俄克拉何马州一案的联邦法官驳回原告诉讼请求,裁定联邦法院对该案件不具备司法管辖权,判决被告胜诉。⑤

"本法院知悉有关人士及组织在其他几个州为改变借收费手段资助该州法院系统的做法而付出的多重努力,亦知悉政府及有关部门此

---

① Tony Messenger, "St. Louis Case of Prone Restraint Jail Death Could Affect Outcome of George Floyd Civil Action," *St. Louis Post-Dispatch*, June 4, 2020, https://www. stltoday. com/news/local/columns/tony-messenger/messenger-st-louis-case-of-prone-restraint-jail-death-could-affect-outcome-of-george-floyd/article_f9eb9290-ce1e-514f-8c63-f899e9d326d7. html.
② Hailey Fuchs, "Qualified Immunity Protection for Police Emerges as Flash Point," *New York Times*, July 20, 2020, https://www. nytimes. com/2020/06/23/us/politics/qualified-immunity. html.
③ April Rodriguez, "Lower Courts Agree—It's Time to End Qualified Im-munity," American Civil Liberties Union, September 10, 2020, https://www. aclu. org/news/criminal-law-reform/lower-courts-agree-its-time-to-end-qualified-immunity/.
④ "Graff v. Aberdeen Enterprizes II, Inc.," Institute for Constitutional Advocacy and Protection.
⑤ 美国宪法规定了控制法院的几种手段,其一是国会可以限制法院的管辖权,从而规避联邦法院对特定类别的案件进行判决。有论者称,此种做法会失去法院系统以有序且公平的方式解决争议的可靠手段,对法治造成不利影响。——译者

举对低收入被告人造成的诸多困难，"美国地方法院法官特伦斯·C.科恩（Terence C. Kern）写道，"无论原告们的目标有多么高尚或者用意多么良好，俄克拉何马州刑事司法系统的结构和资金事宜仍归该州立法部门及行政部门掌管。"①

俄克拉何马州一案的原告们就科恩的这一裁决提起上诉。

\*

俄克拉何马州的基尔曼一案和南卡罗来纳州的达尔比一案，若是任一案件最终达成和解或者进入审判阶段，那么遍及全美的各种罚金和诉讼费就会像纸牌屋一样瞬间分崩离析。与此同时，就像穆勒针对债务人监狱起诉的密苏里案一样，其他针对贫困犯罪化现象的各项诉讼也在逐步取得成效，并对很多州的政策产生积极正面的影响，其中最重要的两起诉讼出现在田纳西州，都是由民权团体和其他法律合作伙伴提起。第一起由卡拉卡特萨尼斯于2015年提出，控告的是拉瑟福德县（Rutherford County）以及与该县签订合同的营利性私人缓刑公司普罗维登斯社区惩教公司。② 拉瑟福德县位于该州首府纳什维尔（Nashville）东南部，其最大的城市是默弗里斯伯勒。③ 卡拉卡特萨尼斯的这起诉讼代理的是辛迪·罗德里格兹以及其他同她一样的贫困人士，内容与在其他地方起诉的类似案件几乎如出一辙，枪口指向的都是各自所在的县政府和私营缓刑公司因穷人无力承担诉讼费而将其处以

---

① "Graff v. Aberdeen Enterprizes Ⅱ, Inc.," Institute for Constitutional Advocacy and Protection.
② *Rodriguez v. Providence Community Corrections, Inc.*, No. 3:15-cv-01048 (M.D. Tenn. 2018); "Rutherford County, TN: Private Probation," Civil Rights Corps, accessed November 5, 2020, http://www.civilrightscorps.org/work/criminalization-of-poverty/rutherford-county-tn-private-probation.
③ "QuickFacts: Rutherford County, Tennessee; Murfreesboro, Tennessee," U.S. Census Bureau, accessed November 5, 2020, https://www.census.gov/quickfacts/fact/table/rutherfordcountytennessee, murfreesborocitytennessee/PST045219.

监禁的行为,控诉此举属于"强取豪夺"。①

"此举之症结,在于合谋之行径,涉事单位将多起涉及法院债务的轻罪缓刑案件移交给私营企业。该企业向不具备诉讼费支付能力,更无力承担缓刑费用的被告人收费敛财。"状词如此写道,"该涉事私营企业的目标在于利润最大化,在陷于贫困和身患残疾的被告人未能交付款项时,通过对被告人提出逮捕、吊销驾照或监禁等反复和持续性威胁手段,充当'缓刑监督官'的角色催收上述债务,同时也为企业自身核定并收取数额巨大的多项附加费用。此番强取豪夺造成的后果是,诸原告及其他处境与之类似的人们失去了他们的住房、工作、车辆,经历羞辱性的人身侵犯,遭受严重的医疗损害,卖血,为子女牺牲自身的食物和衣着,并且/或者把他们微薄的联邦残疾补助金全部拿去交私营企业的'监督费'。他们的身体健康处于无休止的威胁之中,年复一年不断施加的缓刑使他们变得越来越虚弱,而且这种缓刑制度的资金还是由他们自己掏钱提供的。因为贫穷,他们一而再再而三地被投入监狱。不断增长的债务、威胁和监禁形成的这一循环,已经使原告和拉瑟福德县数千名像他们一样的人身陷于恐惧和惊惶之中。"

2018年,该诉讼以1430万美元达成和解,这是拉瑟福德县和普罗维登斯社区惩教公司必须付给收费方案受害者的钱,这些人的公民权利经常性地遭到侵犯。作为和解的一部分,被告否认存在任何侵犯公民宪法权利的行为,但拉瑟福德县同意自此不再与任何私营缓刑公司签合同,并同意在政策上作出几项调整以保护贫困的被告人。②

同一年晚些时候的7月,一位联邦法官判决田纳西州不可再以当

---

① First Amended Class Action Complaint at 1, *Rodriguez v. Providence Community Corrections, Inc.*, No. 3:15-cv-01048, available at https://cdn.buttercms.com/BGlqwjugTuBhqghCFrGZ.
② "Rutherford County, TN: Private Probation."

事人未付诉讼费为由吊销其驾照。这个问题广泛存在于几十个州。该判决结果来自2017年由民权团体、国家法律和经济正义中心（National Center for Law and Economic Justice）、非营利组织"正义之城"（Just City），以及孟菲斯市的贝克、多纳尔森、贝尔曼、考德威尔与博科维茨律师事务所（Baker, Donelson, Bearman, Caldwell & Berkowitz）提起的一项诉讼。①

"如果一个人没有任何渠道可以偿还债务，他不可在威胁或诱骗之下偿还，但他未来有可能具备偿还能力。然而，吊销其驾照会破坏这一可能性。"美国地区法院法官阿丽塔·特劳格（Aleta Trauger）写道，她将吊销驾照程序称为"极其适得其反之举"。②

在提起这项诉讼之前的5年内，田纳西州以当事人未缴纳交通罚单为由吊销了25万份驾照③，以未付诉讼费为由吊销了14万份驾照。对于穷人来说，驾照被吊销自然使其找到工作的可能性更低，其迫于生计铤而走险从事违法犯罪活动继而遭到逮捕的可能性也更高。无论哪一种结局，都不会起到激励该州政府收回外债的作用。由于吊销驾照并没有遵循任何正当程序，此举违反美国宪法，特劳格写道。结果就是，吊销驾照被叫停，超过10万名田纳西州人有机会重新获得驾驶权利，而且无需偿还所欠的债务。

然而到了2020年5月，原告们收到一则坏消息：有一宗相关案件的判决结论被推翻了，此案恰恰关乎交通罚单引起的债务问题。美国联邦第六巡回区上诉法院判决，特劳格针对田纳西州法律签发的预防性禁制令不成立，因为该巡回区上诉法院受理的福勒诉本森案（*Fowler v. Benson*），密歇根州的一宗类似案件，此前经同一家联邦

---

① *Thomas v. Haslam*, 329 F. Supp. 3d 475, 543 (M.D. Tenn. 2018).
② *Thomas v. Haslam*, 329 F. Supp. 3d at 483–84.
③ *Robinson v. Purkey*, 326 F.R.D. 105, 121 (M.D. Tenn. 2018).

地区法院审理判定为符合美国宪法。① 极具讽刺意味的是，上诉法院的法官们赞同以当事人未付交通罚单债务为由吊销其驾照是一项很糟糕的政策，并且可能违反宪法，但同时又说他们对此也束手无策。

"因当事人无力支付款项而剥夺其驾照，这种做法不仅残忍而愚蠢，也是违宪的。很遗憾，除非全院庭审②或者最高法院促成一次反转，否则福勒一案的判决结果会排除我们纠正这一非正义行为的可能性。"该上诉法院写道。

虽然在田纳西州败诉，但致力于解决这一问题的多家律师事务所仍然盼着最终能把官司打到美国联邦最高法院去，以推翻福勒一案的判决。好几项类似的诉讼已经在其他几个州提出，包括密苏里州、③ 南卡罗来纳州、宾夕法尼亚州、俄勒冈州、加利福尼亚州以及得克萨斯州。一个名为"自由驾驶"（Free to Drive）的全国性联盟组织已经开始奋力争取立法者们的支持，以终结因未付法院债务而吊销驾照的做法。该联盟当前正在起作用，有十几个州已经提出相关立法议案。④

然而，这一大批已然把终结法院系统非法收取罚金及诉讼费行径

---

① *Robinson v. Long*, 814 Fed. Appx. 991, 997 (2020).
② 全院庭审（the en banc）：指由法院全体法官审理和裁决案件的制度，区别于通常由法院部分法官审理案件的制度。美国最高法院和州最高法院进行全院庭审，而联邦和州上诉法院一般只委派三名法官主持上诉审，但有时也进行全院庭审。此外，在对非常重要的案件进行审理或重审时，当事人也可以申请上诉法院进行全院庭审，但这种请求很少被批准。通常只在案件争议性很大或合议庭法官对主要法律问题意见不一时，才进行全院庭审。——译者
③ Tony Messenger, "Missouri Among Worst in Nation for Unconstitutional Driver's License Suspensions, Attorneys Say," *St. Louis Post-Dispatch*, March 4, 2019, https://www. stltoday. com/news/local/columns/tony-messenger/messenger-missouri-among-worst-in-nation-for-unconstitutional-drivers-license-suspensions-attorneys-say/article_ e3d7541b-d2b1-52dc-9e45-9f59e9078d86. html.
④ "About the Campaign," Free to Drive, accessed November 5, 2020, https://www. freetodrive. org/about.

当成自己奋斗事业的律师和活动人士们面临的现实是，如果没有各州立法机构的帮助，此事无法真正达成所愿。州立法机构制定了这些法令法规，而正是这些规定为大量收取法院罚金及诉讼费充当变相税收打开了方便之门；州立法机构也拥有通过新法律的权力，以确保其所在的州不会产生被迫了解债务人监狱概念的新一代贫困人口。

2019 年，在密苏里州，一位名为布鲁斯·德格鲁特（Bruce DeGroot）的共和党人立法者意识到，他必须参与解决这件事。密苏里州最高法院当时正在讨论那宗终将产生一份一致性意见的案件——该意见判定以无力支付监狱膳宿费为由监禁当事人之举为违法行为。此时的德格鲁特提出将类似的主张写进密苏里州法律的议案。[①] 有关这一议案的辩论及其结果，会为美国其他地方指明未来前进的道路。

---

[①] Mo. H.B. 192(2019), Missouri House of Representatives, https://house.mo.gov/Bill.aspx?bill=HB192&year=2019&code=R.

## 第九章　议会大厦

**密苏里州杰斐逊城 2018 年 2 月**

密苏里州众议院议员马克·艾勒布拉希特（Mark Ellebracht）对几乎存在于该州每个乡村县的债务人监狱现象下了定义，一言以蔽之：强取豪夺（extrotion）。①

有关此事，来自密苏里州利伯蒂市（Liberty）的这位民主党人是这么说的：如果贫穷的被告人不拿钱来补上此前被羁押时产生的房租，法官就要求他们每个月都到庭并威胁他们判处更长时间监禁。说得明白点，民权律师们和艾勒布拉希特在使用这个词时的意思是这样的：“强取豪夺"是试图凭借武力或威胁获取某物的行为。在由州众议院议员、来自鲍尔温市（Ballwin）的共和党人沙姆德·多根（Shamed Dogan）担任主席的众议院刑事司法特别委员会（House Special Committee on Criminal Justice）面前辩论时，艾勒布拉希特表示，法官、检察官以及地方治安官们——有时候代表决定他们各项预算的县高级官员——通过威胁将其投入监狱的手段来获取穷人的钱财，这种行为就是强取豪夺。②

"强取豪夺"这个词，同样也多次出现在全美各地当前正在进行的各项公民权利起诉书中。这些诉讼迫使刑事司法系统开始保护穷人的公民权利，争取终结美国的贫困犯罪化现象。这就是为什么 2018

年2月的某个上午，艾勒布拉希特会出现在密苏里州议会大厦地下一层的听证室里。他与布鲁斯·德格鲁特共同提出了一项议案，他为之出庭作证，后者是来自圣路易斯县西部郊区切斯特菲尔德镇（Chesterfield）的一名共和党人。③这两位都是律师，他们曾经在此处的某个审判室里埋头苦干。长久以来，以还不起名目繁多的法院债务为由将穷人关进监狱的做法属于这里的标准操作。他们二人共同提出众议院第192号议案，目标就是要终止这套操作。

德格鲁特恰巧也是我所在州的众议院议员。在读了我写的有关密苏里州乡村地区几个法官当时做的这般债务人监狱勾当之后，他提出了这项议案。④ 德格鲁特和我结成了一对奇怪的搭档。⑤ 他是个保守的共和党人；而我一直以政治独立自诩，忠实于科罗拉多州⑥的西部

---

① Tony Messenger, "Lines Drawn in Missouri Debtors Prison Debate: Extortion vs. Freedom," *St. Louis Post-Dispatch*, February 7, 2019, https://www.stltoday.com/news/local/columns/tony-messenger/messenger-lines-drawn-in-missouri-debtors-prison-debate-extortion-vs-freedom/article_71931341-9202-538b-aaa7-535b4d3f9047.html.

② Messenger, "Lines Drawn in Missouri Debtors Prison Debate"; "Representative Shamed Dogan," Missouri House of Representatives, accessed November 4, 2020, https://house.mo.gov/MemberDetails.aspx?year=2019&code=R&district=098.

③ Messenger, "Lines Drawn in Missouri Debtors Prison Debate."

④ Jack Suntrup, "Missouri Outlaws Jail Debt Turning into Jail Time, Following Action by Gov. Mike Parson," *St. Louis Post-Dispatch*, July 10, 2019, https://www.stltoday.com/news/local/govt-and-politics/missouri-outlaws-jail-debt-turning-into-jail-time-following-action/article_26b4fa38-3437-502e-9f4a-49c4302e1f37.html.

⑤ Tony Messenger, "Amid Turbulent Political Times, Criminal Justice Reform Forges Common Ground," *St. Louis Post-Dispatch*, July 11, 2019, https://www.stltoday.com/news/local/columns/tony-messenger/messenger-amid-turbulent-political-times-criminal-justice-reform-forges-common-ground/article_65230f12-39b7-5180-bbd7-69df19879bf2.html.

⑥ 科罗拉多州（Colorado）：位于美国西部山区（落基山脉东侧）。该州迅速变化的人口结构、小政府倾向以及更自由的社会政策，导致共和党、民主党和无党派人士在此呈三足鼎立之势，也使之成为美国总统选举的重要战场州。从1952年到2004年，只有1964年和1992年的民主党候选人在该州获胜，其余（转下页）

之根,我从小在那儿长大。当然了,这个曾经把乔治·W. 布什送进白宫的共和党,在它右倾幅度大到连自己都辨不清自家面目的特朗普时代,我变得越来越支持政治光谱上向左发展的进步事业。

在两次投票赞成巴拉克·奥巴马当总统之前,我曾经也为布什投过两次票。在德格鲁特任职于众议院的时代,我想象不出能有几个共和党人会赢得我的选票,包括他在内。就是在那种形势下,他在2018年12月月初给我打了电话。我当时正在密苏里州四处奔波,写文章报道乡村地区犯有轻罪的穷人成为主要受害者的不公正现象。

"我从小就穷。"德格鲁特在那第一通电话里告诉我。我们两个都有点勉强,不仅因为我们一贯持有的政治理念不同,而且因为我之前写过的文章对他相当不客气。我曾经发过一篇关于贫困问题的专栏,认为德格鲁特那时候站在错误的一边。那是大概一年以前,他发起一项议案,使第三方收债机构在与拖欠账单的穷人打官司时更容易胜诉。[①]

作为一名律师,德格鲁特曾经为那些大型收债公司效命。他们成立有限责任公司,从信用卡公司和"先租后买"公司买进一些拖欠的旧债。后者手头有别人尚未偿还的债务,欠债的人可能永远也拿不出这笔钱来还债。于是这些公司提起集体诉讼,把债务人告上法庭后赢得官司,而债务人当中很多人从未收到任何通知或者出庭受审,又或

---

(接上页)大选年获胜的都是共和党。但近些年来出现逐渐民主党化倾向,2004年之后,科罗拉多州在4次总统大选中全部投给民主党。在过去数年间,该州已经由一个红州转变成愈发稳固的蓝州。——译者

① Tony Messenger, "Missouri Lawmaker Switches Teams, Files Bill to Help Debt-Collector Clients," *St. Louis Post-Dispatch*, April 23, 2017, https://www.stltoday.com/news/local/columns/tony-messenger/messenger-missouri-lawmaker-switches-teams-files-bill-to-help-debt-collector-clients/article_e9b41a91-51af-594d-ac47-aaf7802d004a.html.

是他们收到了通知却没有意识到这是一家致力于收债的公司。[1] 他们只记得自己欠了彭尼百货公司（JCPenney）的钱，而不是收债的骑兵SPV Ⅰ有限公司（Cavalry SPV Ⅰ, LLC.）。德格鲁特当年发起的议案可使这些公司无须经过查证欠债是否属实这一程序而直接催收债款，操作起来更容易。[2]

"这是个非常危险的议案。"圣路易斯的律师吉姆·达希尔（Jim Daher）那时候告诉我。[3] 密苏里州和整个美国政坛上存在一个日益增长的趋势，这项议案只是其中的一部分。该趋势每年都会造成立法机构中民主党与共和党之间的分歧：一方是实际上充当共和党左膀右臂的美国商会（U.S. Chamber of Commerce），该组织一直致力于推动所谓的"侵权法改革"（tort reform）法案，旨在使民事责任发挥作用的这一领域向大企业倾斜而远离消费者[4]；另一方是代理受到不良商家伤害的消费者的出庭律师，在针对大型企业提起的集体诉讼中，这些律师有时候也会胜诉。[5]

传统上，美国商会绝大部分时候捐助的是共和党人，出庭律师们则为民主党人提供资金支持。密苏里州议会几乎每一年都会上演代理

---

[1] "How Debt Collectors Are Transforming the Business of State Courts," Pew Charitable Trusts, May 6, 2020, https://www.pewtrusts.org/en/research-and-analysis/reports/2020/05/how-debt-collectors-are-transforming-the-business-of-state-courts.
[2] Messenger, "Missouri Lawmaker Switches Teams."
[3] Messenger, "Missouri Lawmaker Switches Teams."
[4] Daniel P. Mehan, "Tonight's Program Is Sponsored by Missouri's Booming Lawsuit Industry," *St. Louis Post-Dispatch*, September 25, 2018, https://www.stltoday.com/opinion/columnists/tonight-s-program-is-sponsored-by-missouri-s-booming-lawsuit/article_44f0de07-d12e-5e25-8946-a421cf6ee4d0.html.
[5] Tony Messenger, "Fake Emails on Chamber-Pushed Tort Reform Prompt Allegation of Identity Theft in Missouri," *St. Louis Post-Dispatch*, September 30, 2018, https://www.stltoday.com/news/local/columns/tony-messenger/messenger-fake-emails-on-chamber-pushed-tort-reform-prompt-allegation-of-identity-theft-in-missouri/article_31801e5c-9e88-58a2-973e-2aa80e6e4974.html.

权之战。那一年，跟大多数时候一样，我支持的是消费者，而德格鲁特站在了大企业一边。然而情况并非一直如此。这正是我那篇专栏文章讨论的核心问题。早在 5 年前，在成为州众议院议员之前，在替大型收债公司卖命之前，德格鲁特是一名为穷人打官司的律师，这些穷人当时对抗的恰恰就是大公司。他出庭作证反对的，恰恰就是他本人当初提出的那项议案。①

"这是个糟糕的议案。"德格鲁特在他作证时签字的证人表中写道。事实上，就在这项议案未获通过几年之后，联邦消费者财务保护局（Consumer Financial Protection Bureau）将以不实收债行为为由，对美国最大的几家第三方收债公司处以罚款，勒令其向消费者退还约 6000 万美元。② 如今德格鲁特又站在了他当初的对立面。这是最高级别的虚伪，我心想。德格鲁特呢，他当然不这么认为。因此当他一年之后给我打电话时，我是心存怀疑的。结果发现，他也是揣着疑虑的。

"给你打电话不容易，"德格鲁特后来告诉我，"做着这份工作，媒体对我并不友好。但是读了你写的有关债务人监狱的几篇专栏文章，我知道你是对的。我知道我得采取行动了。"

就在我写文章讲述布鲁克·卑尔根被指控入店行窃沃尔玛一支 8 美元的睫毛膏后遭监禁一整年，③ 或者克里·布斯在 17 岁时因盗窃一台割草机入狱服刑 10 年之后仍被要求每个月到庭一次的遭遇时，德格鲁特从中看到了他自己。

---

① Messenger, "Missouri Lawmaker Switches Teams."
② Messenger, "Missouri Lawmaker Switches Teams."
③ Tony Messenger, "Judge Tries to Block Access to Debtors' Prison Hearings in Dent County," *St. Louis Post-Dispatch*, November 5, 2018, https://www.stltoday.com/news/local/columns/tony-messenger/messenger-judge-tries-to-block-access-to-debtors-prison-hearings-in-dent-county/article_ec6a9526-e652-5819-88b0-b5e8fd3b28dc.html.

＊

德格鲁特 1963 年出生于南达科他州的苏福尔斯（Sioux Falls），父亲叫哈罗德·德格鲁特（Harold DeGroot），母亲是帕特里夏·德格鲁特（Patricia DeGroot）。"我父亲是个酒鬼，什么活儿都干不长久。"德格鲁特说。他 4 岁时，父母离婚，彼时母亲才 25 岁，带着 3 个不到 5 岁的孩子。"她没工作、没上过学、没家人支持，她甚至不会开车。"德格鲁特说。那时候的穷日子他至今记忆犹新，并且知道他们一家人当时属于相对贫困状态。圣诞节总是过得紧巴巴的；常年穿别人的旧衣服；没得度假；靠食品券填饱肚子，直到他上中学。

"记忆中最刻骨铭心的事情之一，就是每个月领免费午餐卡时备受煎熬，"德格鲁特说，"老师会把所有带了钱买午餐卡的孩子们叫到她桌子跟前，逐个收下他们当月买卡的 10 美元。完了再把吃免费午餐的孩子叫过去，只有我们两三个人，然后煞有介事地给我们发放粉红色的午餐卡。这对一个 10 岁或者 11 岁的孩子来说，羞辱的程度超乎想象。我常常心怀恐惧，生怕被人当成穷人。"

德格鲁特的母亲设法说服了一位银行家，给她借了笔钱，足够供她学完呼吸疗法，培训结束后她在苏族谷医院（Sioux Valley Hospital）找到了一份工作，在那里一直干到 65 岁退休。布鲁斯成年之前，她一年到头挣的钱从来没有超过 3 万美元，但她的职业道德对他产生了潜移默化的影响。

这位在密苏里州众议院官方个人简介中被称为"水牛比尔"[①] 后人的德格鲁特，年少时勤于学业，接着从南达科他大学（University

---

[①] 水牛比尔（Buffalo Bill）：原名威廉·弗雷德里克·"水牛比尔"·科迪（William Frederick "Buffalo Bill" Cody, 1846—1917），是美国西部开拓时期最具传奇色彩的人物之一，其组织的牛仔主题表演"水牛比尔的狂野西部"（Buffalo Bill's Wild West）秀创造了一个永恒不变的美国西部神话。——译者

of South Dakota）顺利毕业。他后来又在圣路易斯大学法学院深造。[1] 作为一名年轻的律师，他常常在某些法官口中所说的"法定还款日"那天置身于乡村法庭的审判室之中，那里充斥着各种提审和交通罚单案件，当然还有付款审查听证会。

"在某些司法辖区，尤其是乡村地区，刑事和民事待审积案由同一位法官审理。"德格鲁特说，"对我来说，这个过程惊人地似曾相识。法警会叫被告人起立，站到法官面前。然后法官会当着被告人以及审判室在场所有人的面，宣布被告人欠款数额并问他当天能否还清这笔钱，如若不能，原因为何。我无法不注意到此情此景与我领取粉红色午餐卡那些日子的相似之处。那些被告人在审判室众目睽睽之下不得不向法官解释自己为什么需要多些时日才能还钱，我看到了他们这一刻露出的窘态。乡村社区的这个过程，年轻律师和经验老到的律师都已经见怪不怪了。"

然而更常见的是，在这些过程中，律师们往往缄口不言。系统就是这样设计的。如果律师代理的不是某位特定的委托人，他们便不能上前为这些穷人辩护指出其受正当程序原则保护的各种权利正在受到侵犯。有时候只是因为地方法院系统的一些陈规陋习在作祟。隔三差五出现在某位特定法官面前为委托人辩护的律师们，没有哪一位想落得个处境艰难的下场，对一名初出茅庐的年轻律师来说尤其如此，而这种情况往往发生在公设辩护人身上，他们代理的就是本书通篇讨论的这些委托人。

马修·穆勒为此提供了最完美的范例。他才刚开始有所行动要打破现状，就被法官和检察官们向律师协会提起投诉。趁德格鲁特开始

---

[1] "Representative Bruce DeGroot," Missouri House of Representatives, accessed October 28, 2020, https://www. house. mo. gov/MemberDetails. aspx? year＝2019＆code＝R＆district＝101.

着手推进他的立法事宜，我帮他联系上了穆勒和公设辩护人系统负责人迈克尔·巴瑞特。

然后，我自己也给他们双方打电话，提了个要求：密切留意该议案进展。作为一名记者，我这是在谨慎行事。专栏作家有时候显然有着鲜明的立场，而且毫无疑问我当时写的一系列专栏文章就是在为推动密苏里州进行严肃的刑事司法改革摇旗呐喊。但是与提出某项特定议案的立法者们进行非正式谈话，并且基于我自己有关这项议案将在何处发挥最大效用的报道而主动提供建议，这在我看来是不太寻常的举动。我远离政治，但如果说为德格鲁特和艾勒布拉希特提出的这项议案投注了大量精力，这倒是毫不夸张的。

\*

2月初那个上午的第一场听证会很顺利。没有人投票反对这项议案。[1] 政治光谱上不同政见的各党派人士结成同盟一致表示支持，它们是美国公民自由联盟、公设辩护人办公室、密苏里州天主教会议（Missouri Catholic Conference）、美国繁荣协会（Americans for Prosperity）等。大家都给予了极为热烈的支持，同沙姆德·多根的众议院刑事司法特别委员会成员一样，两党皆如此。[2]

"有些人仅仅因为无力支付就遭到监禁，这对他们极其不公平。"珍妮特·莫特·奥克斯福德（Jeanette Mott Oxford）说，她代表的是非营利组织"赋权密苏里"（Empower Missouri），该组织提倡的政策主要致力于帮助减少贫困。

听证会开始不久，德格鲁特就明确告诉同事们他最终想要获得怎样的辩论结果。"我会乐于看到一项修正案，其中规定你们不能因为

---

[1] Mo. H.B. 192(2019), Missouri House of Representatives, https://house.mo.gov/Bill.aspx?bill=HB192&year=2019&code=R.

[2] Messenger, "Amid Turbulent Political Times, Criminal Justice Reform Forges Common Ground."

人们坐牢而收费。"他说。德格鲁特和艾勒布拉希特已经讨论过了,两人试图彻底禁绝监狱膳宿费。德格鲁特说,纳税人已经交了钱,再因为坐牢而收费,这根本说不通。提倡这一理念的人,像布伦南司法中心的劳伦-布鲁克·爱森,早就认同这种看法。这几乎等同于双重征税,而且造成司法系统双重标准并行的局面,因为穷人在审判前几乎总会在看守所蹲更长时间,这常常是因为他们付不起保释金,进而导致他们的监狱膳宿费越涨越高。①

密苏里州的这两位立法者都没有料到这样一项议案竟然会获得通过,因为没了这笔收入,地方治安官、县高级官员以及检察官们全都有可能站出来表示反对。原本在有关案件方面,密苏里州最高法院有望作出裁决,要不是不愿等到第二年重来一遭,这两位立法者也不想在当年的州立法会期间硬着头皮上。他们觉得自己拥有了足够的势头和支持来推动这项议案通过。于是他们将议案的范围限制在仅仅确保人们不会因为无力承担监狱膳宿费而遭到监禁。反观收费方面,这项新提出的法律议案将允许地方治安官采取民事手段追讨这笔费用。

接下来的一周,德格鲁特的议案在委员会之外获得通过。再过一周,美国联邦最高法院作出"廷布斯诉印第安纳州"一案的判决,由鲁斯·巴德·金斯伯格大法官撰写的判决意见为全美范围内掀起的反对处以过重罚金运动进一步壮大了声势。该判决事关印第安纳州一个名为泰森·廷布斯(Tyson Timbs)的男子,此人名下有辆价值4.2万美元的路虎车,在其从事毒品买卖被捕后,车被没收。根据印第安纳州法律,廷布斯涉嫌贩卖毒品罪,需缴纳罚金,但路虎车的价值超

---

① Lauren-Brooke Eisen, "Paying for Your Time: How Charging Inmates Fees Behind Bars May Violate the Excessive Fines Clause," Brennan Center for Justice at NYU School of Law, July 31, 2014, https://www.brennancenter.org/our-work/research-reports/paying-your-time-how-charging-inmates-fees-behind-bars-may-violate.

出罚金最高金额4倍之多。没收毒品案件中的贩运工具，这在全美各州都很常见；印第安纳州最高法院裁定该没收行为合法，因为美国宪法第八修正案禁止收取过重罚金的规定此前并没有适用于各州。在对此案的审理中，美国联邦最高法院第一次且9位大法官以全体一致的形式作出判决：该修正案适用于各州。①

"纵观整个盎格鲁-美利坚历史，禁止收取过重罚金是一面恒常不变的防护盾，这是有充分理由的，"金斯伯格写道，"收费过高会对美国宪法保障的其他自由造成损害。例如，过重的罚金可能会被用来打击报复政敌，或者使其政治性言论遭受冷遇……即便不具备某种政治动机，罚金的使用也可能在某种程度上并不符合惩罚与威慑的刑罚目标。"②

美国联邦最高法院裁定，美国宪法第八修正案中禁止收取过重罚金及诉讼费的规定统一适用于全美各州，此举极大地鼓舞了美国各地为对抗贫困犯罪化而在法律上作出各种努力的人们。③

多根，这位共和党人，那天以一个灿烂的笑容开始了他的听证。终结违宪的资产没收行为，是他坚信不疑要解决的问题。而就在当天上午，他所在的众议院刑事司法特别委员会通过了他发起的一项议案，旨在限制密苏里州出现此类行为。该州的各执法机构借助联邦政府机构之力，促成毒品案件中的此类没收行为合法，并最终发了一笔横财，继而常常演变成地方警察局的日益壮大：在地方治安部门势单力薄的同时，市政警察部队却能以其不义之财配备装甲车、直升机以

---

① *Timbs v. Indiana*，139 S. Ct. 682,686(2019).
② *Timbs v. Indiana*，139 S. Ct. at 689.
③ Tony Messenger, "Supreme Court 'Adds Teeth' to Criminal Justice Reform in Missouri," *St. Louis Post-Dispatch*, February 21, 2019, https://www.stltoday.com/news/local/columns/tony-messenger/messenger-supreme-court-adds-teeth-to-criminal-justice-reform-in-missouri/article_0395d988-e769-54fe-b731-0b497d671bc4.html.

及其他军用级别的武器装备。①

那天,众议院刑事司法特别委员会通过了多根的议案,同时也通过了贾斯汀·希尔提出的一项议案。这位来自雷克圣路易斯市的共和党人提出对进行大量毒品检测、负责监督轻罪案件缓刑犯的营利性私人缓刑公司加强管控。此举意在保护像卑尔根那样的人。对这些人来说,一次毒品检测不通过可能会导致违反缓刑规定,而他们之所以被处以缓刑,遭指控的罪名原本与毒品滥用或药物滥用并没有丝毫关系。②

巴瑞特那天在委员会面前作证,谈及廷布斯一案判决意见的重要性。所有这些他称之为"为利益而治安"的要素多管齐下。"这些罚金及诉讼费频频迫使〔被告人〕在其服刑期满很久之后仍留滞于刑事司法系统中。"巴瑞特说。③ 再后来,德格鲁特的议案清除了立法之路上的另一障碍,即通过了规则委员会,为下一步众议院会场辩论做好了准备。④ 德格鲁特还得等到5月,要在密苏里州最高法院公布有关债务人监狱问题的一致判决意见之后,才能上场辩论。

"我见识过真实情况是怎么发生的。"德格鲁特把他的议案作为终结密苏里州债务人监狱的一种解决方案提交讨论时,告诉众议院的其他同事。这位议员说,"债务人监狱"这个词,在有些人听来或许有些刺耳,但在现实生活中,这就是整个密苏里州各乡村县正在发生的事实。"事实就是,你得带点儿钱交给法官,还掉一部分。你要是不到庭,一纸逮捕令就会被签发下来,然后你被重新关进看守所,如此一来欠法院的钱就更多。大概在四五个月前,我的一个选民,也是《圣路易斯邮报》的一名记者,托尼·梅森格开始就我们乡村法院的这些情况撰写一系列文章。他报道的事件中,有一些相当匪夷所思。"

---

① Tony Messenger, "Supreme Court 'Adds Teeth.'"
② Tony Messenger, "Supreme Court 'Adds Teeth.'"
③ Tony Messenger, "Supreme Court 'Adds Teeth.'"
④ Mo. H. B 192(2019).

Profit and Punishment

然后，他谈起卑尔根的遭遇。自开始写这些因为无力承担诉讼费或监狱膳宿费而被关进监狱之人的经历以来，我和他们之中很多人都聊过。卑尔根同其中的绝大多数人一样，她的经历常常成为或许最能帮他看清楚穷人在美国各个法院里遭到的令人难以置信的不公正对待。

对有些人来说，这事只是算有些荒谬：被控偷盗的睫毛膏只卖 8 美元，而她最终欠法院的钱却超过 1.5 万美元。德格鲁特在为这项议案辩论时提到了这一鲜明对比。对另一些人来说，问题在于监禁，这种事表面看来就很荒谬；抑或在于私营缓刑公司，她每个月都得交钱给这类公司，也是它一次又一次把她送进看守所。

吸引我关注卑尔根遭遇的，还有另一个因素：就像克林特·伊斯特伍德（Clint Eastwood）的电影，我喜欢带有性格缺陷的人物角色。想想伊斯特伍德执导的最成功的几部电影，像是《神秘河》《完美的世界》或者《老爷车》①。电影中的好人几乎总是存在性格缺陷而不讨人喜欢，最后反倒是坏人更得人心，比如《完美的世界》中凯文·科斯特纳（Kevin Costner）饰演的那名越狱逃犯。②

---

① 《神秘河》，克林特·伊斯特伍德执导，西恩·潘（Sean Penn）、蒂姆·罗宾斯（Tim Robbins）、凯文·贝肯（Kevin Bacon）以及劳伦斯·菲什伯恩（Laurence Fishburne）主演（华纳兄弟，2003年）；《完美的世界》，克林特·伊斯特伍德执导，凯文·科斯特纳、克林特·伊斯特伍德以及劳拉·邓恩（Laura Dern）主演（华纳兄弟，1993年）；《老爷车》，克林特·伊斯特伍德执导，克里斯托弗·卡利（Christopher Carley）、比·王（Bee Wang）和安蕾·荷（Ahney Her）主演（华纳兄弟，2008年）。——译者

② 《完美的世界》讲述的是两名罪犯在万圣节凌晨从监狱中出逃后劫持一辆汽车向边境逃窜的故事。单亲孩子菲利普（T. J. 劳瑟饰）家教甚严，童年生活了无乐趣，甚至从未参加过一次鬼节讨糖果的游戏。附近州立监狱越狱成功的两名罪犯劫持了菲利普作为人质，向得州边界逃窜。途中，罪犯之一布奇（凯文·科斯特纳饰）干掉了鲁莽愚蠢的同伙，却对小菲利普照顾有加。与此同时，得州警探瑞德（克林特·伊斯特伍德饰）带着手下和州长特派的犯罪专家萨利（劳拉·邓恩饰）一同火速追捕布奇。双方在得克萨斯州境内展开了一场公路赛大竞技，而小菲利普也经历了很多从未想过的刺激与快乐，并与布奇产生了一种近似父子的不寻常感情。——译者

如果刑事司法系统只服务于那些没有性格缺陷、不犯错、没有毒瘾也不会偶尔做出错误决定的人，那么美国宪法保障的一切公民权利又有什么意义？这些权利是适用于我们所有人，即便在我们最脆弱无助的时刻也一样，还是并非如此？

因为亲身体会过贫困的滋味、经历过与布鲁克·卑尔根类似的窘迫，德格鲁特便能体恤那些因为司法系统存在缺陷而被丢进债务人监狱的人。这套体系对他们施以不公正的惩罚，而丝毫不考虑他们是谁以及他们作为一个活生生的人当时面临的艰难处境。

"她现在还欠债近 1.5 万美元。我们使她处于无力翻身的境地，"德格鲁特在为他的议案辩论时说，"她永远无法从这套体系中脱身。这项议案要做的，仅仅在于废除那样一套体系。"

德格鲁特当年正在上高中的儿子那天坐在旁听席观看了这场辩论。这很特别，不同于德格鲁特所提的其他议案："这可能是我用我的法学文凭干过的最棒的事。"

这项议案以压倒性胜利获得众议院通过。然而从参议院回来时，德格鲁特和艾勒布拉希特还有个艰难的决定要做。来自密苏里州西南部乡村小镇罗杰斯维尔（Rogersville）的共和党人麦克·卡宁汉（Mike Cuningham）参议员加插了一条修正案，与该议案的主旨相悖。有了卡宁汉的这条修正案，任何由特殊程序执行人执行的传唤将增收 10 美元费用，而这笔钱将归入一项补充基金，用于增加协助地方治安官办案警员的薪资。①

这是典型的"换一种方式敲诈"修正案，德格鲁特说。在密苏里州议会内部，城乡利益存在分歧，乡村地区的利益团体通常掌握大部分实权，而圣路易斯利益团体往往与该州其他地区并不一致。在这种情况下，地方治安官们已经有州法律来保障获得这样一笔费用；而在

---

① Mo. H. B 192(2019).

圣路易斯,当地法院是全密苏里州最忙碌的,民事案件的大部分传唤都由私营公司执行。如此一来,这笔额外开支将落到各种各样的委托人头上,而收入将变成补充基金,用来增加其所在地区的立法者们不愿通过增税来提高的警员薪资。这就同原先那套收取罚金及诉讼费的做法殊途同归了,虽然这笔开支不会像监狱膳宿费那样直接由穷人承担。德格鲁特和艾勒布拉希特两人都不愿接受这条修正案。然而如果寸步不让,将会危及整套议案。于是,无论表面看来有多困难,出于政治上的权宜考虑,他们做出了妥协。这项议案最终获得通过,并于2019年7月9日由州长麦克·帕森签署,正式成为该州法律。[1]

\*

在明尼苏达州,参议员约翰·莱施(John Lesch)并没有取得这样的成功。莱施是圣保罗的一名律师,也是明尼苏达州民主-农民-劳工党(Minnesota Democratic-Farmer-Labor Party)成员。[2] 自2003年成为州立法机构成员以来,莱施多年来致力于推动立法,以减轻法院系统的罚金及诉讼费政策对穷人造成的不良影响。作为一名前检察官也是辩护律师的莱施,曾亲眼见证过这一往往始于某次普通交通罚单的犯罪循环。自从经济大衰退之后,明尼苏达州同其他大部分州一样,各项罚金及诉讼费一直往上涨。"随着预算收紧,我们不断加大收费力度。"莱施说。15年来,莱施致力于推动一项议案,但屡战屡败。他的议案旨在促使州法律明确规定必须为包括交通案件当事人在内的每一位被告人进行偿付能力听证会,而被告人确实无力支付的,

---

[1] Messenger, "Amid Turbulent Political Times, Criminal Justice Reform Forges Common Ground."
[2] 明尼苏达民主-农民-劳工党:美国明尼苏达州的两个主要政党之一,隶属于美国民主党,可视为民主党在明尼苏达州的分支。该党于1944年由明尼苏达民主党与明尼苏达农民-劳工党合并而成。——译者

法官们则应考虑为其免除此类费用。①

1998年,明尼苏达州的立法者们通过了一项法案,允许该州在所有交通案件和刑事案件中额外收取25美元,但如今已是原来的3倍之多,并且增加了许多其他类别的费用,包括所有交通案件应交的12美元附加费。②莱施提出的旨在减少贫困犯罪化的议案之一,2018年差一点就坚持到了终点。在埃尔克里弗乡村地区的共和党人尼克·泽瓦斯的支持下,一项将终结吊销无力承担法院债务之人驾照做法的议案差一点正式成为该州法律。③

同声势越来越壮大的"自由驾驶"联盟运动支持者一样,对莱施和泽瓦斯两人来说,如果当局因为穷人承担不起法院债务而拿走他们的驾照,实际上会使他们更不可能还得起债,更可能丢掉工作,从而陷入更贫困的境地。这是再简单不过的常识。

"因为挣的钱不够交罚金或费用,我们就干脆剥夺他们的工作能力,这主意得有多荒唐可笑?"泽瓦斯在2019年于纽约举办的"收银机司法"研讨会小组讨论中这样表示,我当时也参加了这项活动。④"这是一个跨越了一切政治边界而进入常识领域的问题。"这个观点几乎主导了整个2018年。终结驾照吊销的议案获得通过,但它摇身一变成了包含众多其他主题、长达1 000页的一揽子混合议案。明尼

---

① "Rep. John Lesch," Minnesota House of Representatives, accessed November 4, 2020, https://www.house.leg.state.mn.us/members/profile/10773.
② "2020 State Payables List Traffic/Criminal," Minnesota Judicial Branch, 2 https://www.mncourts.gov/mncourtsgov/media/scao_library/Statewide%20Payables/2020-Traffic-Criminal-Payables-List-Rev-2-2020.pdf.
③ Jonathan Avise, "'Vicious Cycle' of License Suspension for Unpaid Fines Would Stop Under House Bill," Minnesota House of Representatives, March 14, 2018, https://www.house.leg.state.mn.us/SessionDaily/Story/13102.
④ "Cash Register Justice Round Ⅱ: Covering the Hidden Costs of the Justice System," John Jay College of Criminal Justice, https://thecrimereport.org/wp-content/uploads/2019/09/CRJ-Program-Final.pdf.

苏达州州长马克·戴顿（Mark Dayton）否决了此议案，原因跟驾照吊销问题无关，但莱施和泽瓦斯支持的提案终究还是功败垂成。①

担任公共安全委员会主席的莱施依然心怀希望，认定他的两项议案会越来越有吸引力。2020年，新冠肺炎疫情的蔓延使大部分议案进展陷入停滞，尤其那些可能影响地方政府收入的，一律就此搁置，他所提的议案便是如此。然而他在这件事上的搭档、来自对手党共和党的泽瓦斯已经离开了州立法机构，取而代之的这位从前是一名协助地方治安官办案的警员，与泽瓦斯相比，此人在这件事上给他的支持要少得多。这就是说，对莱施而言，一切回到了原点，千头万绪又得从头谋划。

终结驾照吊销的议案在明尼苏达州功亏一篑，但类似的努力在其他几个州修成了正果，这其中有一些由共和党人主导，另一些则由民主党人推动。

现如今在美国，有35个州以及哥伦比亚特区有法律规定可以因为当事人未支付法院债务而吊销其驾照，并且在某些情况下必须强制执行。这个数字在以前还要更高。② 2016年，佛蒙特州成为首批取消这种做法的州之一，虽然不是完全废除，但至少在拖欠某些法院罚金及诉讼费时不再吊销驾照。③ 缅因州2017年紧随其后，加利福尼亚州亦如此。2019年，得克萨斯州和蒙大拿州采取同样措施。到了2020年，俄勒冈州和纽约州通过了类似的法律。④ 2021年年初，伊利诺伊州也加入该行列。

---

① Minn. S. F. 3656(2018), vetoed May 23, 2018, available at "Minnesota Session Laws—2018, Regular Session," https://www.revisor.mn.gov/laws/2018/0/Session＋Law/Chapter/201/.
② "Free to Drive: About the Campaign," Free to Drive Coalition, accessed October 5, 2020, https://www.freetodrive.org/maps/#page-content.
③ "Free to Drive: State Laws," Free to Drive Coalition, accessed October 5, 2020, https://www.freetodrive.org/maps/#page-content.
④ "Free to Drive: About the Campaign."

2017年，在南方贫困法律中心和麦克阿瑟司法中心施加的压力之下——二者都是非营利组织，提倡终结以财富为准绳决定是否驾照吊销的行为——密西西比州的官僚们甚至都等不及立法者采取行动。吊销那些无力支付法院罚金之人的驾照、对其公民权利造成侵犯事实的铁证摆在他们面前，密西西比州公共安全部即废除了这一做法。①

助理总检察长哈罗德·E. 皮泽塔三世（Harold E. Pizzetta Ⅲ）的一封信正式确定了这一措施，密西西比州开始恢复约10万名该州居民的驾照使用权。② 两年之后，该州立法机构通过了刑事司法改革法案（Criminal Justice Reform Act），将这一改变写进法律，使之正式成为密西西比州法定政策。③

"要是密西西比州能成，"罚金与诉讼费司法中心的丽莎·福斯特说，"那么大家都做得成。"

这是某些议员2020年向美国国会提出的新一项立法目标。美国参议院的两位议员，特拉华州的民主党人克里斯·库恩斯（Chris Coons）和密西西比州的共和党人罗杰·维克尔（Roger Wicker），提出他们的联邦《驾驶机会法案》（*Driving for Opportunity Act*），鼓励各州停止基于债务的驾照吊销行为。④ 在全美范围内，约有1 100

---

① "Mississippi Department of Public Safety Declines to Enforce Statute That Permits Driver's License Suspension for Failure to Pay Fines and Fees," Fines and Fees Justice Center, April 7, 2017, https://finesandfeesjusticecenter. org/articles/mississippi-drivers-license-suspension-fines-fees/.
② "Mississippi Department of Public Safety Declines to Enforce Statute," Fines and Fees Justice Center.
③ "Mississippi HB 1352: The Criminal Justice Reform Act," Fines and Fees Justice Center, March 28, 2019, https://finesandfeesjusticecenter. org/articles/mississippi-hb-1352-the-criminal-justice-reform-act-ends-drivers-license-suspension-for-unpaid-fines-and-fees-failure-to-appear/.
④ "Driving for Opportunity Act of 2020," Fines and Fees Justice Center, July 2, 2020, https://finesandfeesjusticecenter. org/articles/driving-for-opportunity-act-of-2020/.

万人因为债务问题被吊销驾照。①

"新冠肺炎疫情使美国人在支付各类账单、照顾家人方面处境更加艰难,这时候吊销驾照,他们就几乎不可能保住工作,也就没法还清债务了。"库恩斯在提交讨论该议案时说。②

确实如此。2007年的一项研究发现,只有约6％的司机因为驾驶相关问题而被吊销驾照。大多数吊销情况与未付法院费用,或者拖欠子女抚养费,又或者其他类似的债务相关。被吊销驾照的人中,约有42％失去工作,其中将近一半无法再就业。③ 这整个过程简直就是"有悖常理",泽瓦斯说。在停止以未偿还法院债务为由吊销当事人驾照这种行为的各个州里,至少有一个州的证据能证明这一点,福斯特说。就在加利福尼亚对吊销驾照相关法律做出改变之后的第二年,收回的法院罚金及诉讼费实际上增加了近9％。④

"停止吊销驾照之后,更多的人及时还了款,"福斯特说,"这是有原因的。人们在工作呢。"

这也是在全美多个州缓慢推进的保释金改革立法背后的理念之一。除了要确保法官们真正在保护被告人的公民权利不受侵犯、不惩

---

① *Driving Toward Justice* (San Francisco: Financial Justice Project, April 2020), 2, https://sftreasurer.org/sites/default/files/2020-04/DrivingTowardJustice.pdf.

② Free to Drive, "Bipartisan U.S. Senate Bill Targets Debt-Based Driver's License Suspensions," press release, July 2, 2020, https://www.freetodrive.org/2020/07/02/press-release-bipartisan-u-s-senate-bill-targets-debt-based-drivers-license-suspensions/.

③ Jon A. Carnegie and Alan M. Voorhees, *Driver's License Suspensions, Impacts and Fairness Study* (New Jersey: Rutgers University, New Jersey Department of Transportation, New Jersey Motor Vehicle Commission, and U.S. Department of Transportation, August 2007), 2, 5, 56, available at https://www.politico.com/states/f/?id=00000174-fabe-d951-a77f-fbfedef80000.

④ *Report on the Statewide Collection of Delinquent Court-Ordered Debt for 2017 – 18* (Judicial Council of California, December 2018), 2, https://www.courts.ca.gov/documents/lr-2018-statewide--court-ordered-debt-2017-18-pc1463_010.pdf.

罚性地使用保释金手段将穷人审前羁押，还存在一个有力的观点就是：比起把推定无罪的被告人关起来，将他们放出去、让他们回到家人身边、使其得以保住工作，这对改善地方社区治安环境反而更有好处。

自2017年以来，新泽西州便呈现出这一状态。该州是最早显著减少对刑事司法系统现金保释制度依赖的州之一，民权团体的亚历克·卡拉卡特萨尼斯喜欢将其称为"基于财富的羁押"制度。① 如果说因为没能支付罚金及诉讼费而必然面临监禁威胁是这套司法系统把穷人牢牢拴在法院的手段，那么现金保释就是他们何以被卷进去的原因。在这两种情况下，无论被告人是未曾定罪还是已经服刑期满，经济困窘便意味着额外监禁，原因只是他们没有足够的钱买回自己的自由。

2013年，新泽西州的立法者们决定为此做点什么。该州有个委员会发现现金保释制度在新泽西州往往被用来监禁犯了轻罪的穷人，因为这些人掏不起购买自由的钱；而对比之下，面临更严重指控、可能会对社区安全造成威胁的更富人群却通常被释放，因为他们给保释担保人的钱足够多。②

该委员会发现，新泽西州的看守所里有73%的在押人员属于"审前"羁押，这意味着他们根本还没有被定罪；这些人中，有12%是因为承担不起2500美元甚至比这还要少的保释金而被关押在此。③ 这种

---

① Michael Zuckerman, "Criminal Injustice: Alec Karaktsanis Puts 'Human Caging' and 'Wealth-Based Detention' in America on Trial," *Harvard Magazine*, September-October 2017, https://harvardmagazine.com/2017/09/karakatsanis-criminal-justice-reform.
② Diana Dabruzzo, "New Jersey Set Out to Reform Its Cash Bail System. Now, the Results Are In," *Arnold Ventures*, November 14, 2019, https://www.arnoldventures.org/stories/new-jersey-set-out-to-reform-its-cash-bail-system-now-the-results-are-in/.
③ Christopher Porrino and Elie Honig, "New Jersey's Former Top Prosecutors: Bail Reform Isn't Easy, But It Works," *Westlaw*, *Thomson Reuters*, November 21, 2018, 1, https://www.lowenstein.com/media/4708/wlj_wcc3303_porrinohonig.pdf.

事不足为奇。据美联储 2018 年一项研究显示，当发生 400 美元意外开支时，有近 30% 的美国人不得不借钱渡过难关。[1] 对数百万美国人来说，这就是靠工资过活的真实现状，这也是为什么他们当中这么多人仅仅因为遭到一项指控，有时候甚至是非常轻微的交通违规指控就会长期滞留于这个国家的各个看守所之中。

委员会在新泽西州的调查结果反映出美国几乎所有州现金保释制度的运行状况。该委员会得到两党支持，对现金保释制度采取弃用态度。而后在 2016 年，超过 60% 的新泽西州选民投票通过了州宪法修正案，此举几乎彻底废除该州把现金保释作为羁押手段的做法。[2]

根据这项新制度，确定会对社会造成威胁的人，法官们可以将其羁押，且不得保释；他们也可以基于各种各样的现实情况将尚未审判的被告人予以释放，如被告人处于戒酒或戒毒期间、已随身绑定定位监测器或者需要遵守宵禁规定等。新法律颁布后的第一年，该州立监狱人口减少超过 20%，犯罪率也随之降低。[3] 2018 年 11 月，克里斯托弗·博瑞诺（Christopher Porrino）与埃利·霍尼格（Elie Honig）两位律师就新泽西州的保释金改革撰写了一份分析报告，建议将其作为典范推广至全美，部分原因在于此项改革最大的受益者乃是之前因为贫穷而遭到羁押的贫困被告人。

"1964 年，总检察长罗伯特·肯尼迪（Robert Kennedy）在国会作证时说过，'这个问题，简单来说就是：富人和穷人在我们的法院里没有受到平等的司法对待。这在保释金方面体现最为明显……保释金已经成为系统性司法不公的媒介。'"两位律师如此写道，"作为一

---

[1] Eric Rosenbaum, "Millions of Americans Are Only ＄400 Away from Financial Hardship. Here's Why," *CNBC*, May 23, 2019, https://www.cnbc.com/2019/05/23/millions-of-americans-are-only-400-away-from-financial-hardship.html.
[2] Porrino and Honig, "Bail Reform Isn't Easy, But it Works," 2.
[3] Porrino and Honig, "Bail Reform Isn't Easy, But it Works," 2-3.

个国家，我们知晓这一事实已超过五十载。如今，新泽西州已经表明，保释金改革确乎行之有效。改革的具体路径已然明了，任何人可效仿之。我们呼吁所有其他州与我们携手，共创肯尼迪多年前向往的更公平、更公正的保释金制度。"①

美国的现金保释制度存在一个明显的事实，那就是其现实情况与普通美国人可能认为的样子并不一致。现实是它被用来羁押尚未审判的穷人，以此作为强迫他们认罪的一种策略；而普通美国人则可能通过电视节目对它形成片面的认知，比如《赏金猎人》（*Dog the Bounty Hunter*），那是美化保释金担保人的一档节目，这些人被塑造成追踪出逃的重罪犯并将其带回出庭从而确保美国安全的英雄形象。②

之后大刀阔斧进行现金保释制度改革的两个州都来自沿海地区：东海岸的纽约州和西海岸的加利福尼亚州。支持改革的有关人士为这两个州取得的巨大胜利拍手称快，然后又眼睁睁看着事情被搁置，或者说出现某种程度上的局势逆转。加利福尼亚州保释金制度改革的动力来自由民权团体代理 63 岁的肯尼斯·汉弗莱（Kenneth Humphrey）提起的一项诉讼。③ 汉弗莱是个黑人，原是旧金山造船厂的一名退休工人，2017 年他被控犯有一项入室抢劫罪。汉弗莱被指控盗窃他人 7 美元钱财，但保释金被设定为 60 万美元。这笔高额保释金具有在汉弗莱尚未被定罪时将其予以审前羁押的惩罚作用。法院不曾为其举行偿付能力听证会。④ 民权团体就此提起诉讼，称此举

---

① Porrino and Honig, "Bail Reform Isn't Easy, But it Works," 3.
② *Dog the Bounty Hunter*, produced by Daniel Elias, David Houts, David McKillop, and Neil A. Cohen, starring Duane Chapman, Beth Chapman, Leland Chapman, and Lyssa Chapman, aired August 31, 2004-June 23, 2012, on A&E.
③ "California: State-wide Bail," Civil Rights Corps, accessed October 30, 2020, https://www.civilrightscorps.org/work/wealth-based-detention/california-state-wide-bail.
④ *In re Humphrey*, 19 Cal. App. 5th 1006, 1016 – 17, 1040(2018).

违反了美国宪法第十四修正案规定的正当程序原则以及所有美国公民受同等法律保护的原则，同时也侵犯了汉弗莱受美国宪法第八修正案禁止过度收费条款保护的公民权利。①

2018年，加利福尼亚州上诉法院支持汉弗莱及其律师的请求。② 加利福尼亚州惯常采用的保释金程序违反了该州宪法。上诉法院知道其所作的裁决将颠覆该州司法系统几十年来的一贯做法，但它仍然在全美范围内奋力掀起了一场该如何改变保释金制度的大讨论，以期帮助穷人在将来不再经常遭受司法系统职权滥用的荼毒。

"对于我们此次裁决可能引发的多个现实问题，我们并非视而不见。"该上诉法院写道，"确定保释的时限很短，司法工作人员和审前服务机构因资源有限而分身乏术。然而此案引出的问题，并非因为司法系统中出现了某项需要突然承担的意外职责；与此相反，该问题源于我们的社会迟迟不愿作出改变，包括各法院不愿纠正我们刑事司法系统中的畸形之处，而对此有着密切观察的人士长久以来都认为它是附骨于该体系的祸因。"③

实际上，该法院裁决加利福尼亚州的现金保释制度不符合美国联邦宪法，并敦促该州立法机构采取相应行动。④ 后者也的确有所作为，于2018年通过了一项由该州州长杰瑞·布朗（Jerry Brown）推动的新法案，废除了现金保释制度。据此，大多数非暴力轻罪案件的被告人都被释放出狱。⑤ 这项计划布朗早在1979年就开始提倡了，那还是他首次参选该州州长期间。彼时他在《州情咨文》（State of

---

① "California: State-wide Bail."
② *In re Humphrey*, 19 Cal. App. 5th at 1049.
③ *In re Humphrey*, 19 Cal. App. 5th at 1048–49.
④ *In re Humphrey*, 19 Cal. App. 5th at 1049.
⑤ Vanessa Romo, "California Becomes First State to End Cash Bail After 40-Year Fight," *NPR*, August 28, 2018, https://www.npr.org/2018/08/28/642795284/california-becomes-first-state-to-end-cash-bail.

*the State address*）中表示，加利福尼亚州的保释金制度是一种违反美国宪法的"征穷人之税"现象。[1]

布朗在几十年前就说过："成千上万的人在这个州的监狱里饱受煎熬，即便他们没有被判犯有任何罪行。他们唯一犯下的罪，就是掏不起我们现有法律要求的保释金。"[2] 加利福尼亚州议会和各法院花了四十多年时间才跟上他的思路。

然而，问题还远没有得到解决。美国公民自由联盟在这项新法案达成最终版本时撤回了对它的支持，因为它赋予地方法官的自由裁量权太大了，他们据此可以采用具有争议性的算法来决定某被告人对社区造成的危险程度，如此一来仍然会导致太多穷人因为错误的原因遭到监禁。在这之后，该州的保释金产业于2020年11月成功发起一项全民公投，试图瓦解此次立法改革。[3] 加利福尼亚州的选民们推翻了第25号提案，这意味着此次关乎保释金改革的相关法案并没有正式成为该州法律。

与此同时，加利福尼亚州最高法院尚未对汉弗莱一案作出裁决，该案被继续提起上诉。加利福尼亚州的保释金制度改革至此一直变动不定，在时光中冻结凝固，等着法院的最终判决结论。[4] 结果在2021年3月到来，加利福尼亚州最高法院一致判决汉弗莱胜诉。

"仅以被逮捕人能否承担保释金为条件而决定是否给予其自由的这一通行做法，属于违反美国宪法之举。"大法官马里亚诺-弗洛伦蒂

---

[1] "Edmund G. Brown Jr., State of the State Address, Delivered: January 16, 1979," The Governors' Gallery, California State Library, updated 2019, https://governors.library.ca.gov/addresses/s_34-JBrown4.html.

[2] "Edmund G. Brown Jr., State of the State Address."

[3] Jazmine Ulloa, "California's Historic Overhaul of Cash Bail Is Now On Hold, Pending a 2020 Referendum," *Los Angeles Times*, January 16, 2019, https://www.latimes.com/politics/la-pol-ca-bail-overhaul-referendum-20190116-story.html.

[4] "California: State-wide Bail."

诺·奎利亚尔（Mariano-Florentino Cuéllar）在最高法院的意见书中裁定现有的保释金制度同时违反了州和联邦法律的相关规定。该判决并没有废除加利福尼亚州的保释金制度，但要求法官为被告人举行偿付能力听证会，并对诸法官提出了强有力的指导意见——不可仅仅因为被告人无力承担保释金而将其收押监禁。

纽约州的经历与之类似，像坐过山车似的跌宕起伏。2019年，该州立法机构通过了刑事司法改革法案，支持此项改革的人士称此举原本会使90％案件的现金保释得以取消，也会至少减少该州40％的监狱人口。然而，主张严厉打击犯罪的警察工会组织和检察官以及整个保释金产业从业人员，面临失去现金牛这一危机，来自他们的阻力迅疾而猛烈。新法规的批评者们信口雌黄，宣称这将导致犯罪率上升。[1]

到了2020年4月，纽约州立法机构在改革一事上开了倒车，在某些方面止步不前，但在一些案件的保释金实施方面给了法官们更大的自由裁量权。[2] 向前两步，后退一步：这就是论及贫困犯罪化问题时，全美国的法院和州议会大厦里会上演的较量之舞。为保持现状而抗争的各方势力，从保释金产业到私营缓刑公司以及宣扬严肃法纪的地方治安官和警察局，它们在政治上炙手可热。迈克尔·米尔顿（Michael Milton）近距离见证了整件事取得的进展和遭遇的阻力。他是全国性非营利组织"保释金计划"（Bail Project）在密苏里州的负责人和站点管理员，该组织筹集资金用以帮助穷人缴纳保释金，否则他们就会被审前羁押，而大部分原因在于他们无力承担这笔钱。[3] 圣

---

[1] Taryn A. Merkl, "New York's Latest Bail Law Changes Explained," Brennan Center for Justice, April 16, 2020, https://www.brennancenter.org/our-work/analysis-opinion/new-yorks-latest-bail-law-changes-explained.
[2] Merkl, "New York's Latest Bail Law Changes Explained."
[3] "Michael Milton," The Bail Project, Our Team, accessed October 30, 2020, https://bailproject.org/team/michael-milton/.

路易斯是首批施行该计划的站点之一,而如今计划已经遍及全美各地城市。阻挠这项计划说起来很简单:一旦有人在保释金计划帮助下出狱后再次犯罪,各执法机构就会抢占头版头条大肆宣扬把人从监狱里放出来后会如何如何"危险",而绝口不提那些重返家庭和职场的人们实际上取得了多么巨大的成就。①

"不幸的是,每一次出现暴力事件,不只是主张严厉打击犯罪的人们施加阻力,那些所谓'进步人士'同样也开起了倒车。我认为,在废除现金保释制度问题上,如果我们提出一个更彻底的观点,即不需要保释金人们即可得到释放,而一旦需要,他们应该获得充分的支持,这样就能在保释金制度改革上继续推进,一竿子插到底。"米尔顿说。

当一个穷人被免于审前羁押而释放出狱,尤其他在被羁押期间失去了住所或者工作,此时向他伸以援手,这样的支持才意义重大。帮助身陷困境的人们自力更生、戒毒或者戒酒、解决交通困难或者提供工作技能培训,这恰恰就是"裁撤警察资金"运动的核心所在:把各类资源从一个被制造出来关人的体系转移到一个为重建社区、让家人团聚以及减少犯罪诱因而出力的体系。②

2020年,保释金计划组织发布了一份题为《现金保释之后》(*After Cash Bail*)的报告,聚焦各城市及各州将来需要进行的几类投资,以转变审前司法这一概念,从而使保释金之后的世界能够成功

---

① Editorial Board, "Jail or Bail? Common Sense Must Be Part of The Bail Project's Mission," *St. Louis Post-Dispatch*, April 27, 2019, https://www.stltoday.com/opinion/editorial/editorial-jail-or-bail-common-sense-must-be-part-of-the-bail-pro-jects-mission/article_ad317604-6d63-5eb6-9bf0-26fe002a1dda.html.

② Tony Messenger, "'Defund the Police' Is About Reimagining Public Safety, Not Dystopian Lawlessness," *St. Louis Post-Dispatch*, June 15, 2020, https://www.stltoday.com/news/local/columns/tony-messenger/messenger-defund-the-police-is-about-reimagining-public-safety-not-dystopian-lawlessness/article_eea721d8-c805-500c-9308-e4a58e35a905.html.

运转。几乎所有的建议都集中于缓解贫困，帮助人们获得他们所需要的服务技能和工作技能培训，以此建立更有活力的社区。① 这就是立法者们在反思美国司法系统时所能设想出来的那种未来，但首先他们必须得从时而突飞猛进、时而又打退堂鼓的改革过山车上走下来，之后才有机会获得成功。

*

就在密苏里州的立法者们解决了长久以来泛滥于该州各乡村县的债务人监狱问题尚不到一年时间，有一位州参议员试图推翻德格鲁特的议案。② 原因何在？钱。

"我所在的地区有个很小的县，那里将不得不雇一名协助地方治安官办案的警员。"参议员比尔·怀特（Bill White）说，他是乔普林市的一名共和党人，"如果监狱膳宿费被归为诉讼费的话，那么收钱就灵活多了。"

在 2020 年因为新冠肺炎疫情而叫停的立法会会期最后几周，怀特在混合议案中偷偷加塞了一份修正案，它将使德格鲁特此前一年的努力全部付诸东流，同时也将扭转密苏里州最高法院对瑞奇和莱特案件所做的判决结论。怀特的修正案将改变这条法律，把监狱膳宿费划归诉讼费，同其他罚金及诉讼费一样，这就意味着法官们可以像从前一样对待那些承担不起非自愿监禁产生的费用的贫困被告人，威胁他们将处以更长时间监禁。德格鲁特发现此事后怒不可遏。总检察长埃里

---

① *After Cash Bail: A Framework for Reimagining Pretrial Justice*（The Bail Project, 2020）, accessed October 30, 2020, https://bailproject.org/after-cash-bail/.
② Tony Messenger, "In Virtual Secret, Missouri Lawmaker Tries to Unravel Court Ruling on Debtors Prisons," *St. Louis Post-Dispatch*, May 5, 2020, https://www.stltoday.com/news/local/columns/tony-messenger/messenger-in-virtual-secret-missouri-lawmaker-tries-to-unravel-court-ruling-on-debtors-prisons/article_8ce8ba47-4cae-5aa4-bcc7-d468816ce4ec.html.

克·施密特办公室的一名工作人员此前注意到了这条被添加进去却未经辩论的修正案。它并不是作为一项独立议案被提出来,因此无论是在众议院还是参议院,都没有进行相关立法听证会。"他们趁人不注意偷偷做的手脚。"德格鲁特告诉我。一年前还得到两党广泛支持的这一票选结果,此时竟有人想在背地里搅局,我专门就此事写了篇专栏文章。没过多久,这条惹人不快的修正案在众议院的犯罪法案中被剔除出去了。[1]

然而它还会去而复返。地方治安官们想要这笔"属于他们的"钱。这就是刑事司法系统改革运动这么多条战线上令人懊恼的地方,无论事关保释金、债务人监狱、私营缓刑公司还是吊销司机驾照,许多致力于逐个州改变法律的热心人士因此心生气馁。正如纽约州和加利福尼亚州发生的那样,一旦选民们或者立法者们决定在现金保释制度方面着手保护穷人公民权利免遭侵犯,保释金产业和主张严厉打击犯罪的政治机器就会大举反攻并试图收复失地。[2]

例如,明尼苏达州 2018 年在吊销司机驾照问题上取得了一些进展,然而一年之后又回落原处。[3] 无独有偶,密苏里州的政界人士在保护穷人免遭司法系统不当损害方面取得积极进步时也遇到了阻挠。支持利用司法系统从穷人身上诈取钱财的那些人财力雄厚,背后还有强大的游说团体。在州议会神圣的殿堂里,能挺身而出为穷人发声的人寥寥无几。

这就是为什么卡拉卡特萨尼斯在他的著作《惯常的残忍》(*Usual Cruelty*)中对刑事司法系统改革运动经历的风风雨雨扼腕叹息,许多

---

[1] Cameron Gerber, "SB 600, Missouri's Controversial Crime Bill, Explained," *Missouri Times*, June 25, 2020, https://themissouritimes.com/sb-600-missouris-controversial-crime-bill-explained/.
[2] Ulloa, "California's Historic Overhaul of Cash Bail Is Now On Hold"; Merkl, "New York's Latest Bail Law Changes Explained."
[3] Minn. S. F. 3656 (Minnesota 2018), vetoed May 23, 2018.

至少表面上对某些改革观念表示认可的官僚实际上并不想挑起这份重担：清空这个国家人满为患的监狱，而里面关着的大多是原本并不属于那里的穷人。①

"这里涌现出来的'刑事司法改革'共识，是徒有其表且具有欺骗性。"卡拉卡特萨尼斯写道，"说它徒有其表，是因为即便大多数'改革'已然提上议程，美国依然是世界上最大的监禁之国；说它具有欺骗性，是因为那些很大程度上想要维系现有刑罚官僚制度的人们，通过大量的小修小补来维持所谓的合法性，这些人必定会混淆以下二者之间的区别：一是使该体系焕然一新的种种变革，一是仅仅用来控制该体系中最荒诞过分行径的局部微调。"②

他们这般修修补补，部分原因乃在于卡拉卡特萨尼斯和其他人士提起了多项诉讼，而这么多局部微调如今都面临着被推倒重来的压力。这其实有如吹响了号角，告诉公众目前针对美国司法系统明显存在的职权滥用改革力度还不够，而这套体系的受害者是穷人，且常常是有色人种。③

我本人在密苏里州的亲身经历可以证实这种恐惧。我在专栏文章里写过的几位，乔治·瑞奇、拉肖恩·凯西、布鲁克·皁尔根以及琳恩·班德尔曼，最终还是被重新关进看守所或者监狱，即便州最高法院和密苏里州立法机构都判定他们和像他们那样的人被再次监禁属于违法。④ 然而他们每个人都有前科，"老恶魔"重新浮出水面，地方

---

① Alec Karakatsanis, *Usual Cruelty* (New York: The New Press, 2019), 15.
② Karakatsanis, *Usual Cruelty*, 16.
③ Karakatsanis, *Usual Cruelty*, 15.
④ Tony Messenger, "Veteran Who Spurred Historic Missouri Debtors Prison Ruling Finds Himself Back Behind Bars," *St. Louis Post-Dispatch*, February 5, 2020, https://www.stltoday.com/news/local/columns/tony-messenger/messenger-veteran-who-spurred-historic-missouri-debtors-prison-ruling-finds-himself-back-behind-bars/article_85a36bb3-749c-5eae-8231-3771d19593cf.html.

官员便设法将他们重新打入大牢。卑尔根此前已被吊销驾照，在我写这本书的大部分时间里，她都因为无证驾驶在州立监狱里蹲着。这几乎算不上一种危及社会的罪行，但她还是被再次监禁。一个活生生的人被关在笼子里，部分原因在于之前的犯罪记录被用来对她施以更严厉的刑罚，哪怕后来只是相对轻微的违法行为。她于2021年1月被释放出狱，然而回到登特县的家中却发现自己又面临一项新的毒品罪指控，这显然是她被送进监狱之前查出来的。

面对这些指控，卑尔根永远不会有机会替自己申辩。她一回到登特县的家，就在脸谱网上发了几张自己和两个孩子的合照。孩子们面露微笑。我给她发了条讯息，告诉她我过几天想去拜访她。

"那敢情好，"她在回复的短信中写道，"我会与您保持联系。"

8天之后，她死了，殁年32岁。她终究没能逃脱毒瘾的魔爪。卑尔根的葬礼颇具讽刺意味。仪式在密苏里州32号公路上的威尔逊殡仪馆举行，与之堪堪隔街相望，正是因入店行窃而把卑尔根送进登特县看守所整整一年的沃尔玛超市。

那一年之后，她再也没能缓过来。怪毒品，怪她自己做了错误的决定，抑或怪刑事司法系统，这都是害得她年纪轻轻就死于非命的生存环境的组成部分。"你的人生不仅仅只有毒瘾，"在卑尔根的葬礼上，朋友读了一首为她创作的诗，"你的人生不仅仅只有你所受之耻。"

我拿不准是不是可以同样用这番话来形容美国刑事司法系统的现状。这套体系打着司法正义的大旗，日以继夜地把人们埋葬在贫困的深渊。他们蓦然逝去的生命，在一次次被推向死亡的过程中显见地让人深以为耻。

在职业生涯中，我撰文最多的主题正是这些：穷人受到司法系统职权滥用的残害，多地市政府和县政府以及某些私营缓刑公司则从中渔利。如今这一现象在立法者和读者群体中引起了广泛的、来自两党

Profit and Punishment　　217

人士的关注和声援，这些人对刑事司法改革的相关政治事务原本可能并不上心。局部的修修补补，或者说婴儿学步似的小步慢行，正在推动这个国家往更好的方向前进，尽管比任何一位积极倡导改革的热心人士想要的速度慢很多，尽管还不足以拯救那些在尾流中垂死挣扎、行将溺亡的生命。

有一位天主教神父，在 2018 至 2019 整整两年的时间里，每次我撰文首次揭露某个县以承担不起监狱膳宿费为由将穷人收押监禁时，他都会给我写邮件。他会问我当地的法官、检察官以及县长分别叫什么名字，然后依次给他们写电子邮件，申明自己此后要避免踏足他们所在的那些县。就算这位神父对错综复杂的法律体系不甚了解，但他对每天生活在贫困之中的人们面临着的种种现实，心里却是十分清楚的。他不会容忍这种事。

这位神父给了我希望。或许有一天，我们当中会涌现出足够多的市民，大家携手共进，赋予改革者所需要的政治力量。它将划亮一根火柴，点燃现有的这套以财富而论的美国司法系统，将其焚毁殆尽，然后在原地为所有美国公民重新建造一套更公平公正、更诚实中肯的司法系统。

## 第十章　科赫兄弟携手美国公民自由联盟

我和杰瑞米·卡迪（Jeremy Cady）在密苏里州议会大厦前郁郁葱葱的草坪上见了面。那是 2009 年春天，在州议会大厦里工作的一群人、新闻记者，甚至还有偶尔当选的政府官员都会在那片长方形草坪上踢踢足球。这地方除了用于组织某些特殊场合下的政治集会，更多时候是被闲置的。在我们踢球那会儿，托马斯·杰斐逊雕像投下了一道阴影。美国第 3 任总统这座 13 英尺（约合 4 米）高的铜像由艺术家詹姆斯·厄尔·弗雷泽（James Earle Fraser）于 1926 年所铸，在这座同样名为杰斐逊的城市里，雕像昂首屹立，守卫在州议会大厦前。①

我们放了几个橙色锥形桶标记边线和球门，球越过离议会大厦前那几级大台阶最近的人行道就算出界。在大厦 437 英尺宽（约合 133 米）的阴影里，加上从密苏里州迦太基城（Carthage）运来的石灰岩砌成的建筑外墙，再有 134 根威严气派的罗马柱，我们就这样踢着足球，恍如置身于某个气势恢宏的大型竞技场。此处仿佛专为我们而建，立在一处悬崖峭壁的顶端，俯瞰下方悠悠流淌的密苏里河。②我们大概每周踢一次，有时候三对三，有时候四对四，取决于来多少人。我和卡迪通常打对手，因为我俩都是大块头，动作又慢，而且球技都只是马马虎虎。

卡迪是一名共和党人，是州众议院议员；我则是《圣路易斯邮报》派驻到首府的记者。跳槽到密苏里州这家最大的报社之前,我在密苏里州西南部的《斯普林菲尔德新闻导报》做了一段时间社论版编辑。同很多在杰斐逊城工作的人一样,我住在哥伦比亚市,那里是密苏里大学所在地,我每天驱车半小时到达州议会大厦。

  州议会大厦草坪上踢足球感觉很奇妙,直到那年晚些时候,众议院议长或者他的一个下属,把我们赶出了这片公共场地。这里通常被用作更庄严的事情,例如就职典礼或者政治集会,像共和党副总统候选人萨拉·佩林(Sarah Palin)就曾经带头在国会大厦前聚集数千名围观人群,那是 2008 年巴拉克·奥巴马竞选胜出成为美国总统的前一天。[3] 卡迪最终离开了州政府,跳槽到美国繁荣协会,这是一个由科赫兄弟出资赞助的自由主义政治组织。[4]

  查尔斯(Charles)和大卫·科赫(David Koch)两兄弟继承了其父在堪萨斯州威奇塔市(Wichita)的化工和能源公司"科氏工业集团"(Koch Industries),并在其后将之发展成一个市值高达数千亿美元的庞大商业巨兽。[5] 兄弟俩一辈子信奉自由主义,在过去的几十年

---

[1] "Thomas Jefferson Statue," Lewis and Clark Trail, accessed October 30, 2020, http://www.lewisandclarktrail.com/section1/mocities/jeffersoncity/jefferson-statue.htm.

[2] "Missouri History: Missouri State Capitol," Missouri Secretary of State, accessed October 30, 2020, https://www.sos.mo.gov/archives/history/capitol.

[3] Tony Messenger, "Sarah Palin, 'Mine, Baby, Mine,'" *St. Louis Post-Dispatch*, November 3, 2008, https://www.stltoday.com/news/local/govt-and-politics/sarah-palin-mine-baby-mine/article_4ee27b3f-8293-5602-9aae-04711f2fc62a.html.

[4] Tony Messenger, "Nanny State Champion Josh Hawley Takes On Snapchat So We Don't Have To," *St. Louis Post-Dispatch*, August 1, 2019, http://www.stltoday.com/news/local/columns/tony-messenger/messenger-nanny-state-champion-josh-hawley-takes-on-snapchat-so-we-dont-have-to/article_1b7ab2ea-1ffe-52ec-b8e2-cab31e0f32cf.html.

[5] Tim Dickinson, "Inside the Koch Brothers' Toxic Empire," *Rolling Stone*, September 24, 2014, https://www.rollingstone.com/politics/politics-news/inside-the-koch-brothers-toxic-empire-164403/.

里，他们斥资几十亿美元缔造出一个庞大的政治行动委员会网络，改变了美国的政治格局，尤其促成了共和党政治倾向右转。① 规模最大且最有权势的美国繁荣协会因为持续攻击公共部门的工会组织以及成功阻止气候变化立法而广为人知。②

州议会大厦草坪上的足球游戏过去9年之后，就在2018年的12月，卡迪给我来了封邮件，问我是否有兴趣出席美国繁荣协会在圣查尔斯县（St. Charles County）组织的一次活动，讲讲我那几篇专栏文章里写的债务人监狱问题。③ 若是按照传统的政治光谱来理解此事，在某些人眼里，这就相当于邀请民主党的希拉里·克林顿参加密苏里州乡村地区为纪念林肯诞辰而举行的"老大党"晚宴并作主旨演讲。至少可以说，我同他们是道不同不相为谋。在我的职业生涯中写过的有关科赫兄弟或者美国繁荣协会的所有文章都几乎没什么好话。

我在此后写给一位前共和党议员的邮件中，语带讥讽地描述了卡迪的这次邀请。

"今晚，我将在美国繁荣协会举办的一次会议上发言。"我写给前议员马特·巴特尔（Matt Bartle），他是堪萨斯城的一位律师，"没错，我这位《圣路易斯邮报》的激进革命分子专栏作家要同科赫兄弟金主资助的保守派人士打成一片了。明天呢，又会出现美国繁荣协会的某个家伙受邀在圣路易斯的一场专家座谈会上发言，赞助机构是

---

① Dickinson, "Inside the Koch Brothers' Toxic Empire."
② Tony Messenger, "Dishonest Campaign Tries to Pit Union Workers Against the Middle Class," *St. Louis Post-Dispatch*, July 29, 2018, https://www.stltoday.com/news/local/columns/tony-messenger/messenger-dishonest-campaign-tries-to-pit-union-workers-against-the-middle-class/article_714496e4-3063-531f-a0f6-ed5ea60feba8.html; Kevin McDermott, "＄1.84 Gas Briefly Coming to St. Louis Friday—Courtesy of Koch Brothers," *St. Louis Post-Dispatch*, October 17, 2012, https://www.stltoday.com/news/local/govt-and-politics/1-84-gas-briefly-coming-to-st-louis-friday-courtesy-of-koch-brothers/article_7b66fad6-18aa-11e2-80fe-0019bb30f31a.html.
③ Jeremy Cady, email message to author, December 2018.

'赋权密苏里',这可是一个通常情况下自由主义思想相当浓厚的团体呢。刑事司法改革这回要一击制胜啦!"

需要声明的是,我不是激进革命分子,虽然我曾经遭到过更严厉的指责。

然而在密苏里州,早在前总统特朗普将媒体斥为"人民公敌"或者宣称美国有线电视新闻网(CNN)传播"虚假新闻"的很久以前①,共和党人就已经给我的雇主《圣路易斯邮报》起了个朗朗上口、惹人嘲笑的绰号:《耻辱邮报》(*Post Disgrace*)。这一招挺高明,居高临下地说它过于自由派作风,这其中大部分缘于社论版打出去的名声,而我曾经就是该版主编。同许多其他城市一样,圣路易斯长久以来拥有两份日报:《圣路易斯环球民主报》更保守些;《圣路易斯邮报》则更崇尚自由主义。两家报纸的记者们会为了抢独家新闻互不相让,社论版逮着机会便互相肆意抨击,从各自的阵地瞄准猎物就开火。这对宿敌各自的办公地点至少在有段时间里仅隔着一条街。《圣路易斯环球民主报》于 1986 年停办。② 直至今日,将我雇主《圣路易斯邮报》称为《耻辱邮报》的那些家伙还在为它的消逝扼腕叹息。

《圣路易斯邮报》社论版的宗旨最开始由创始人约瑟夫·普利策(Joseph Pulitzer)提出。③ 这位美国最知名报业家族的后裔说的一番

---

① Michael M. Grynbaum, "Trump Calls the News Media the 'Enemy of the American People,'" *New York Times*, February 17, 2017, https://www.nytimes.com/2017/02/17/business/trump-calls-the-news-media-the-enemy-of-the-people.html; "Trump Calls CNN 'Fake News,'" New York Times, January 11, 2017, https://www.nytimes.com/video/us/politics/100000004865825/trump-calls-cnn-fake-news.html.

② "St. Louis Globe-Democrat Collection," St. Louis Mercantile Library, accessed October 30, 2020, https://www.umsl.edu/mercantile/collections/mercantile-library-special-collections/special_collections/slma-112.html.

③ Editorial Board, "Times Have Changed, But Pulitzer's Platform Remains Our Rock of Truth," *St. Louis Post-Dispatch*, January 1, 2020, http://www.stltoday.com/opinion/editorial/editorial-times-have-changed-but-pulitzers-(转下页)

话在 2007 年 4 月 10 日成为该报指导性纲领。这些话每天都被刊印在《圣路易斯邮报》的社论专页上：

"我相信我的退休对于本报的基本准则不会带来影响。本报仍将永远为发展和改革而奋斗，永不容忍不公义或腐败行为，永远对抗一切党派的煽动者，绝不隶属于任何党派，永远反对特权阶级和公共利益窃取者，永远对穷苦人保持同情心，永远忠实于公众福祉，永远不仅满足于刊印新闻，永远保持最大程度的独立，不畏惧攻击错误言行——不管是来自劫掠性的财阀还是劫掠性的贫穷者。"①

这些话至今仍是我写作的指路牌，尤其是鼓舞人心的"永远对穷苦人保持同情心"以及"不畏惧攻击错误言行——不管是来自劫掠性的财阀还是劫掠性的贫穷者"这两句。

*

我给巴特尔写邮件是有目的的。就在我被邀请出席美国繁荣协会活动发表演讲的同一时期，身为共和党人的密苏里州州长麦克·帕森已经正式提出关闭一所州立监狱。② 此举是之前好几任州长深思熟虑后的结果，那时候密苏里州正苦于应付其日益增长的惩教预算，该州的监狱系统当时在押人员总数已经超过 32 000 人。③

---

（接上页）platform-remains-our-rock-of-truth/article _ 8407d26c-8867-5e81-b8af-16c40172dcaa.html.
① "St. Louis Post-Dispatch Platform," *St. Louis Post-Dispatch*, April 20, 2010, stltoday.com/opinion/columnists/st-louis-post-dispatch-platform/article _ d48be4ae-4cca-11df-a08e-0017a4a78c22.html.
② Tony Messenger, "Missouri Gov. Mike Parson Wants to Close a Prison. It's a Good Start," *St. Louis Post-Dispatch*, January 17, 2019, https://www.stltoday.com/news/local/columns/tony-messenger/messenger-missouri-gov-mike-parson-wants-to-close-a-prison-its-a-good-start/article _ ad3125c9-a2ae-5093-a147-cf1aedade99f.html.
③ "Missouri Profile," Prison Policy Initiative, accessed October 30, 2020, https://www.prisonpolicy.org/profiles/MO.html.

早在几年前的 2010 年，巴特尔就已经提过同样的动议，但未被采纳。

　　那是在经济大衰退之后，同大部分州一样，密苏里州也眼见着自己的收入大幅缩水。到了 2010 年，没了《美国复苏与再投资法案》①保障的联邦援助，②密苏里州面临着 10 亿美元的资金缺口。③为了应对这一缺口，彼时参议院的领导人、共和党人查理·希尔兹（Charlie Shields）想了个奇招，他称之为"重启密苏里"（Reboot Missouri）。希尔兹下令暂停一整天参议院的日常事务，让各位议员、游说者以及广大市民干点儿正常情况下几乎不会发生在密苏里州议会大厦穹顶之下的事：彼此交谈。④

　　也许是他作为参议院领导人任期将满，不久就要因为密苏里州法律规定的任期限制卸任在即而一身轻松，希尔兹大致创造了一种慎思

---

① 《美国复苏与再投资法案》(*American Recovery and Reinvestment Act, ARRA*)：2009 年初美国总统巴拉克·奥巴马针对经济大衰退所提出的总额 7 870 亿美元的美国经济刺激方案，旨在维持并创造就业机会、投资社会基础建设、加强环境及能源安全、增进低收入人群福利以及保持社会稳定等。值得一提的是，众议院在该法案中添加"买美国货"条款，要求获得援助资金的公共工程只能使用美国钢铁。该条款被认为是贸易保护主义的典型，在世界范围内受到一定质疑，并且可能对美国及世界未来经济走向埋下不确定因素。——译者
② Barb Rosewicz, Justin Theal, and Alexandre Fall, "Decade After Recession, Tax Revenue Higher in 45 States," Pew Charitable Trusts, January 9, 2020, https://www.pewtrusts.org/en/research-and-analysis/articles/2020/01/09/decade-after-recession-tax-revenue-higher-in-45-states; "Fiscal 50: State Trends and Analysis," Pew Charitable Trusts, Pew Center for the States, last updated September 4, 2020, https://www.pewtrusts.org/en/research-and-analysis/data-visualizations/2014/fiscal-50#ind0.
③ Phil Oliff, Chris Mai, and Vincent Palacios, "States Continue to Feel Recession's Impact," Center on Budget and Policy Priorities, updated June 27, 2012, https://www.cbpp.org/research/states-continue-to-feel-recessions-impact.
④ Tony Messenger, "Charlie Shields Calls for Special Budget-Cutting Session of Missouri Senate," *St. Louis Post-Dispatch*, March 17, 2010, https://www.stltoday.com/news/local/govt-and-politics/charlie-shields-calls-for-special-budget-cutting-session-of-missouri-senate/article_5681bfe1-7a8f-596d-80e2-b09a9e0ecd05.html.

明辨和两党通力合作的良好氛围。

通常情况下，立法听证会是分阶段进行的，各项议案被提交给对其持友好态度的委员会。各委员会的主席引领各位成员达成一项预先就已确定的解决方案，选票的作用是在即将到来的初选之前把投反对票之人记录在案。然而，这一次不一样。这是一股新鲜空气。在密苏里州面临经济下滑灾难之际，各领导人为了共同的目标携手共进。希尔兹指派了几位参议员在参议院的不同部门分别主持开展头脑风暴小组讨论会。① 不搞什么《罗伯特议事规则》②，也没有隆重的演讲。就是那种其乐融融的老派"你说我听"式讨论会，大家在四面楚歌的动荡骚乱之中谋求真正的出路。这就是来自该州的美国国会议员威拉德·邓肯·范迪维尔（Willard Duncan Vandiver）在 19 世纪末 20 世纪初描述的密苏里州的样子。也正是范迪维尔被广泛认为提出了"说来听听/给我瞧瞧"（show-me）的口号，日后它成为了密苏里州的座右铭。③

"我来自一个出产玉米、棉花、苍耳以及民主党人的州，空洞浅薄的长篇大论既不会说服我，也不会让我感到满意，"范迪维尔在 1899 年的一场海军晚宴上表示，"我从密苏里州来。你得说来听听、给我瞧瞧。"④

巴特尔，一个身材瘦削、戴着眼镜的律师，是小威廉·弗兰克·

---

① Messenger, "Charlie Shields Calls for Special Budget-Cutting Session."
② 《罗伯特议事规则》(*Robert's Rules of Order*, RONR)：由美国陆军准将亨利·马丁·罗伯特（Henry Martyn Robert, 1837—1923）撰写、初版发行于 1876 年的一套议事程序，参考了美国众议院的议事程序，本质上属于对社团和会议进行有效率的民主化运营操作的手册。后世的编写者们多次修订，使之普及于美国民间组织，此后成为美国最广泛使用的议事规范。——译者
③ "Missouri History: Why is Missouri Called the 'Show-Me' State?" Missouri Secretary of State, accessed October 30, 2020, https://www.sos.mo.gov/archives/history/slogan.asp.
④ "Missouri History: Why is Missouri Called the 'Show-Me' State?"

巴克利①式的保守派,也就是说,他对自己有限政府的理念有着清醒而理智的见地,不同于特朗普时期的当代美国新保守主义——②后者指的是这位两度遭弹劾的前总统哪天说了什么便是什么。③

巴特尔撸起袖子,脱了外套,在一本铺在画架上的超大记事本上奋笔疾书。④ 那天坐在议会大厦一层参议院会议室的有最高法院的大法官们、游说者、公设辩护人、检察官以及两党参议员。他们谈论不断上涨的各项开支以及密苏里州无力承受继续把更多人送进监狱的事实。

密苏里州每10万人里有859人在押的监禁率自20世纪70年代起一直稳步爬升,在全美位列第10。⑤ 惩教预算表现出了同样的增长趋势:例如,在2001年至2008年间,惩教预算上涨了65%,占该州总预算的比例越来越高。⑥ 如果把密苏里州的总预算比作一块馅饼,那么贡献给该州各监狱的这一块一年年越来越大,而划给州里各所学

---

① 小威廉·弗兰克·巴克利(William Frank Buckley Jr., 1925—2008):美国媒体人、作家、保守主义政治评论家,政论杂志《国家评论》(*National Review*)创办人。此人具有鲜明的保守主义特点,主要思想表现在回归西方世界的道德、宗教和价值观旧传统,反对"极权主义"和"集体主义",主张限制政府权力和政治权力分散,维护传统的民主制度和个人自由等。——译者

② 美国前总统唐纳德·特朗普被认为是美国新保守主义的典型代表。新保守主义者自20世纪80年代起就经常性地嘲讽专家与知识精英阶层,宣称普通人的"常识性看法"要高于学术性分析,强调普罗大众的感官情绪来自朴素的道德感知,因而更为可靠。他们最终使得美国政治保守主义变得特别强调"普通人的常识性感知"。新保守主义在观念上除了继续坚守传统保守主义对道德、宗教的主张外,还出现了民族主义、地方主义、种族主义、民粹主义、文化保守主义等新的特征。——译者

③ Emma Green, "In the Age of Trump, No Wonder Republicans Miss William F. Buckley," *Atlantic*, October 20, 2016, https://www.theatlantic.com/politics/archive/2016/10/debate-william-f-buckley/504620/.

④ Messenger, "Charlie Shields Calls for Special Budget-Cutting Session."

⑤ "Missouri Profile."

⑥ Tracey Kyckelhahn, *State Corrections Expenditures, FY 1982–2010* (U.S. Department of Justice, Bureau of Justice Statistics, April 30, 2014), 7, https://www.bjs.gov/content/pub/pdf/scefy8210.pdf.

院和大学的份额则渐渐缩减成原来的边角料大小了。

在这种氛围中，巴特尔翻阅了用超大号夏普笔做的几页笔记，得出了一个简单的结论：密苏里州把太多的人送进了监狱。不关闭一所监狱，就没有办法解决该州的预算问题。

"我们都被卷入其中。"巴特尔回忆着告诉我，"有一点很明确，那就是，我们都同意是时候反思刑事司法和监禁问题了。右派和左派都持这种看法。"

参加那次头脑风暴的，有一位是密苏里州最高法院的大法官威廉·雷·普莱斯，他和巴特尔一样，是一个保守的共和党人。那一年，在对该州议会的演讲中，普莱斯成了刑事司法改革的保守派典型：

"我可以用一整个上午给大家引用不同的统计数据和陈述各种利害关系，但有个简单的事实就是，我们正在花费令人难以置信的大量资金来监禁非暴力犯罪人员。我们监狱中的新罪犯人口不减反增，累犯率则必然导致这一循环继续以越来越快的速度进一步恶化，在这一过程中耗尽了数千万美元。花这么多钱却毫无成效，密苏里州承担不起。"[1]

普莱斯的同事迈克尔·沃尔夫法官当天也在场。沃尔夫是民主党人，长期致力于推动立法以减少该州监狱人口，尤其在他担任密苏里州量刑咨询委员会（Missouri Sentencing Advisory Commission）主席期间。该委员会试图为法官们提供其他途径惩罚非暴力罪犯，而不是将他们送入监狱。[2] 实际上，沃尔夫在当年发布的一份密苏里州最

---

[1] Messenger, "Missouri Gov. Mike Parson Wants to Close a Prison."
[2] Heather Ratcliffe, "Missouri Judges Get Penalty Cost Before Sentencing," *St. Louis Post-Dispatch*, September 14, 2010, https://www.stltoday.com/news/local/crime-and-courts/missouri-judges-get-penalty-cost-before-sentencing/article_924097a5-9f4d-54bb-80ca-4cc4160dde7c.html.

高法院协同意见书中指出,该州的惩教系统包含让成本不断增长的不当激励机制。这是因为相较于县看守所,只要被羁押人员——包括审前羁押——被认定有罪并被判处在州立监狱服刑,州政府就会向县政府报销相关费用;但对纳税人来说,县看守所的开销通常要低得多。

"这一激励机制当然会使地方检察官敦促法官将罪犯送往州立监狱,其开销与本来可以通过更多地使用县看守所设施来惩处罪犯产生的成本相比,前者要远远高于后者。"沃尔夫写道,"这表明,有时候原本不付钱的一些东西最终却要付出更大的代价。"[1] 尽管有两党立法者和法官,包括共和党多数派的主要成员的牵头和支持,这一年并没有关闭任何监狱。

"把那间会议室里最棒的想法正式变成法律,在这一点上我们做得还不够到位。"巴特尔回忆道,"但这件事提醒了我,当人们被要求暂时放下各自的立场加入团队精诚合作时,哪怕只是几个小时,他们也会变得兴致勃勃,并且产生新的想法。"

接下来的10年里,在帕森提议关闭监狱之前,惩教预算继续攀升。看守所和监狱人口都不降反升。[2] 然而密苏里州并非孤例,监狱人口急剧攀升的现象遍及全美。1980年至2017年,美国女性监禁率的增长速度比男性快一倍。在此期间,俄克拉何马州的女性监禁率最高,每10万人中有157人被收监。[3] 女性监禁率最高的其他州

---

[1] Tony Messenger, "After State Pays Jail Bill of Indigent Felon, Lewis County Seeks Even More," *St. Louis Post-Dispatch*, December 7, 2018, http://www.stltoday.com/news/local/columns/tony-messenger/messenger-after-state-pays-jail-bill-of-indigent-felon-lewis-county-seeks-even-more/article _ 6c63c58d-3b9d-5031-8806-9ef762e74b41.html.

[2] "Missouri Profile".

[3] Wendy Sawyer, "The Gender Divide: Tracking Women's State Prison Growth," Prison Policy Initiative, January 9, 2018, https://www.prisonpolicy.org/reports/women _ overtime.html.

包括亚利桑那州、肯塔基州、南达科他州、爱达荷州以及密苏里州。总的来说，美国仍然是世界上已知监禁率最高的国家。同巴特尔一样，各州和联邦政府的立法者们在经济大衰退之后重新认识到，不能继续让惩教预算年复一年无限制增加。监狱人口开始略有减少。

2011 年，美国各州及联邦监狱总人口降至略低于 160 万①，这一数字不包括各市县看守所在押人员。2017 年，上述总人口降至 150 万以下。② 2018 年，美国的监禁率降至 1996 年以来的最低水平，每 10 万总人口中有 431 名被羁押。③ 如果考虑到各市县看守所，2018 年美国的监禁率为每 10 万人中有 698 人被羁押。④ 几十年来，"严厉打击犯罪"一直是美国刑事司法政策的法定口号，至此终于出现裂痕。

正是在这种形势下，帕森于 2019 年签署了一项关闭监狱的法案。⑤ 全美大势所趋，他这么做乃是顺势而为。在纽约州⑥、加利福

---

① Peter Wagner and Leah Sakala, "Mass Incarceration: The Whole Pie," Prison Policy Initiative, March 12, 2014, https://www.prisonpolicy.org/reports/pie.html.
② Campbell Robertson, "Crime Is Down, Yet U.S. Incarceration Rates Are Still Among the Highest in the World," *New York Times*, April 25, 2019, https://www.nytimes.com/2019/04/25/us/us-mass-incarceration-rate.html.
③ E. Ann Carson, "Prisoners in 2018," U.S. Department of Justice, Bureau of Justice Statistics, April 2020, https://www.bjs.gov/content/pub/pdf/p18.pdf.
④ Peter Wagner and Wendy Sawyer, "States of Incarceration: The Global Context 2018," Prison Policy Initiative, June 2018, https://www.prisonpolicy.org/global/2018.html.
⑤ Kurt Erickson, "Parson Calls for More Downsizing in Missouri Prison System," *St. Louis Post-Dispatch*, January 20, 2020, https://www.stltoday.com/news/local/crime-and-courts/parson-calls-for-more-downsizing-in-missouri-prison-system/article_70e3f602-4e35-5432-973c-da8e5c4180ae.html.
⑥ Pat Bradley, "Prison Closure Proposals Concern North Country Officials," *WSKG*, April 5, 2019, https://wskg.org/uncategorized/prison-closure-proposals-concern-north-country-officials/.

尼亚州①、亚利桑那州②以及密西西比州，③ 州长们无论属于共和党还是民主党，都计划关闭至少一所监狱——部分原因是各州预算资金紧张，根本无法承担不断上升的成本。

2019年，纽约州州长、民主党人安德鲁·科莫（Andrew Cuomo）关闭了两座监狱。"顺便提一句，不需要监狱是一件好事，"科莫在2019年告诉记者，"不把人关在牢房里是一件好事。除了监禁，尚有别的选择，这是一件好事。"④ 2020年，他寻求立法授权，试图关闭更多监狱。⑤

关闭监狱一事引来了奇怪的盟友：左翼的有美国公民自由联盟，右翼的有美国繁荣协会。

\*

特朗普总统进入2020年大选的第一支竞选广告于2020年2月2日在超级碗比赛期间播出。"我可以重新开始了。这是我生命中最伟大的一天。"爱丽丝·玛丽·约翰逊（Alice Marie Johnson）当时说。⑥ 孟菲斯市年过六旬、已经为人祖母的约翰逊在1996年因企图持有可卡因

---

① Wes Venteicher, "Gavin Newsom Wants to Close a California State Prison. It Won't Be Easy," *Sacramento Bee*, November 24, 2019, https://www.sacbee.com/news/politics-government/the-state-worker/article237689339.html.
② Bob Christie, "Arizona Governor to Close Prison, Calls for Veteran Tax Cut," Associated Press, January 13, 2020, https://apnews.com/article/2de6de412d39d2fe76f88ff89fffbc9d.
③ Josiah Bates, "We Can Do Better.' Mississippi Governor Orders Closure of State Prison's Ward After String of Deaths," *Time*, January 28, 2020, https://time.com/5773059/mississippi-governor-closure-parchman-prison-ward/.
④ Bradley, "Prison Closure Proposals Concern North Country Officials."
⑤ Ryan Tarinelli, "Cuomo Wants Quicker Process for Closing New York Pris-ons," *NBC New York*, January 22, 2020, https://www.nbcnewyork.com/news/cuomo-wants-quicker-process-for-closing-new-york-prisons/2263465/.
⑥ Rosie Perper, "Trump's Super Bowl Ad Featured Alice Johnson, Who Kim Kardashian West Campaigned to Free from Prison," *Business Insider*, February 2, 2020, https://www.businessinsider.com/donald-trump-super-bowl-2020-campaign-ad-alice-johnson-2020-2.

而被定罪。① 非暴力毒品犯罪使她被判处终身监禁，已服刑 21 年。

"我的内心充满感激。我想要谢谢总统，唐纳德·约翰·特朗普。"约翰逊在这则超级碗广告中说。②

特朗普利用减刑来帮助建立起自身在刑事司法改革方面的信誉。此前的 2018 年年底，他已经签署刑事司法改革《第一步法案》(First Step Act)，允许联邦法官拥有更多的回旋余地，以避免在非暴力毒品案件中采用严厉的强制性判刑准则。法案同时使约 3 000 名与约翰逊情况类似的联邦在押人员得以释放。③ 该法案在参议院以 87 票赞成、12 票反对的投票结果获得通过；每一位民主党人都投了赞成票，共和党人赞成的也明显占大多数。确保此项立法得到共和党人支持的几个关键组织中，有一个总部位于得克萨斯州、名为"精准打击犯罪"(Right on Crime) 的保守派运动团体，以及美国繁荣协会。

"除了财政方面的影响，刑事司法改革还引起了心怀信仰之人的共鸣。""精准打击犯罪"组织在寄给特朗普总统的一封信中写道。这封信得到了全国知名保守派人士的联名签署，如反税活动家格罗弗·诺奎斯特和前国会议员吉姆·德明特 (Jim DeMint)。"正如您从最近与城市牧师们的会面中所知的那样，对于那些相信拥有第二次机会可以洗心革面和赎罪的人来说，监狱和司法改革具有更深远的意义。《第一步法案》鼓励那些犯了错误的人利用他们在狱中的服刑时期来改造自己，提供了必要的支持。95% 的联邦囚犯终将回归家园。到

---

① Emanuella Grinberg, Jamiel Lynch, and Nick Valencia, "Alice Marie Johnson to President Trump: 'I Am Going to Make You Proud,'" *CNN*, June 7, 2018, https://www.cnn.com/2018/06/06/us/alice-marie-johnson-leaves-prison/index.html.
② Perper, "Trump's Super Bowl Ad Featured Alice Johnson."
③ Ames Grawert and Tim Lau, "How the FIRST STEP Act Became Law — and What Happens Next," Brennan Center for Justice, January 4, 2019, https://www.brennancenter.org/our-work/analysis-opinion/how-first-step-act-became-law-and-what-happens-next.

时,我们希望他们能成为更好的自己。"①

*

当我走进美国繁荣协会的会议会场时,首先映入眼帘的是一顶顶上面写着"让美国再次强大"(Make America Great Again,下称MAGA)的红色棒球帽,它已经成了支持特朗普总统的代名词。这些帽子已然成为新的邦联旗帜(Confederate flag)。有些人将其视为连接共和党人和他们继承的遗产或者他们新领导人的团结标志;另一些人则认为,无处不在的红色帽子代表了特朗普时代白人至上主义的崛起,是一个明显的分裂标志。②

把我算作后者中的一员吧。我只要看到这顶帽子就会产生生理反应,不由自主地心生反感。然而当时我就在现场,是MAGA小红帽海洋中的一位客人。我放下自尊,隐忍不发。在偏厅里倒咖啡时,我听见有关当天话题的窃窃私语声越来越大:唐纳德·特朗普对战南希·佩洛西。

那天早些时候,特朗普总统取消了众议院议长访问驻阿富汗美军的秘密行程计划。特朗普有此一招,是佩洛西建议总统在联邦政府停摆之时推迟国情咨文演讲的政治回报。当时国会和总统还在就预算和债务上限问题展开辩论,而与此同时,数十万联邦工作人员尚不知道何时能收到工资。③

---

① "Conservatives Send Letter to President Trump in Support of FIRST STEP Act," Right on Crime, August 22, 2018, http://rightoncrime.com/2018/08/conservatives-send-letter-to-president-trump-in-support-of-first-step-act/.
② S. A. Miller, "Donald Trump MAGA Hat Powerful Political Symbol," Associated Press, February 24, 2019, https://apnews.com/article/1aeaf746236b18137a211589677d75a2.
③ Erica Werner and John Wagner, "Trump Says He's Canceling Pelosi's Foreign Trip a Day After She Asked Him to Delay His State of the Union Speech," *Washington Post*, January 17, 2019, https://www.washingtonpost.com/politics/trump-says-hes-canceling-pelosis-foreign-trip-a-day-after-she-asked-him-to-delay-his-state-of-the-union-speech/2019/01/17/75acf6c2-1a8d-11e9-9ebf-c5fed1b7a081_story.html.

对于圣查尔斯县的这群人来说,佩洛西是个会让人口出秽言的角色。那天到了会场之后,我和几个人握了握手,然后坐在角落里等着主持人把我作为当晚演讲嘉宾介绍给众人。

坐在前排的是新当选的众议院议员、共和党人托尼·洛瓦斯科(Tony Lovasco)及其妻子伊娃(Eva)。洛瓦斯科原本来自奥法隆市(O'Fallon),但自小在圣查尔斯县长大。① 此地是圣路易斯县人口最多的郊区县,位于圣路易斯县的密苏里河正西边,也是共和党的聚集地。②

在密苏里州,圣查尔斯县横跨城乡差异的特性比其他任何地方都要显著,而这往往决定了该州在政治上的分歧。该县仍然是圣路易斯地区增长最快的县,其人口增长达到近 40 万,而圣路易斯县的人口则降至 30 多万。③

圣查尔斯县成了白人大迁徙④路线的终点站。⑤

圣路易斯地区在住房方面的种族隔离历史久远,早到可以追溯至 1916 年。那一年该市成为美国第一个通过法律条例切实要求实行种

---

① "Representative Tony Lovasco," Missouri House of Representatives, accessed October 30, 2020, https://house.mo.gov/memberdetails.aspx?year=2020&district=064.
② "QuickFacts: St. Charles County, Missouri," U.S. Census Bureau, accessed November 4, 2020, https://www.census.gov/quickfacts/fact/table/stcharlescountymissouri/PST120219.
③ "Quick Facts: St. Louis City, Missouri," U.S. Census Bureau, accessed November 4, 2020, https://www.census.gov/quickfacts/fact/table/stlouiscitymissouri/PST120219.
④ 白人大迁徙(White Flight):指美国经济社会地位较高的白人迁离黑人聚集的市中心转而移居城郊社区,以避免种族混居,并躲开城市日益升高的犯罪率和税收负担。后有相关调查发现,在 2000 至 2008 年间,白人大迁徙开始出现部分逆向移动,住在郊区的高学历年轻白人为了职业前途及减少通勤时间,纷纷搬进城市;而较穷的银发族白人和少数族裔则迁至郊区。——译者
⑤ Malcolm Gay, "White Flight and White Power in St. Louis," *Time*, August 13, 2014, https://time.com/3107729/michael-brown-shooting-ferguson-missouri-white-flight/.

族隔离的城市，在由 75% 及以上某单一种族成员居住的社区，限制另一种族在此购买住房。该措施在一年以后被认定违宪，但这并没有阻止此后长达几十年的经济歧视和白人逃离：先是从城市中心逃往圣路易斯县几个立有保护性契约的新建市镇，然后又从河对岸的县逃往圣查尔斯县。①

季节性泛滥的河水灌溉滋养出一片肥沃的土壤，使圣查尔斯河岸低地的大豆和玉米农场得以跻身全美产量最高的农场行列。② 然而，在远离这条河流的地方，以前的农田逐渐成为郊区的住宅区，其中有一些在诸如《新城计划》等新城市规划发展项目下试图模仿城市生活。③

这是一个枪支拥有率高、税收低的县。④ 2016 年，该县 60% 以上的选民将选票投给了特朗普。⑤ 然而，有关我在美国繁荣协会会议上谈到的债务人监狱问题，圣查尔斯县的侧重点更多在于城市而非农村。就像密苏里州几乎所有其他乡村县一样，如果你在那里的县看守所蹲过一段时间，可能会收到一份羁押期间产生的膳宿费账单。⑥ 但与大多数乡村县不一样的是，圣查尔斯县会考虑当事人的偿付能力。

① Walter Johnson, *The Broken Heart of America: St. Louis and the Violent History of the United States* (New York: Basic Books, 2020), 252 – 53.; Gay, "White Flight and White Power in St. Louis."
② "Soil Survey of St. Charles County Missouri," U. S. Department of Agriculture (May 1982), 1 – 2, https://www. nrcs. usda. gov/Internet/FSE _ MANUSCRIPTS/missouri/StCharlesMO _ 1982/StCharlesMO _ 1982. pdf.
③ "The New Town at St. Charles," Homes by Whittaker, accessed November 5, 2020, https://www. newtownstcharles. com/.
④ "How Much Are My Taxes," St. Charles County, accessed November 4, 2020, https://www. sccmo. org/Faq. aspx?QID=61.
⑤ "2016 Missouri Presidential Election Results," *Politico*, updated December 13, 2016, https://www. politico. com/2016-election/results/map/president/missouri/.
⑥ Tony Messenger, "St. Charles County Points the Way as Lawmakers Seek to End Debtors Prisons in Missouri," *St. Louis Post-Dispatch*, December 9, 2018, https://www. stltoday. com/news/local/columns/tony-messenger/messenger-st-charles-county-points-the-way-as-lawmakers-seek/article _ 337547b9-cca9-5f53-91ec-bd1fe9ae6965. html.

"我们的一般经验法则是，如果这个人很穷，就不会收取费用，而我们约有 80% 的被告都是这种情况。"圣查尔斯县检察官、共和党人蒂姆·洛马（Tim Lohmar）说。①

贫困被告数量高达 80%，这并不罕见。各种研究表明，这是美国被指控犯罪的人中有资格获得公设辩护人的比例，这很贴切地定义了何为生活在某种层次的贫困之中。②

但在密苏里州，在收取监狱膳宿费、诉讼费或其他各项费用时，很少有县会将当事人的偿付能力纳入考量。③ 洛瓦斯科那天晚上告诉我，这应该会使保守派在感情上很难接受。对此，他要验证一下。

在即将到来的立法会议上，洛瓦斯科发现自己被拉进了由多根担任主席的众议院刑事司法特别委员会。该委员会听取并通过了德格鲁特提出的议案，规定把无力承担法庭罚款和费用——包括监狱膳宿费在内——的当事人投入监狱属于违法行为。④

洛瓦斯科和他那晚戴着 MAGA 小红帽的保守派同伴终于懂了。他们理解并关心那些仅仅因为无力支付此前蹲监狱期间产生的账单而被再次投入监狱的密苏里州同胞。他们帮着弄清了一个问题——自从开始写有关美国的新债务人监狱问题系列专栏以来，这个问题一直困扰着我。为什么保守派与自由派一起倡导刑事司法改革，特别是针对有关司法系统被用来使贫困犯罪化的改革？在早些时候，当写到密苏里州乡村地区的人们陷入这种无休止的职权滥用循环时，我收到的信

---

① Messenger, "St. Charles County Points the Way."
② Sarah Solon, "'You Have the Right to an Attorney...' We All Know the Hollywood Version, But What's the Real Story?" American Civil Liberties Union, March 15, 2013, https://www.aclu.org/blog/criminal-law-reform/public-defense-reform/you-have-right-attorney-we-all-know-hollywood-version.
③ Messenger, "St. Charles County Points the Way."
④ Mo. H.B. 192(2019), Missouri House of Representatives, https://house.mo.gov/Bill.aspx?bill=HB192&year=2019&code=R.

件的开头通常是这样的:

"我通常不同意您在专栏文章中所持的意见,但是……"

写信之人无一例外都是来自政治光谱上的右翼读者。

有些人认为,这是某种形式的一罪两罚,人们因同一桩轻微罪行而被惩罚了两次;其他人则认为,这是一种变相征税。有些人看见的是大政府的暴政;还有一些人,就像上文所说的那位天主教神父,他多次写信问我文章中各个县县长的名字,他把此事看成信仰问题,即因为穷而对人施以惩罚,这并不是一件非常神圣的事。

在此生分歧最大的政治格局中,我误打误撞发现了一个求同存异的契机。

"刑事司法改革不是左翼右翼问题,而是对错问题。"卡迪说。[1]

情况的确如此。2019年,美国繁荣协会联手美国公民自由联盟和"赋权密苏里"组织举行一系列公开会议,以推动刑事司法改革问题,后者是一个无党派但偏左的组织,曾就反贫困措施游说立法机构。他们一起在密苏里州的4个城市举行小组讨论,主角是马修·查尔斯(Mattew Charles),他是第一个依据《第一步法案》从联邦监狱被释放的人。[2] 查尔斯曾因非暴力毒品犯罪在监狱服刑20多年,然后被假释2年,后又因法院认为他释放时机不成熟将其送回联邦监狱。[3]

---

[1] Americans for Prosperity, "AFP Announces Criminal Justice Reform Tour: First Steps to Reform: The Matthew Charles Story," press release, November 5, 2019, https://americansforprosperity. org/afp-announces-criminal-justice-reform-tour-first-steps-to-reform-the-matthew-charles-story/.

[2] Americans for Prosperity, "AFP Announces Criminal Justice Reform Tour."

[3] Jon Schuppe, Kim Cornett, and Michelle Cho, "'I Refused to Be Bitter or Angry': Matthew Charles, Released from Prison and Sent Back Again, Begins Life As A Free Man," *NBC News*, January 8, 2019, http://www.nbcnews.com/news/us-news/i-refuse-be-bitter-or-angry-matthew-charles-released-prison-n955796.

＊

2019年9月，我在纽约的约翰·杰伊刑事司法学院（John Jay College）遇到马克·莱文（Mark Levin）。我俩都参加了一个为期2天的"收银机司法"记者研讨会。① 这个名称一语中的，结合了我身为一名新闻记者以及莱文作为一名保守派和作家的工作重点。

回想一下前文提到的克里·布斯所说的"把彼得的钱抢来给保罗"，他把"本该交给法官的钱"拿去给孩子买药。布斯留在家里照顾孩子，他的妻子则在当地一家酒店工作，收入比最低工资高不了多少。他们做了一个密苏里州乡村地区很多人都会做的决定：夫妻一方不工作而照顾家庭，这比花钱请人照看小孩更划得来。在密苏里州，雇人照看一个学龄儿童的平均费用每年高达7 000美元；② 照看婴幼儿的费用每年超过10 000美元。如果他们每小时赚8.6美元——这是2020年密苏里州最低工资——每周工作40小时，育儿费几乎占据全部收入的一半，这还只是照看1个孩子，更不用说4个了。

布斯曾经做过惩教员，但在密苏里州，惩教员的工资是全美最低的。所以他留在家里照顾几个孩子，他的妻子出去工作。考德威尔县的人均年收入只有2.4万美元多一点。③ 扣除房租、煤气费、水电费、汽车修理费、医疗费和餐费后，每月留给法院的费用所剩无几。这就是像莱文这样的保守派在全美范围内如此积极地推动减少法院罚款和费用的原因之一。这些变相税收使生活在贫困之中的人们更难维

---

① "Cash Register Justice Round Ⅱ: Covering the Hidden Costs of the Justice System," John Jay College of Criminal Justice, https://thecrimereport.org/wp-content/uploads/2019/09/CRJ-Program-Final.pdf.
② "The Cost of Child Care in Missouri," Economic Policy Institute, accessed October 27, 2020, https://www.epi.org/child-care-costs-in-the-united-states/#/MO.
③ "QuickFacts: Caldwell County, Missouri," U.S. Census Bureau, accessed October 30, 2020, https://www.census.gov/quickfacts/fact/table/caldwellcountymissouri/PST120219.

持生计，除了靠工资过活，做任何其他事情都更加举步维艰。

我遇到莱文那会儿，他在得克萨斯公共政策基金会担任刑事司法政策中心的副总。该基金会是一个右倾智囊团，创立了"精准打击犯罪"运动组织。莱文曾是得克萨斯州最高法院的一名公职律师。①

会议当天，莱文是第一个专家小组的成员，同组的还有来自罚金与诉讼费司法中心的丽莎·福斯特，以及南方贫困法律中心的副主管萨缪尔·布鲁克。②

"收取诉讼费和其他费用好比让尾巴使唤狗本尊，本末倒置了。"布鲁克那天表示。③ 他效力的组织在大多数人眼里属于政治光谱上的左派，但在这个问题上，他和莱文所见略同。

莱文说，如果法院被当作一个提供收债服务，同时又能作出执法决定的机构，那么它就会败坏政府司法部门的整个宗旨，使公共安全陷于危险之中。

他用保守派所能理解的方式，谈到政府的暴政和法院对自由的剥夺。法院没有考虑过对那些来到法官面前却无力支付堆在其身上费用的人们提供公民权利方面的保护。

莱文说，如果警察和法院被用来收取罚金及诉讼费以筹集资金，那么"他们实际上解决的犯罪问题反而更少"。④

我在"收银机司法"会议上的发言被安排在当天上午晚些时候。在他们第一组专家讨论过程中，我坐在观众席上旁听。莱文发表意见时，我回想起自己作为发言嘉宾的那次圣查尔斯县会场上的一顶顶

---

① "Marc Levin, J.D.," Texas Public Policy Foundation, accessed October 30, 2020, https://www.texaspolicy.com/about/staff/marc-levin/.
② "Cash Register Justice."
③ Samuel Brooke, "The Hidden Costs of U.S. Justice" (panel presentation, "Cash Register Justice," John Jay College, New York, NY, September 26, 2019).
④ Marc A. Levin, "The Hidden Costs of U.S. Justice" (panel presentation, "Cash Register Justice," John Jay College, New York, NY, September 26, 2019).

MAGA 小红帽。放在今天，无论关乎什么议题，如果发言人戴着代表政治立场的帽子或者挥舞旗帜，就很难让人们倾听反对意见了。

"我认为，既要利用跨意识形态的联盟，如'自由驾驶'和'得克萨斯智敌犯罪联盟'（Texas Smart on Crime Coalition），也要继续让保守派和自由派团体各自与其选民沟通，包括与公众和政策制定者们沟通。"莱文后来告诉我，"认知研究表明，人们最容易对得到他们信任的传话人作出积极正面的反应，因此，政治光谱左右两边的积极人士应该继续合作，同时以各自最有力的观点来吸引他们的听众。"

确实如此，虽然美国繁荣协会和美国公民自由联盟出现在同一场会议上同声响应令人耳目一新，但最终，为了在这个问题上取得进展，左右"双方"都必须回到各自的大本营向他们的组织成员传达会议主张，召集那些忠诚之士支持这一事业。这有点像已故的大布道家葛培理从前传播福音的做法。①

在葛培理传教的体育场，常常连续好几个晚上挤满成千上万前来聆听布道的人。在到达目的地之前，他会从葛培理布道大会（The Billy Graham Evangelistic Association）派出牧师和教育家先前往这些城市。在那里，这些人与当地的宗教领袖会面，并教他们在葛培理布道接近尾声时到圣坛前进行献身呼召表示效忠于基督。②

葛培理让成千上万的人们接受耶稣基督作为他们的救世主时——福音派基督徒称之为"灵魂得救"——他知道这些人并非都和自己一

---

① 葛培理（Billy Graham, 1918—2018）：美国当代著名基督教福音布道家，第二次世界大战之后福音派教会代表人物之一。自 1950 年以来，他在全球 180 多个国家和地区举行过福音布道大会。此外，他经常担任美国总统顾问，为他们解答死亡疑问。——译者
② Tony Messenger, "Of Billy Graham, Gateway Pundit and Guns. America's Need for Amazing Grace," *St. Louis Post-Dispatch*, February 22, 2018, https://www.stltoday.com/news/local/columns/tony-messenger/messenger-of-billy-graham-gateway-pundit-and-guns-americas-need-for-amazing-grace/article_b725ecc6-3dc0-5f8c-a2aa-8e9cb736d13a.html.

样同属南方浸信会。他们当中有天主教徒、卫理公会教徒、长老会教徒和路德会教徒,他们的信仰传统各不相同,对救赎和洗礼也有着不同的称谓和解读。①

1987 年夏天,葛培理到科罗拉多州首府丹佛的哩高球场(Mile High Stadium)布道 10 日。哩高球场是我的圣地,那是美国国家橄榄球联盟中我最喜欢的一支球队——丹佛野马队的主场。② 我的家族据说生来兼具贵族和平民血统,既有文明的精神追求,也有野蛮的体魄志趣。但在一个多星期里,这个橄榄球比赛圣地成了葛培理的教堂。有一天晚上,我去了那里,主要是为了见识见识当时的盛大场面。我是土生土长的天主教徒。我最喜欢的天主教神父中,有一位名为肯·莱昂内(Ken Leone)神父,他是帮助格雷厄姆的新信徒用他们原来熟悉的宗教语言理解其布道信息的宗教领袖之一。格雷厄姆的目标不是吸纳新的浸信会教徒,而是传播福音,并使那些信仰被重新点燃的人们重新回到他们原来所属的教会或者另寻新的教派。

这是一种类似于统一战线的策略,在 30 年后政治风起时,人们被看的电视节目或者代表政治立场的帽子颜色所定义,这似乎令人匪夷所思。但这就是我们所处的时代,因此如果要在削减刑事司法系统的利益动机方面取得进展,那么传话人就必须得到那些接受信息的左派、右派以及介于此二者之间人们的信任。③

\*

我在密苏里州就债务人监狱问题撰写系列专栏文章时,曾经做过一个慎重的决定。我后来对此颇觉尴尬。在继莱文、福斯特和布鲁克小组讨论之后的"收银机司法"专家论坛上,我向大家提起过此事。

我早期所写的密苏里乡村地区的几位对象,包括维多利亚·布兰

---

① Messenger, "Of Billy Graham, Gateway Pundit and Guns."
② Messenger, "Of Billy Graham, Gateway Pundit and Guns."
③ Messenger, "Of Billy Graham, Gateway Pundit and Guns."

森、布鲁克·皐尔根、艾米·穆尔、克里·布斯等，有一个共同点：都是白人。这种情况，部分原因在于现实环境如此。密苏里州乡村地区恰恰就是白人聚居地的代名词。考德威尔县96%的居民是白人①，登特县95%②，圣弗朗索瓦县93%③。

  密苏里州乡村地区被司法系统当成利益来源、受其职权滥用之害的人们，大多都是白人。④ 在美国的城市地区，如塔尔萨、密尔沃基、南卡罗来纳州的哥伦比亚，甚至在南方的农村地区，情况都不是这样的：这些地方收取罚金及诉讼费以及吊销驾照对有色人种社区有着巨大的影响。⑤ 在新墨西哥州、内华达州、科罗拉多州和加利福尼亚州，情况也都不是这样的：这些地方收取罚金及诉讼费行为的许多受害者是西班牙裔。

  但在密苏里州，如果我想获得成员绝大多数为共和党白人且由他们掌管的州立法机构的关注，那么专栏文章的主角就必须长得像他们的选民。如此一来，即便我遇到密苏里州有黑人同胞身受同一司法系统之害的事例，也会暂时搁置一旁，早早将重点定格在一张张白人面孔上。

---

① "QuickFacts: Caldwell County, Missouri," U. S. Census Bureau, accessed October 30, 2020, https://www. census. gov/quickfacts/fact/table/caldwell-countymissouri/PST120219.

② "QuickFacts: Dent County, Missouri," U. S. Census Bureau, accessed October 30, 2020, https://www. census. gov/quickfacts/dentcountymissouri.

③ "QuickFacts: St. Francois County, Missouri," U. S. Census Bureau, accessed October 30, 2020, https://www. census. gov/quickfacts/stfrancoiscounty-missouri.

④ Tony Messenger, "Latest Debtors' Prison Lawsuit Straddles Missouri's Urban-Rural Divide," *St. Louis Post-Dispatch*, December 15, 2018, https://www. stltoday. com/news/local/columns/tony-messenger/messenger-latest-debtors-prison-lawsuit-straddles-missouris-urban-rural-divide/article _ c0ea89b0-a271-59ce-95a4-aaae96e0d535. html.

⑤ *Targeted Fines and Fees Against Communities of Color: Civil Rights & Constitutional Implications* (Washington, DC: U. S. Commission on Civil Rights, September 2017), 3, 36, https://www. usccr. gov/pubs/2017/Statutory _ Enforcement _ Report2017. pdf.

圣路易斯北部有一位名为普蕾舍丝·琼斯（Precious Jones）的黑人妇女，她在拉斐特县被开了一张超速驾驶交通罚单，结果在监狱里蹲了20天，并在一家私营缓刑公司监督下服了两年缓刑。琼斯请求在当地监狱服刑，这样就不必搭车横跨整个州去坐牢——她的驾照因为这张交通罚单被吊销了——然而法官说不行。① 圣路易斯市监狱不收取住宿费。如果琼斯在圣路易斯市监狱服刑，拉斐特县就无法收她坐牢费了。

还有一位名为克利夫顿·哈里斯（Clifton Harris）、患有精神疾病的43岁黑人男性，他受到一项轻罪指控，因为承担不起保释金，在拉斐特县看守所被关了3个月。为了出狱，他作出了认罪答辩并接受已服刑时间，这种做法在密苏里州很常见。然后他月复一月地被传唤到巡回法院普通法官凯利·罗斯面前，以偿还欠下的2000美元监狱膳宿费。哈里斯的母亲靠联邦残疾补助金过活并照顾自己的儿子，她当时竭尽全力支付这笔费用。② 后来哈里斯错过了2016年的一次听证会，罗斯将他重新送回监狱。哈里斯和琼斯的遭遇令人瞩目，但我暂时把他们放在一边，直到人们普遍支持取缔密苏里州的监狱住宿费行径。

事实上，密苏里州乡村地区当时正在发生的事情，是圣路易斯县北部、弗格森市及其周边多个城市一直以来都存在的现象的延伸，这些地方的受害者主要是黑人。

---

① Tony Messenger, "St. Louis Woman Did 20 Days In Jail for Speeding; Now Rural Missouri Judge Wants Her for 6 More Months," *St. Louis Post-Dispatch*, November 25, 2018, https://www. stltoday. com/news/local/columns/tony-messenger/messenger-st-louis-woman-did-20-days-in-jail-for-speeding-now-rural-missouri-judge/article _ 3aca26a5-dca7-5103-8b0e-0fd1b6179b82. html.
② Tony Messenger, "Missouri Judge Skips Court Date of Man Who Went to Jail for Skipping Court Date," *St. Louis Post-Dispatch*, November 26, 2018, https:// www. stltoday. com/news/local/columns/tony-messenger/messenger-missouri-judge-skips-court-date-of-man-who-went-to-jail-for-skipping-court/article _ 719b8821-dbbe-5430-add4-d904730a6314. html.

"埃德蒙森、詹宁斯或者弗格森那些被'威胁恫吓'的穷人,与塞勒姆、哈密尔顿或者法明顿的穷人之间,主要区别只在于他们的肤色。"我在 2019 年 11 月的《圣路易斯邮报》上写道,"城市里的是黑人,密苏里州乡村地区的是白人。"①

2016 年 10 月,在特朗普与希拉里的总统竞选鏖战正酣之际,美国全国广播公司(NBC)的《周六夜现场》(*Saturday Night Live*)播出了一集滑稽短剧,这在某种程度上相当于把种族间的贫困政治问题置于适逢其时的政局之中加以审视。

这部滑稽短剧开始时的情节如人所料。它是《黑人版危险边缘!》(Black Jeopardy!)系列剧中的一集,由非裔喜剧演员基南·汤普森(Kenan Thompson)饰演节目主持人达奈尔·海耶斯(Darnell Hayes)。② 在这一集中,有两位黑人妇女选手,凯莉〔Keeley,萨希尔·扎玛塔(Sasheer Zamata)饰〕和莎妮丝〔Shanice,喜剧演员莱斯莉·琼斯(Leslie Jones)饰〕,此外还有一位白人选手,由演员汤姆·汉克斯(Tom Hanks)饰演。他戴着一顶 MAGA 小红帽,喜欢特朗普,来自美国乡村地区,名叫道格。

节目开始后,我们很容易想到剧情会如何发展:是时候抖抖特朗普那些"糟糕透顶的糗事"来找找乐子了。此人在为他"保驾护航"的几场集会上挥舞着邦联旗帜振臂欢呼,同时又贬低移民,是个"红脖子"③ 和极端种族主义者。然而接下来的剧情发展并非如此。

---

① Messenger, "Latest Debtors' Prison Lawsuit Straddles Missouri's Urban-Rural Divide."
② Messenger, "Latest Debtors' Prison Lawsuit Straddles Missouri's Urban-Rural Divide."
③ 红脖子(the redneck):指那些在南方从事农业的美国人民,因为长时间低头劳作,脖子被太阳晒得通红,故此得名。在美国文化中,"红脖子"和黑人都是被歧视的对象,"红脖子"通常是底层白人,他们十分贫穷、不注意形象、缺少现代教育、拥护枪支合法、支持种族主义、反对同性婚姻和任何意义上的平权,被视为保守派的主力。——译者

道格选的第一道题来自"他们说"类（They Out There Saying）。题目是"新款苹果手机需要大拇指指纹是为了保护你"，道格抢到了答题机会。

"我不这么认为，他们就是这么骗到你的。"他说。

主持人海耶斯大感意外，惊呼道："没错，没错，就是这样！"凯莉和莎妮丝在一旁点头称是。①

原来美国的白人和黑人都不信任政府。想想他们的回答。

一道道题答过去，在这部一向用来凸显白人和黑人之间差异的滑稽短剧中，观众最终会发现，道格竟然出人意料地与新朋友凯莉和莎妮丝想法一致。

"我选 200 美元的'胖妞'类（Big Girls）。"道格说。

题目是"身材苗条的女人能为你做这件事"。

道格飞快答题："屁都不能做。"

"你说得太对了。"海耶斯说着，冲这位戴 MAGA 小红帽的白人连连叫好，激动得几乎要背过气去。②

这出短剧在主持人宣布"最后的危险"（Final Jeopardy！）类时，气氛急转直下，变得更容易预料。题目是"谁的命重要"。

"哎呀，先甜后苦吧。"海耶斯说，"稍后回来，我们放国歌，看看会发生什么。"③

这就是《周六夜现场》的出彩之处，以一个绝妙而令人难忘的镜头一针见血直击当下时事热点：尽管我们这个时代存在分裂，至少对穷人来说如此，黑人和白人之间是有潜在联系的，尤其对政府心存不

---

① "Black Jeopardy with Tom Hanks," *Saturday Night Live*, featuring Sasheer Zamata, Leslie Jones, and Tom Hanks, aired October 22, 2016, on NBC, https://www.youtube.com/watch?v=O7VaXlMvAvk&index=1807&list=LLYM7hZtbHvQG9idkpf-Dvpg.
② "Black Jeopardy with Tom Hanks," *Saturday Night Live*.
③ "Black Jeopardy with Tom Hanks."

信任时,因为这样的政府经常践踏他们权利。

在弗格森,贫穷的黑人因为未付交通罚单而被关进看守所;在塞勒姆,贫穷的白人因为盗窃一支价值 8 美元的睫毛膏被羁押,之后因未付随之而来的诉讼费和罚金而被关进看守所。这两者之间没有太大区别。这两种情况产生的后果都是致命的。这并不是说美国的白人和黑人在刑事司法系统中有着同等的遭遇。更准确而言,无论是谁,一旦发现自己被困于我在本书中所探讨的循环之中,悲惨的境遇自始至终都是不公正的。

"长久以来,美国的穷人被相互交叉的多个系统犯罪化,这些系统对各个层次的低收入者都有影响。"乔治敦大学的法学教授彼得·埃德尔曼在他 2020 年 4 月发表在《杜克法律杂志》(*Duke Law Journal*)上的一篇论文中写道。[1] 埃德尔曼写过两部有关美国贫困问题的著作。[2] "低收入个体与这些体系产生交集后往往造成惩戒性的罚金及诉讼费,这已经加剧了贫困循环的严重程度。"

如果美国想打赢所谓的"脱贫攻坚战",那刑事司法系统一定是战斗的最前线,相关负责人必须越来越重视保护常常受到该体系职权滥用危害之人的公民权利,须知这样一套体系的工作重心更多在于收税,而非维持地方社区治安。这个国家的每一位法官、每一位检察官、每一位公设辩护人,他们每天匆匆处理大量轻罪案件和交通案件。在对这些案件作出决定之前,他们必须问问自己:

---

[1] Peter B. Edelman, "Criminalization of Poverty: Much More to Do," *Duke Law Journal Online* 69 (April 2020): 117, https://dlj. law. duke. edu/2020/04/criminalizationofpoverty/.

[2] Peter Edelman, *Not a Crime to Be Poor: The Criminalization of Poverty in America* (New York: The New Press, 2017); Peter Edelman, *So Rich, So Poor: Why It's So Hard to End Poverty in America* (New York: The New Press, 2012).

在本案中，此人是否有能力承担法律规定缴纳的罚金及诉讼费？

监禁此人是否会使我所在的社区更加安全？

为确保此审判室每一位被告人——无论他们是黑人、白人还是深肤色人种，有钱还是没钱——都能以同样的方式捍卫他们的公民权利，我们该做些什么？

这套不公正的体系对生活在贫困之中的人们造成伤害，要想修复它，需要的不仅仅是诉讼和立法，亚历克·卡拉卡特萨尼斯说。"这关系到政治权力。"他说，左右党派概莫能外，他们在某种程度上已经达成共识，一致认为刑事司法系统需要进行严肃的改革。要想实现严肃的变革，卡拉卡特萨尼斯说，这股新近拧成一股的政治势力"必须坚决要求该体系停止从穷人身上榨取财富"。

经由法院和州议会提出的几项解决方案全都得到了两党某种形式的支持。

- 废除现金保释。
- 停止将法院罚金及诉讼费作为地方或州政府主要收入来源的做法。
- 规范地方或州政府的主要收入来源。
- 如果人们无力承担此前监禁产生的账单，就不要再把他们送进监狱；更可取的做法是，不要向穷人收取坐牢费。
- 停止仅仅因为某人拖欠诉讼费而吊销其驾照的做法。
- 限制各市县可从交通罚单或法庭罚金及诉讼费中获取的收入数额。宾夕法尼亚州财政部长乔·托塞拉（Joe Torsella）在此基础上推进了一步。他在 2021 年年初给美国几家信用评级机构写信，要求他们在给各市镇保释金评级时，将该地对作为收入来源的罚金及诉讼费的依赖程度纳入考量。

这些想法都不激进，并且每一个都得到了立法者们某种方式的采纳或支持，这其中民主党倾向和共和党倾向的州都有。但是，为了充分实现这些想法，它们必须走向全美国，立法者必须面对不依赖这些收入来源之后造成的多种后果，而他们原来依赖于此乃是以损害生活在贫困状态下的选民利益为前提的。

美国的司法部门以及为之提供资金的立法部门，必须回到创建美国政体的宪法以及美国法院所依据的英国法律体系上去，回到基本原则上去；抑或如果真有必要，就重新定义该体系，使其真正保护那些最不可剥夺的权利。

在一个自由的美国，不可能出现售卖正义这样的事。正义女神并没有瞎，除非美国大力推崇售卖公正这样的价值观，让她的天平彻底平衡。

## 第十一章 双函记

拉肖恩·凯西让我意识到,对美国人而言,想要改变刑事司法系统,就必须关心那些被困在县看守所里的人。

我在第五章介绍过凯西,但我想多讲讲她的故事,因为这有助于解释在一套无所顾忌地搜刮穷人的刑事司法系统中,未来会是什么样子。凯西在看守所里给我写过两封信,一封是在我开始撰写债务人监狱危机相关文章的时候,另一封是在密苏里州最高法院作出裁决、法律变得更公正一些之后。从她对同一处县看守所发生之事前后截然不同的描述中,我们得以窥见一个很重要的现实情况。

### 密苏里州罗拉城 2018 年 11 月

我遇到凯西时,她属于在逃人员。她有一张尚待执行的逮捕令,罪名是持有毒品。那是 2018 年 11 月初。我们见面是为了谈谈把法院当成手段使人们生活在贫困之中的问题。

凯西的两只眼睛在粉色连帽衫的遮蔽保护下飞快地扫来扫去。那是一个秋高气爽的日子,太阳耀目的光芒在中西部灰蒙蒙的云雾掩映下黯淡了些许。我们在一条安静的街道上碰头,位置在罗拉城的一家披萨店外。还是我们前面提到过的那个罗拉大学城,位于她在密苏里州塞勒姆的家以北,我第一次见布鲁克·卑尔根也是在这里。

几个月前,凯西给我写了一封信,讲了些登特县看守所的情况。

当时她43岁，离异，也是两个成年孩子的母亲。

凯西曾与卑尔根、琳恩·班德尔曼以及艾米·穆尔一同被关在看守所里。她们都是单身母亲，都沾染了该地区由来已久的吸毒恶习。凯西是进出看守所的老手了，她曾经因为持有毒品而蹲过一段时间。

凯西把很多时间都耗费在了看守所里。她心里清楚自己有时候就该关在那里，那是咎由自取。假如生活可以重来，她会成为一名企业家或者执行总裁。她聪明又老成，有爱心，信写得也不错，而且还很有自知之明。她瞧明白了那几位狱友的一些情况：她们不属于那里。

而事实是，被迫与她挤在同一间牢房的大多数妇女原本都不该在那里。她们被关在那儿是因为付不起保释金，羁押一周变成了羁押30天，然后是永远也还不上的1500美元监狱膳宿费。

这就是美国的刑事司法系统，凯西在信中告诉我，经济条件差的人几乎没有机会脱身，即便在为自己的罪孽付出代价之后也依然如此。

"我是登特县的终身居民，一直有关注您所写的有关这个县和其他乡村县司法不端行为的文章。这个问题已经影响了我生活的方方面面。谢谢您为那些不能为自己辩护的人站出来主持正义。"凯西在给我的信中写道。然后，她描述了在美国各地乡村县制造出两个版本司法这一行径的具体细节。如果你有钱，你第一天就能走出监狱大门，等着日后出庭受审即可。如果你没有钱，你就会因为付不起保释金而被收押，然后受制于监狱产业综合体以营利为目的随意编造出来的各种收费名头，他们想方设法从你的痛苦中牟利。

"与巨兽一决高下，运气最佳乃在今朝或来日。"凯西写道。[1]

---

[1] Tony Messenger, "She Was Late to a Hearing, So a Dent County Judge Tossed Her in Jail. Then She Got the Bill," *St. Louis Post-Dispatch*, November 16, 2018, https://www.stltoday.com/news/local/columns/tony-messenger/messenger-she-was-late-to-a-hearing-so-a-dent-county-judge-tossed-her-in/article_03e2a934-c094-5cb4-bf18-15bce4b825d4.html.

吃完午饭后,凯西带我去见珍妮丝·博特(Janice Bote)。她也是一名受到毒品犯罪指控的在逃人员,住在罗拉北部的一处公寓里,一边躲躲藏藏,一边想办法找事做。凯西和博特都准备自首,但她们要先把手头的事情处理妥当。

博特吸毒。她自小在圣查尔斯县长大,那地方位于圣路易斯以西的密苏里河对岸。2014年与甲状腺癌抗争一场后,她开始吸食冰毒。

"它帮助我搞定了病魔。"

她在登特县看守所遇到了凯西,这是她人生中第一次被捕。缉毒小组在她男友住处破门而入。屋里有冰毒。她被指控贩毒,但她说自己从来没有干过这种事。

但她真正的问题,是从被捕几周之后的保释开始的。她签了审前释放协议,这玩意儿登特县的每个被告人都会签。协议要求她必须接受私人缓刑公司的毒品检测,并支付相关费用。[1]

不出所料,她的检测结果呈阳性。她毕竟是个瘾君子。

在登特县,此事变得人人皆知。博特出庭之前,私人缓刑公司就已经在法院的公共网站上公布了她未通过毒品检测的消息,所有人都能看到。

后来,我就这种做法请教了圣路易斯大学的法学教授布兰登·罗迪格(Brendan Roediger)。他愤愤不平。

"在审判开始之前的任何时候,任何人向法院提交证据都是不当行为。法院不是储存对当事人有利或不利证据的仓库。"罗迪格说。[2] 在他看来,未经听证便上传毒品检测结果这一操作,就好比辩

---

[1] Tony Messenger, "Private Probation Company Tries to Shame Dent County Woman Back to Jail," *St. Louis Post-Dispatch*, November 8, 2018, https://www. stltoday. com/news/local/columns/tony-messenger/messenger-private-probation-company-tries-to-shame-dent-county-woman-back-to-jail/article _ 6c5e866e-44ef-5567-8740-d6a2c992bed2. html.

[2] Messenger, "Private Probation Company Tries to Shame Dent County Woman."

护律师发现对客户有利的证据并在没有提出书面动议或不具备任何适切法律依据的情况下将其提交给法院。

罗迪格本人是一个正在戒毒康复的吸毒者。把一个人的吸毒史公之于众供人品评会造成怎样的后果,他最清楚不过了。①

"我戒毒19年了,见过很多瘾君子因为不堪羞辱而自寻短见,但从来没见过这样的羞辱让人自此洁身自好。"②

在我报道此事之后,登特县法院停止了公布毒品检测结果的做法。

我们谈话时,博特一根接一根地抽烟。凯西一想到她这位身体虚弱的朋友最终还要回到监狱,就忍不住哽咽。她们说,自首的时候,她俩一起去。结伴同行能壮壮胆儿。

*

凯西的一封信使我了解到这一泛滥全美的问题。几个月之后,她给我写了另一封信。

那是2019年初春,密苏里州最高法院就瑞奇案和莱特案作出了一致裁决,即法官不能再以入狱来威胁那些无力支付监狱膳宿费的贫困被告人。密苏里州议会准备通过一项法案来对法律作出修改,规定不得以贫困被告人拖欠任何类型的诉讼费为由对其施以监禁威胁,否则必须承担民事侵权行为的法律后果。

凯西的事情进展并不顺利。在逃期间,她已经把一些事处理好了,包括帮助女儿摆脱她自己面临的法律困境。她又回到了登特县看守所,等着受审的那几项罪名很可能会把她送进监狱。

然而,她给我写信时并不难过。

"您可能难以置信,这里已经发生了很多变化,"凯西写道,"您

---

① Messenger, "Private Probation Company Tries to Shame Dent County Woman."
② Messenger, "Private Probation Company Tries to Shame Dent County Woman."

可能不知道氛围怎么就变了样了。看守所渐渐空了。那些进来的人很快就能被保释出去。这儿的姑娘们没有一个是因为经济原因而被关在这里。这个地方也不再是过去那种令人毛骨悚然的地牢了。面貌一新的法官们确实在倾听人们的需求,而不是直接把他们送进监狱。"①

登特县看守所始建于 1978 年,最多可容纳 21 名囚犯。② 2018 年,这里一度收押了 65 人,是其容量的 3 倍之多。2019 年 4 月底,就在凯西给我写信前后,看守所里只有 17 人。

密苏里州最高法院的判决意见只是其中一部分原因。法院还制定了新的保释规则,旨在使该州在利用保释金方面更加符合美国宪法规定。这两桩举措双管齐下,清空了多个县级看守所。③ 这种情况不仅仅发生在登特县。5 月,收到凯西的信后,我在文章中报道了考德威尔、安德鲁和斯科特县的一些法官在密苏里州最高法院作出上述裁决后仍举行被告人付款审查听证会,并以监禁相威胁,甚至在某些案件中将被告人投入监狱。④ 密西西比县和斯科特县法院的首席法官大卫·安德鲁·多兰对新形势感到不满。

"你 2018 年 5 月 12 日的那篇文章出来之后,第 33 巡回法庭的法官们被审查了。"多兰法官在给我的邮件中写道。他在落款处用了全

---

① Messenger, "Battle Against Mass Incarceration Is Making a Dent in Missouri's Prison Population," *St. Louis Post-Dispatch*, April 24, 2019, https://www.stltoday.com/news/local/columns/tony-messenger/messenger-battle-against-mass-incarceration-is-making-a-dent-in-missouris-prison-population/article_8552e14e-9f78-5e0e-9a39-66c8bf5d097a.html.
② Craig Montgomery, "Jail Population Drops Due to New Bonding Guidelines, Court Ruling," *Salem News*, April 30, 2019, https://www.thesalemnewsonline.com/news/local_news/article_2374e2d2-6b52-11e9-81ea-a7e455119e4d.html.
③ Montgomery, "Jail Population Drops Due to New Bonding Guidelines."
④ Tony Messenger, "Rural Missouri Judges Are Still Holding On to Debtors Prison Scheme," *St. Louis Post-Dispatch*, May 10, 2019, http://www.stltoday.com/news/local/columns/tony-messenger/messenger-rural-missouri-judges-are-still-holding-on-to-debtors-prison-scheme/article_9a0a5e65-097c-588f-9214-bc003df86bcc.html.

名的首字母缩略"DAD",字里行间也颇具意味。"如果你知道某个具体的案件进行了监狱膳宿费付款审查听证会或者签发了逮捕令,还请知会一声。"①

于是我把托尼亚·伯吉斯(Tonya Burgess)的情况知会了这位法官。那天她刚巧被关在斯科特县的看守所里,起因是没能到庭参加有关她的一笔1400美元监狱膳宿费付款审查听证会,这笔账源于3年前一起轻罪案件。

伯吉斯在24小时内被释放出狱。

对于大多数身陷密苏里州债务人监狱困境的人来说,他们的生活已经受到了损害,并延续到了今天。在2020年我写这本书的大部分时间里,书中提到的很多人都回到了县看守所或者州监狱:乔治·瑞奇、布鲁克·卑尔根、琳恩·班德尔曼,当然还有拉肖恩·凯西,她在奇利科西惩教中心时感染了新冠肺炎。康复之后,她于2020年10月出狱。她现在住在圣路易斯,住处是一个名为"刑事司法部"(Criminal Justice Ministry)的非营利组织提供的公寓。她现在戒了毒瘾,打着两份工。

密苏里州多处县级看守所越来越空的趋势——至少目前看来如此——讲述了一个有关刑事司法改革的故事,它应该对全国范围内的相关讨论都具有指导意义,关注的重点则在于法院如何对待生活在贫困之中的人们。

让我们再次回到斯科特县,在密苏里州最高法院裁定以当事人未付监狱膳宿费为由将其处以监禁属于违法行为、在我告知多兰法官伯吉斯仍被如此对待之后,伯吉斯被释放出狱了。

总人口3.85万的斯科特县,正好位于全国最贫困国会选区之一

---

① Judge David A. Dolan, email to author, May 2019.

的中间段①；2017 年，该县通过收取监狱膳宿费获得收入 14.3 万美元，仅比另 5 个县低，而超过了密苏里州的其他 114 个县。② 它西边的近邻斯托达德县（Stoddard County）更小，居民人数仅 2.93 万。③ 位于密苏里州东南部的第八国会选区到底有多穷？它是该州最贫困的地区，超过 18% 的成年人以及 24% 的儿童生活在联邦贫困线以下。④

斯托达德县 2017 年通过收取监狱膳宿费获得了多少收入呢？0。它是密苏里州两个不收取此类费用的乡村县之一。⑤

"我们从来没有向囚犯收过任何食宿费用。"前斯托达德县县长格雷格·马蒂斯（Greg Mathis）说。他如今以殡葬业为生，殡仪馆与县法院仅隔着一条街。"这事儿我们从来没宣扬过。"

他在密苏里州乡村地区的这些同行们，其中有些人正打着什么算盘，马蒂斯是知道的。仅仅因为人们苦于维持生计而把他们关起来，这于情于理都说不通。还有比这更好的出路。

"我为什么要让我们的监狱过度拥挤，把那些仅仅因为无力承担监狱膳宿费的人们都关在那里？"他问，"这就是个没完没了的恶性循环，针对的是穷人。"

---

① "QuickFacts: Scott County, Missouri," U. S. Census Bureau, accessed October 30, 2020, https://www.census.gov/quickfacts/scottcountymissouri.

② Tony Messenger, "A Tale of Two Counties on Opposite Ends of Missouri's Debtors' Prison Cycle," *St. Louis Post-Dispatch*, November 30, 2018, https://www. stltoday. com/news/local/columns/tony-messenger/messenger-a-tale-of-two-counties-on-opposite-ends-of-missouris-debtors-prison-cycle/article_a182e3eb-a974-5f99-9ff0-72fb7de6e031.html.

③ "QuickFacts: Stoddard County, Missouri," U. S. Census Bureau, accessed October 30, 2020, https://www.census.gov/quickfacts/stoddardcountymissouri.

④ "My Congressional District: Missouri Congressional District 8," U. S. Census Bureau, accessed October 30, 2020, https://www. census. gov/mycd/? st=29&cd=08.

⑤ Messenger, "A Tale of Two Counties."

# 尾声　贫穷是相对的

### 俄克拉何马州诺曼市 2020 年 8 月

肯迪·基尔曼向拥挤的餐桌打了个手势，问了一个问题。好吧，这不是一张餐桌，而是几张互不搭调的桌子被推到一起。这样一来，2020 年 8 月的某一天，她们家大约 20 名家庭成员再加上我，就可以挤在基尔曼位于诺曼市的公寓里共进晚餐。

基尔曼和她的大部分家人都住在诺曼市中心东边的维克斯堡村公寓。此处的单双层公寓群是由联邦政府住房和城市发展部拨款资助建造的。[①]基尔曼和男友史蒂文住在这里，后者负责日常物业维护。她母亲也住这一片，还有她的几个孩子和孙子，分别住在不同的楼里。他们有时候聚在公共绿地的长椅上拉家常，或者围在基尔曼家门外的木炭烤架旁烧烤。

她想让我见见她的家人，于是大伙儿一起吃晚餐，聊聊各自的故事，说起怎么应付眼前的日子。当时法院施加了额外的债务，你不得不决定是否要在气温 32 度、潮热的 8 月打开那台窗式空调，因为当地的电力合作社会在用电高峰期收取附加电费。

"你们当中有多少人支票账户透支了？"基尔曼问。

她母亲的手举了起来。史蒂文和她的几个孩子也跟着举手。最年长的米兰达一直把手放在下面。她有一份好工作，在州政府任职，但大约 10 万美元的大学债务使更接近中产阶级的她并不觉得自己与那些经常在发薪日几天之后银行账户就显示负数的人有什么不同。

基尔曼的发薪日，是联邦政府发放的 543 美元残疾补助金到达的时候。这张支票是为了照顾仍然与她生活在一起的布巴。这就是她赖以糊口的钱。她抛出那个透支的问题时，并没有表现出任何羞愧之情。她并不喟叹自己的命运。当然，她说得出在自己人生历程中的某些时刻，也许一个不同的决定会带来更美好的结局——不要和那个男人约会，不要从你的前夫那里买车，不要管那笔账单，要支付这笔账单，诸如此类。但对很多美国人来说，这就是生活在贫困之中的现实。

没有什么好的选择。

我们谈到月底钱花光之后怎么解决吃饭问题。她的几个孩子中，有人记得连续几天吃速食拉面。有人记得抹花生酱的三明治或者汉堡帮手牌的速食意面，在余钱允许的范围内尽可能多撑几天。随着谈话的进行，我大致想到了"共享抹布"这个玩意儿。那是我和我的孩子们在家庭聚餐时，当我没有餐巾纸或卷纸时，我们会共享抹布。通常是在星期五晚上，那段时期我和我的第一任妻子，也就是他们的母亲，正在办离婚。那些晚上，我在下班之后开车接他们回我住的公寓，叫一份披萨外卖，然后一起吃到很晚，轮流使用我们的共享抹布。

其中有一顿饭最令人难忘。我当时住在密苏里州的哥伦比亚市，时值盛夏。我开车去了一趟科罗拉多州，把其中的两个孩子接来。那个夏天，我面临一个两难选择。我要么及时还上汽车贷款，要么手头留着足够的钱给我的孩子买食物，让他们安然度过夏天。我并不穷，

---

① "Vicksburg Village Ltd.," Public Housing, accessed October 30, 2020, https://www.publichousing.com/details/vicksburg_village_ltd.

不像基尔曼，但贫穷是相对的。我靠工资生活，子女抚养费、房租和水电费耗去我当时在美国中部一家小日报社工作的大部分收入。

当我们吃着午餐、轮流用着共享抹布时，我听到一辆大车"嘟嘟嘟"的倒车声，我知道将要发生什么。① 这件事无可避免，我已经把它推迟了好几个月，利用发薪日贷款②尽可能让它晚些降临。然而当和孩子们坐在公寓里时，我意识到这个夏天剩下的时间里我们将无车可用。

于是我们想出各种权宜之计。我们步行去杂货店和公园。我骑自行车上班。最后，我终于攒够钱买了一辆 700 美元的破车，可以凑合一段时间。那个后来成为我第二任妻子、我两个最小孩子的母亲和我一生挚爱之人的女士，开车穿过林间的一条小道带我去买了那辆车。玛拉知道我不善于理财，经济上也挺窘迫，但她还是义无反顾地嫁给了我，并帮助我过上了更好的生活。

我不知道那两个孩子是否还记得那天他们老爸的车被拖走收回的事，我怀疑他们并没有留下什么印象。我在本书中提及的大多数人，这些从小就过着穷日子，后来在一套违反宪法、试图从他们身上搜刮钱财的刑事司法系统摧残下变得更穷的人告诉我，他们从来都不曾真正觉得自己是穷人。

他们只是在生活中遭遇逆境，而且他们能凑合应付。

基尔曼和我年纪不相上下。我们各自的孩子和孙子数量也差不

---

① Tony Messenger, "Predatory Lenders Find Happy Hunting in Missouri," *St. Louis Post-Dispatch*, June 8, 2016, https://www.stltoday.com/news/local/columns/tony-messenger/messenger-predatory-lenders-find-happy-hunting-in-missouri/article_fa64a687-53a0-593d-96b8-1961f14029c3.html.
② 发薪日贷款（payday loan）：上世纪 90 年代在北美大规模兴起的一种无须抵押的小额短期贷款，以个人信用作担保，其依赖的信用依据是借款人的工作及薪资记录。借款人承诺在下一发薪日偿还贷款并支付一定的利息及费用，故称发薪日贷款或者发薪日预支贷款（payday advance）。——译者

多。我们偶尔因为有了政府的支持和陌生人的善意而渡过难关。我们两个今时今日在财务状况方面有所不同,这是我们从前做过的所有决定的结果,也是我们周围其他人做过的很多决定的结果,而其中有一些并非我们自身所能把控。

这是我希望本书读者能够得到的一个关键信息。当我第一次开始写有关看守所或者监狱之中的人们时,我经常收到一些读者的电子邮件,他们对狱中人所处的困境没有丝毫同情。

他们本不该作奸犯科。
他们罪有应得。

然而随着时间的推移,这些读者中的许多人开始在我笔下人物的故事中看透一个人最初犯下的种种错误:入店行窃、吸毒、发脾气、开车太快等,并在他们身上看到了自己或他们相熟之人的影子。我们大多数人家中都有某个与毒瘾作斗争的亲人。我们曾因驾驶速度过快而被截停。当我们有了第一个孩子,而人生第一份工作又几乎没办法维持生计时,也会从州政府处领取妇女、婴儿和儿童补助金。

但接下来又发生了什么?你的生存境遇和刑事司法系统对待你的方式,与本书中的这些人又有什么不同?这就是我希望你们很多人会思考的问题。你的公民权利是否比肯迪·基尔曼、布鲁克·卑尔根以及萨莎·达尔比的公民权利更有价值?

# 致谢

在新闻界，能够让人们在他们生命最脆弱的时刻信任你，由你来讲述他们的故事，没有什么比这更荣幸的事了。这就是我过去几年的经历：先是为《圣路易斯邮报》撰写系列专栏，揭露密苏里州乡村地区的贫困犯罪化现象；后又为撰写此书，在全美范围内继续追踪这一司法不公现象，以窥其全貌。

布鲁克·卑尔根、肯迪·基尔曼和萨莎·达尔比本不必把她们在刑事司法系统中遭受的痛苦经历说给我听，但她们说了，为此我将永远感激她们以及其他所有被这个系统伤害过的人们。他们愿意把自己的故事告诉我，以便其他人可以看到司法程序中固有的不公正现象，这个程序常常充当着变相征税系统的角色。

这是我的第一本书，因此虽然竭力避免出错，仍难免疏漏之处。在写作过程中，有好几位人士给予我关键性的指导和帮助。如果没有他们，《奖与惩》就无以成书。首先要感谢我在《圣路易斯邮报》的编辑马西娅·科尼格（Marcia Koenig）和吉尔伯特·贝伦（Gilbert Bailon），在我们所有人都并不真正了解此事有多重要的时候，他们给了我空间和支持，让我得以放开手脚深入挖掘这一现象。他们由得我走遍密苏里州，报道这片报纸发行量极低地区的人们的事迹，因为随着专栏文章一篇篇刊发，我们确信这是一项很重要的工作。他们支持我将其整理成书。

在考虑写这本书时，当这个想法尚处于成型阶段，刑事司法改革领域的许多积极人士都给了我鼓励。他们是 ACD 律师事务所的布雷克·斯特罗德、托马斯·哈维和迈克尔-约翰·沃斯；罚金与诉讼费司法中心的乔安娜·韦斯和丽莎·福斯特；以及布伦南司法中心的劳伦-布鲁克·爱森。有好几位朋友聆听了我的一些想法并不断推动我写作此书，包括退休法官迈克尔·沃尔夫、律师马克·佩德罗利（Mark Pedroli）、法学教授布兰登·罗迪格以及公关人员理查德·卡洛（Richard Callow）。我的研究助理海莉·兰德曼（Hayley Landman）不遗余力地帮助我提高本书的准确性，确保读者有一个清晰可循的研究指南。

作家和历史学家沃尔特·约翰逊（Walter Johnson）介绍我认识了与之首次合作的两位图书经纪人桑德拉·迪克斯特拉（Sandra Dijkstra）和伊利斯·卡普伦（Elise Capron），她们指导我对书稿进行多次修改，并帮助我在谋求图书出版合同的过程中做好各项准备工作。虽然我们后来分道扬镳，但她们的智慧使这本书的质量得到提升。我的经纪人吉姆·霍恩费舍（Jim Hornfischer）也是如此，他对这本书有信心，看到了它的潜力，并指引我找到了圣马丁出版社（St. Martin's Press）。

该出版社的编辑普洛诺伊·萨卡（Pronoy Sarkar）很耐心地接待了我。他帮助我探寻这本书的最佳叙事角度，教我斟酌词句，并让我发现新的行文结构，使这一复杂的主题更加通俗易懂。普洛诺伊使这本书质量更佳，因为他关心书中谈到的这些人，他帮助我把他们塑造得更加生动鲜活。在这个国家试图修复它破碎的刑事司法系统之时，我希望调整后的人物塑造方式能贡献些许启发意义。

在写作本书的过程中，要求变革的呼声和步伐遍布全美各地。这一时期，在街头巷尾从事这项重要工作的人们、该体系的受害者们、在法庭上为正义而战的律师们以及寻求更公平正义之法的热心人士们，都激励着我。我的愿望是，在呼吁行动的力量感召下，他们中一些人能感到重获新生。

Tony Messenger
Profit and Punishment: How America Criminalizes the Poor in the Name of Justice
Copyright © 2021 by Tony Messenger
This edition arranged with Kaplan/DeFiore Rights
through Andrew Nurnberg Associates International Limited
Simplified Chinese edition copyright © 2024 by Shanghai Translation Publishing House
All rights reserved

图字：09-2022-0556号

图书在版编目（CIP）数据

奖与惩：美国如何以正义之名将穷人定罪／（美）托尼·梅森格（Tony Messenger）著；罗娜译.--上海：上海译文出版社，2024.8.--（译文纪实）.--ISBN 978-7-5327-9526-0

Ⅰ.I712.55
中国国家版本馆CIP数据核字第2024D5M852号

奖与惩：美国如何以正义之名将穷人定罪
〔美〕托尼·梅森格 著 罗 娜 译
责任编辑／范炜炜 装帧设计／邵 旻 观止堂_未氓

上海译文出版社有限公司出版、发行
网址：www.yiwen.com.cn
201101 上海市闵行区号景路159弄B座
上海景条印刷有限公司印刷

开本890×1240 1/32 印张9 插页3 字数206,000
2024年8月第1版 2024年8月第1次印刷
印数：0,001—6,000册

ISBN 978-7-5327-9526-0/I·5963
定价：58.00元

本书中文简体字专有出版权归本社独家所有，非经本社同意不得转载、摘编或复制
如有质量问题，请与承印厂质量科联系。T：021-59815621